한국 소설의 아버지 연구

채희윤

국학자료원

　본서는 소설에 나타난 작중인물로서 아버지라는 존재의 탐구를 통한 우리 근대소설의 성격을 밝혀 보려는 데에 있다. 지금까지 여러 방법들을 통해서 우리 근대소설의 성격은 규명되고 정의되어 왔다. 그러나 본고는 인물론의 평범한 접근에서 벗어나 아버지라는 존재들의 내외면적인 형상들을 통해서 그들의 존재가 우리 근대소설에서 어떤 의미를 지니고 있느냐에 초점을 맞추었다.

　다시 말하자면 본고는 아버지라는 작중인물들의 존재 양상과 행동 양상을 통해서 드러나는 우리 근대소설의 또 다른 성질을 밝히려는 데에 있다. 소설이 자아와 세계와의 대결이라고 보았을 때 주인공과 그의 아버지의 위화와 반목되는 대결로 집약될 수 있을 것이다. 더구나 우리 근대처럼 급격한 사회 변동기에는 그 가치관 변화 폭이 심대했을 것이므로 아버지 세대와 자녀들의 세대 간의 차이가 있었을 것은 자명한 일이다.

　한편 자녀들은 늘 아버지와 반목될 수밖에 없는데 그 주요한 기재가 바로 사고와 동시대의 지향점에의 차이에서 비롯된다. 더구나 자녀들은 하나의 사회적 인격적인 존재가 되기 위해서 사회로 나아가야 하는데 그러는 과정에서는 필연적으로 자아라는 자신들의 세계관이 설정된다. 그 세계관은 아버지와는 전적으로 달라지는데 거기에서 자식들은 아버지에 대한 이전까지의 관점에서 벗어나게 된다.

　우리 근대소설의 부상의 연구를 위해 본고에서는 우선 아버지를 3 종류로 나뉘어 살펴보았다. 첫째, 理想的父, 代理的父, 實際的父가 바로 그 3 종류의 父像이다. 이 세 가지의 상은 한 텍스트에서 동시에 나타나고 있다. 實際的父는 말 그대로 문면에 나타나는 아버지를 가리키고, 그 아버지와의 갈등으로, 아버지보다 더 나은 존재이며, 허용적이며, 이상적인 존재로 理

想的父를 설정했다. 그러나 이상적 부란 사실 존재하기가 힘이 들고 또 존재된다고 하여도 변화하는 자식들의 인식의 진자 운동에 의해서 변해 가야만 된다. 그래서 본고에서는 그러한 理想的父의 의미를 포함하면서도 여전히 실제적으로 문면에 나타나서 주인물들을 인도하고 가르치는 존재로 代理的父라는 인물을 상정한다.

代理的父(Surrogate Father)란 이미 서구 문학에서 흔하게 나타나고 있는데 아직까지 우리의 소설 연구에서는 시도된 바가 없는 존재이다. 대리적 부는 實父의 상실이나 결핍된 부분을 충분하게 충족해 줄 수가 있는 존재이며, 사회화 과정을 성공적으로 이끌게 하는 존재를 말한다. 그러나 이들은 그 속성상 한정적이고, 한시적일 수밖에 없다.

본고의 연구에 의하면 우리 근대소설에는 이러한 대리적 부의 존재들이 현저하게 나타나고 있었다. 그들은 작품을 통해서, 조력자로서, 교화자로서, 또는 반려자로서 나타나고 있으며 근대소설의 주인공들은 이러한 대리부를 통해서 새로운 세계로 편입되거나, 새로운 이념, 새로운 세계관을 획득하게 되는 현상을 공통적으로 보여주고 있다고 본다. 이러한 代理父의 존재를 설정하는 이유는 바로 이러한 점에 착안해서 이다.

본고에서는 이러한 代理父를 그 기능적 양상을 준거로 하여 다시 4 종류로 나뉘었다. 이는 실제부의 양상을 중심으로 일차적으로 분류하고, 다시 그것을 세목화하였다. 가. 물질적 결핍의 실제부 나. 정신적 이념 상실의 실제부 가 그것이다 그것은 다시 가—1. 물질적 결핍의 정신적, 가—2. 물질적 결핍의 물질적 충족으로, 다시 나—1. 정신적 결핍의 정신적 충족형과 나—2. 정신적 결핍의 물질적 총족으로 나누어 살펴보았다.

이렇게 보았을 때 우리 근대 소설에 나타난 부자 갈등의 현저함과 그 의미를 망라할 수 있었다고 보여진다. 우선 그러한 것을 살피기 위해서 본고는 신소설에서 1930년대 말기까지의 소설을 중심으로 고구하였다. 그러한 것은 우리 근대소설의 특징을 잘 보여주는 시기에 해당하고, 문학사적으로도 사조의 혼란한 유입으로 다양한 방법론과 기법들이 사용되어진 시대이며, 더구나 사회화적으로 급변기에 위치해 있음으로서 사회와 밀접한 관계를 갖고 있는 소설이란 장르의 보편적 특성을 잘 보여줄 수 있을 것으로 보았기 때문이다.

이러한 연구 결과는 결론에서 상고하겠지만 우리 근대소설은 대리적 부의 양상이 현저하게 나타나며, 그들은 일차적으로 주인물들에게 정신적인 감응을 일어나게 하며 그 감응의 공통적인 향방은 모두 민족 의식의 각성이나, 자아의식의 계발 등을 통한 식민지 우리 현실을 개조하는 데에 주안점을 두고 있었다고 보여진다.

2012년 2월

채 희 윤

‖ 목 차 ‖

Ⅲ. 결 론   193

Ⅰ. 서 론

1. 연구목적

　많은 연구자들에 의해서 지금까지 다양한 방법으로 우리 근대소설의 특성을 밝히려는 노력이 있어 왔다. 그리고 그 결과로 말미암아 우리 근대소설의 성격들이 상당히 규명되어 왔다고 보여진다. 그러한 연구의 한 부분으로 본고에서는 그 방법론을 달리해서 소설[1] 속에 존재하는 작중인물인 父像이라는 양상을 통해서 우리 근대소설의 성격을 살피려는 의도에서 시작된다.

　서사 문학의 한 하위 갈래인 소설 내에서 서사적 의미 형성을 가능케 하는 추동력을 지닌 것은 작가의 창조적 사고 과정을 거쳐 입상화된 인물들

---

[1] 본고에서 사용하는 소설이라는 용어의 외연은 Novel, Short story 등을 망라하는 허구 서사체로서의 소설 문학 전체를 가리킨다. 본고의 연구의 주된 대상작품은 장편이지만, 단편 역시 우리 근대소설의 많은 부분을 차지하고 있기 때문에 단편과 장편을 망라해서 살펴보기로 한다. 소설의 연구에 있어서 단편과 장편을 구분하여 연구하는 방법을 장점도 있지만 상대적으로 단점도 없지 않을 것이라는 맥락에서 단편이나 중·장편을 구별하지 않고 사용하고 있다는 것을 밝힌다.

이다. 독자가 소설이 지닌 의미를 찾을 수 있는 방법 중의 하나가 바로 소설 속에서 발생하는 사건들에 관한 인물들의 행동의 고찰을 통해서다. 그런 까닭에 소설 속의 작중 인물들에 관한 연구는 소설의 의미와 그 구조가 궁극적으로 드러내고자하는 작품의 주제를 탐구할 수 있는 한쪽 창구를 열어 주고 있다고 볼 수 있다. 그것은 지금까지 연구되어 온 인물론에 관한 방대한 논문의 목록만 보아도 쉽게 짐작할 수 있다. 새롭고 다양한 방법론의 활용으로 소설 내의 인물들의 연구는 다각화되고 확대 심화되어 가고 있다.

우리 각자는 타인과는 변별적인 개성과 삶에 대한 인식이나 어떠한 상황에 대한 행동 양태를 지니고 있다. 이러한 것들이 복합적으로 작용하여 한 개인의 성격과 인상을 형성하게 한다. 그리고 이러한 인상을 우리는 한 개인의 독자적인 像으로 간주한다. 즉 어떤 한 개인의 인간상이란 그 개인에게 작용하는 외부의 모든 자극(내적・외적)들에 대한 개인의 수용 태도를 통하여 나타난 행동의 반응이라고 볼 수 있다. 이렇듯이 작중인물들의 像 역시 소설내부의 사건에 대한 그들의 수용과 그 반응의 양상이라고 규정할 수 있을 것이다.

소설 속의 인물들은 작가의 의도대로 작품에서 행동을 하는 주체적 존재이며, 소설을 소설답게 만드는 가장 중요한 요소들 중의 하나이다. 그러므로 포오스터에 의하면 "소설속의 인물들은 작가의 자화상의 변형이 아니면 객관화된 실체일 것이며"2)이며, 버사니에 의하면 인물이란 "작가 자아의 패로디(parpdy)일"것이다.3) 결국 이들의 주장은 작중인물이란 작가와의 상관성이 매우 높다는 것이라는 의미일 것이다.

그러므로 소설 속의 인물은 우리처럼 사회와 시대 속에 함께 숨 쉬며 살아가는 존재들이어야 한다. 만약 그들이 우리와 지나치게 소원화되어 있을 경우에는 진공속의 인물이 되어 유리된 채 작품속에서만 존재하는, 석화(石化)되고 추상적인 인물로 고착되기 때문이다. 그렇게 될 경우 작품은 그

---

2) E.M.Forster, *Aspects of the Novel*, London: Pemguin books, 1972, p.50.
3) Leo Bersani, *A future for astyanax*, London: Marion Boyars, 1976, p.x.

가치를 잃게 되는 중대한 과오를 지니게 되는 것이 소설이라는 장르의 운명이다. 즉 개연성(probablity)또는 핍진성(verisimilitude)이라는 중요한 속성들이 사라졌다는 말이 된다. 그렇게 될 때 작품은 독자에게 어떠한 영향도 줄 수 없기 때문이다. 결국 소설은 무엇보다 인물을 통해서 작가의 의식을 드러내주고 사회적 상황을 제시하고 있다는 것을 의미한다.

본고에서는 위와 같이 사회와 시대가 그에게 미치는 영향과 그것에 대한 반응이 한 존재의 상이라는 입각점에서 작중인물로서의 아버지라는 인물을 중심으로 지금까지와는 다른 근대소설의 성격이 있을 것으로 생각하고 그것을 찾으려는 목적으로 시작된다. 이러한 논거는 우리의 근대가 보편적인 것이 아니라 특수한 상황에 처해 있었다고 보기 때문이다. 주지하다시피 우리의 근대는 중상주의적 식민지 사회였다. 제국주의의 열풍 속에서 서세동점으로 아시아의 거의 모든 나라가 식민지라는 아픔을 겪어왔다. 그러나 이웃 일본이나 중국과는 다르게 우리의 식민지 상황은 중상주의적 식민지인 가장 가혹한 통제와 착취를 겪을 수밖에 없었다.[4)]

근대화가 식민지라는 급격한 변화의 시기에 당대를 책임지고 있던 아버지 세대의 충격과 그 책임에서의 무능으로 인한 주권상실에 대한 자식대의 갈등은 생각보다 깊은 상처로 나타나고 있다. 이는 신소설 이후 지금 동시대 우리들에게까지 우리 소설의 소원적 제재로서 식민사회에 대한 작가 나름대로의 그것의 인식과 반응은 계속되고 있는 현상을 통해서도 알 수 있을 것이다. 그 중에서도 근대화와 식민지라는 두 개의 동시적이며, 충격적인 변화가 가져다 준 세대 간의 대립양상은 우리 근대소설의 특징적 양상이라고 보여진다.

---

4) 신용하, 『한국근대사와 사회변동』, 문학과 지성, 1980. 그는 식민지를 자본주의적 식민지배와 중상주의적 식민지배로 나누고 있다. 타국에 의한 지배라는 점에서는 본질적으로 동일 맥락일지도 모르지만, 前者는 문호 개방이라는 점에서 식민지적 상황이었고 후자는 식민지의 강압적 지배라는 점에서 다르다. 일례로 전자는 물품의 수입과 판매가 모두 자국민에게 있었으나, 후자는 자국민들에게는 그러한 것이 주어지지 않은 탈취적 식민지배인 것이다. 회사령이니, 동척의 토지조사 등은 그러한 것의 실례이다.

세대간의 갈등과 반목은 어느 사회, 어느 시대에나 볼 수 있었던 보편적 현상이다. 그러나 우리 근대처럼 내외적 충격으로 인한 사회 전체적인 혼동에 기인한 병리적 징후로서의 대립양상은 매우 드물다. 새로운 문물과 규범의 갑작스런 틈입은 전통적인 가부장제의 사회의 충효열의 기존 이데올로기를 근본부터 흔들었기 때문에 과히 지각변동기라고 불릴 만큼 놀랍고 충격적인 사건이었다. 충에 대한 구체적 대상으로서 조선 왕권의 사라짐, 효의 바탕이 되는 가족 간의 상향적인 애정의 반대로서의 자녀에 대한 하향적 애정의 상황, 열에 대한 반대급부인 이혼과 재혼의 허용과 정면적 공격인 자유연애들이 유교주의에 물들어온 우리들의 인식체계에서 태어난 독특한 가부장제 사회를 뿌리부터 흔들어 버렸기 때문이다.

이러한 이유로 우리 근대소설에서의 부자간의 대립 양상은 단순한 가족 내에서의 개인 간의 갈등으로부터 넓게는 그러한 사회사적 의미를 함유하게 되는 것이다. 그러므로 父像의 존재 양상을 통해 살펴보고자 하는 본고의 의도는 정당할 수 있는 것으로 여겨진다. 또 이를 통하여 근대소설의 특징을 찾아낼 수 있다고 본다. 더구나 모든 인간이 자신의 세계와의 조정작용을 거쳐서 발전하고 있다고 보았을 때 그것을 최근접 거리에 위치해서 맞서고 있는 기득권층으로서의 아버지를 살펴본다는 것은 당대 사회의 반영적 존재인 소설을 해석 할 수 있는 확실한 통로가 될 것이라고 본다.

소설이 근본적으로 사회적 상황과 유리될 수 없다는 것은 이미 주지의 사실이다. 소설의 발생과 그 시대적 상황이라는 면에 관해서는 진작부터 다양한 논의들이 전개되어 왔으며 그 한 면을 루카치에게서 찾아 볼 수 있다. 그는 소설의 발생을 신이 버린 세계의, 상실된 세계에 대한 서사시로 보고, 소설이란 삶과 세계가 총체적으로 하나였던 세계의 상실을(原鄕喪先性) 나타내는 장르라고 규정한다.5) 즉 그에 의하면 소설이란 인류의 원향을 잃어버린 시대의 상실의 문학이라는 것이다.

---

5) Georg Lukacs, *Die Theorie des Roman*, Lutherhandm, 1971(반성완역, 『소설의 이론』, 심설당, 1985, p.70).

이러한 전통 위에서 골드만[6]은 발생론적 상동성이라는 용어로 이 두 세계—소설의 세계와 현실적 세계—를 압축했다. 그는 소설과 사회를 동일한 구조를 지니고 있는, 즉 상동성(homologie)이 있는 것으로 여기고 소설의 연구는 바로 그 사회를 연구하는 것으로 보았다. 물론 그 역으로, 사회 현상을 통한 문학—특히 소설의 해석도 가능하다고 보았다. 실제로 작가들은 자신의 목적에—자신이 쓰고자하는 이야기에 들어맞는— 부합하는 인물들을 만들어내고 그들을 다른 사람들과 같은 작가 그 자신들이 존재하고 있는 당대의 사회와 관계 맺게 함으로써 작중인물에게 살아있는 구체적인 인물, 즉 존재론적 인간이 되게 하고 있는 것은 분명한 사실이다.

와트[7]는 근대소설이란 다름 아닌 고전과 중세의 세계관을 거부하는 인간의 자유로운 정신의 태동이 나타나고 있는 것으로 보았다. 근대소설의 태동은 고전과 중세의 세계관인 항보편성과 집단주의를 깨뜨리고 등장한 개인주의의 확대에 의한 것이라고 보았다.[8] 그러므로 근대소설은 당연히 그러한 소설내적 인물을 지니게 된다. 이를 그는 특정한 개인이라고 명명하고 있다.

---

6) 골드만은 사회와 소설 작품간의 관계에 있어 구조적 상동성이란 용어를 내세우며 하나의 작품은 본질적으로 그것이 처하는 사회와 같다고 주장한다. 뢰엔탈 역시 이에 동조하여 모든 문학적인 자료는 사회적인 의미를 띠게되는 것이라고 보았는데, 특히 소설에서는 그것이 더욱 뚜렷하게 나타날 수밖에 없다고 했다. 또, 갤러허는 산업혁명시대의 영국소설을 노하는 자리에서 소설은 사회의 은유라고 보았다. 이러한 주장들의 의도는 모두 소설과 사회는 불가분의 내적 긴밀성이나 강한 친화성으로 얽혀진 것이라고 주장으로 보여진다. Lucien Goldmann, *pour une socielogie du roman*, Paris: Gallimard, 1965(조경숙역, 『소설사회학을 위하여』, 청하, 1982); Leo Lowenthal, *Literature and The image of man*, Boston: The Beacon Press, 1957(유종호역, 『문학과 인간상』, 이대출판부); Gallagher, Catherine, *The industrial reformation of English Fiction*, the U.C.Berkley, 1980.

7) Ian Watt, *The rise of Novel*(전철민 역, 『소설의 발생』, 열린책들, 1988).

8) Ian Watt, 위의 책, pp.20~35. 물론 와트는 이밖에 중요한 것으로 시간이라는 것을 들고 있다. 시간의 정의야말로 소설과 다른 장르를 구별해주는 변별적인 자질이라고 보고있다.

> 그것(작중인물)은 특정한 개인들이 일상적인 생활 속에서 이름지어
> 지듯이 똑같은 식으로 한 특정한 개인에게 이름을 지어 줌으로써 하나
> 의 인물을 제시하고자 하는 소설가의 의도를 전형적으로 나타내는 방
> 법이다.9)

이는 소설 속의 인물들은 모두 작가의 깊은 계획에 의해서 만들어진 인
간상들이며, 그래서 인물 나름대로 개체적인 의미를 지니고 있는 허구적
존재임과 동시에 의식적 존재라는 것을 밝히고 있다. 결국 소설이란 이와
같이 작중 인물에 의해서 그것들의 외현적이지만 숨겨진 의미를 찾아 내어
가는 문학의 장르라고 보고 있다.10)

위에서 살펴보듯이 소설과 그 소설이 그리고 있는 당대의 사회의 제 현
상들은 별개의 것이 아니고 상동성을 지니고 있다. 그래서 소설을 읽는다
는 것은 기실은 소설을 통해서 그 시대의 현실의 이모저모를 파악하며 그
시대의 문화와 사회를 호흡하는 행위라는 진술의 진의를 확인할 수 있다.
예컨대 이러한 점에서 어떤 시대의 소설의 의미 역시 당대의 삶의 현상의
역동적 드러냄이라고 볼 수 있을 것이다. 그럼으로 문학이 그 자체로서 소
설 내에서 살피는 사회에 대한 독특한 지식과 정보를 제공한다는 것은 소
설의 성질상 당연한 것이다.

이와같은 입장에서 본고는 첫째, 근대소설에 나타나는 父像은 어떠한
성격을 지니고 있는 존재이며 왜 그러한 인물형들이 나타나고 있는가 하는
의미 지표를 찾아보려한다. 둘째, 이러한 부상을 유형화함으로써 근대소설
에 드러난 특성을 유형화할 수 있는 가를 살펴보려고 한다. 또 나아가
1920~1930년대의 우리 소설사에 나타난 가족사 소설11)의 현저화의 현상

---

9) Ian Watt, 위의 책, pp.27~29.
10) 이는 루카치나 골드만 등의 주장이다. 그들은 소설의 주인공이란 타락한 사회에서
    진정한 가치를 추구하는 인물로 보고 있다.
11) 이뿐만 아니라 가문사소설, 가정소설, 가족사소설이라고도 부른다. 그러나 이는 그
    개념의 외연에서 조금씩 다를 뿐 내용이나 형식에 있어서는 큰 차이가 없으므로 본

의 원인과 그 의미를 찾아보려고 한다. 이는 이미 기존의 논의가 있었지 만12) 단순히 현상의 나열에 그쳤을 뿐 왜 그러한 현상이 발생했는가에 대한 심도 있는 고찰이 부족한 것으로 보여지기 때문이다. 그러므로 근대소설 특히 1930년대의 우리 소설사에 왜 가족사소설이 여러 작가들에 의해서 쓰여지는 현상을 보이고 있는가 하는 것은 1930년대가 그것을 요구할 수밖에 없는 특수한 상황의 시대라 상정하고, 그것의 진정한 원인과 결과가 바로 1930년대의 근대소설의 한 면모를 분명히 간직하고 있을 것으로 생각한다. 이러한 이유에서 그것에 대한 주의 깊은 고찰이 필연적으로 요구되어지기 때문이다. 또 그것은 우리 근대소설의 생성 문법과 지속과 변이의 특징적 이장(理狀)을 풀 수 있는데 단초를 제공할 것으로 생각한다.

2. 기존 논의 검토 및 문제 제기

우리 근대소설에 나타난 父像을 다룬 본격적인 논의는 지금까지 분량으로나 그 질적인 면에서나 썩 훌륭한 성과를 얻어낸 것 같지는 않다. 그 동안의 주된 연구의 방향이었던 부자간의 갈등이나 아버지에 관한 것은 주로 인류학적·심리학적 입장에서, 신화나 전설을 다룬 설화문학에서나 또 그러한 영향이 비교적 강하게 남아있는 고전문학 연구에서 상당부분 고구되어 왔다. 이런 연구들은 세계적이고 보편적인 양상으로 신화와 설화 등에 나타난 부자 갈등, 아비―찾기, 아비―살해 등과 같은 모티브 등을 문학 작품의

고에서는 가족사소설로 통칭해서 쓰고자 한다. 맨 앞의 것은 성현경, 『고전소설과 가문』, 김열규외 4인, 『가와 가문』(서강대인문과학연구소), 두 번째 것은 최시한, 『가정소설 연구』, 마지막은 신상성, 『한국가족사 소설 연구』(경운출판사, 1992) 등이 대표적인 논의다.

12) 신상성, 위의 책. 신상성 교수는 『삼대』, 『태평천하』, 『대하』를 중심으로 한국가족사소설을 폭넓게 살피면서 그 연구사의 목록을 자세하게 고구·분류하고 있다.

연구에 적용하여 괄목할 만한 성과를 올리고 있는 것으로 살펴졌다.[13]

우리 문학의 연구에 있어서 이러한 양상의 대표적인 논의는 김열규 등에 의해서라고 보여진다.[14] 특히 원한과 가계를 한국문학의 원형적 소재로 간주하고 논구하는 가운데 부자의 갈등과 아비 찾기 등의 모티프를 통해서 한국문학의 본질을 밝히려고 했다. 그러나 이들 역시 존재로서의 아비의 상이나 당대의 현실에 비춰진 아버지의 모습보다는 아버지와 자식들의 갈등과 아비를 찾는다는 행위가 목표하는 바, 제의적인 의미의 성인식의 과정이거나, 고귀한 혈족임을 스스로 증거하여 왕위에 오르는 신분 상승 등의 것으로 종결되기 때문에 본고에서 논의하려는 소설내적 인물로서의 아버지의 의미와는 조금은 다르다고 간주된다.

본격적인 부자 갈등 관계의 논문은 김용숙 교수에 의해서다. 『한중록』에 나타난 인물연구를 통해서 아버지 영조와 사도세자의 갈등과 그 죽음을 살폈다.[15] 그는 프로이드 정신분석의 근간인 외디푸스 콤플렉스와 욕망과 그 좌절을 중심으로 나타나는 심리학적 양상들, 불안, 공포, 조울증 등을 병리적 징후들을 사용하여 영조와 사도세자, 두 인물의 성격의 특징—특질—찾아내고 그것이 어떻게 상호충돌, 화합으로 작용하면서 비극적인 결말로 자식을 죽이게 했는가 하는 부분에까지 세밀하고 논리적으로 밝히고 있다. 그러나 이 논문은 지나치게 프로이드의 학설에 기대어 있었기 때문에 문학 작품의 연구로서의 그 한계성을 보이고 있기도 한다. 그럼에도 불구하고 외방적 연구의 문학작품에의 적용이라는 면에서와 작품 전체를 통해 나타난 현상들을 세밀하게 분석한 점들은 장점으로 인정된다고 본다. 그러나 이 논문은 父像의 연구로 보기에는 무리가 있다고 생각한다. 특히 당대의 사회적인 상황을 전제로 하지 않은 연구라는 점에서 그렇게 이해될 수 있다.

---

13) Elisabeth Frenzel, *Motive der weltliteratur*, pp.690~710; Horst S. und Ingrid Daemmrich, *Themen und Motive in der Literature*, pp.326~329.
14) 김열규편, 『한국문학의 두 문제』 —원한과 가계— 등이 그것의 한 예증일 수 있다 (학연사, 1985).
15) 김용숙, 『국어국문학』 제19호, 1958.

근대소설의 경우 인물들의 갈등 양상을 통한 부/자를 동시에 다룬 논의[16]가 있고 인물연구에서 역시 부자와 가족간의 문제를 다룬 것은 많이 있다.[17] 그러나 지금까지 논구된 대부분의 아버지에 관한 연구는 소수 작가들의 인물론에 관한 연구의 한 부분으로 주로 심리적이거나 정신분석적 연구가 대부분을 이루고 있는 형편이다.

아버지에 대한 연구 중 효시로 보여지는 것은 김동석의『부계의 문학—안회남론—』[18]일 것이다. 이 연구는 안회남이 아버지 안국선의 대를 잇는 입장에서 그 아버지를 지나치게 긍정적으로 보려고 하는 데에서 오히려 부정적으로 나타났다고 보았다. 김동석은, 역사의 원리는 아비로 표상되는 전시대는 부정되어야 하고 그 부정을 통해서 긍정되는 것이 정석이라고 보면서, 그런데도 안회남의 안국선에 대한 이러한 긍정적 시각은 일종의 부성에 대한 노예가 되는 행위라고 보았다. 나아가 김동석의 위 논문은 피상적인 작가론에 불과하기 때문에 모호한 추상성에 머무르고 있다.

동일한 맥락에서 이정숙[19]은 안회남은 父—콤플렉스에 사로잡힌 것으로 보고 안회남이 신변소설에서 인민 항쟁소설까지 자신의 스펙트럼을 넓혀가며 그의 부친 안국선을 넘어서려는 몸부림을 했지만 오히려 문학적으로 더 실패하고 말았다고 보았다. 그 이유로는 그의 향부성적인 열등의식 때문이라고 보았다.

본격적인 논의는 못 되지만 의미있는 아버지 연구는 문학사상의 특집으로[20] 여러 필자들의 소개가 있다. 논자들은 우리 소설뿐 아니라 다양한 나

---

16) 조남현,『한국소설과 갈등』, 문학과 비평사, 1990.
17) 박동규,『현대 한국소설의 성격연구』, 문학세계사, 1980; 정현기,『한국 현대소설의 인물유형』, 인문당, 1983; 김용성,『한국근대소설의 인물연구』, 인동, 1986; 윤홍로,『한국근대소설 연구』, 일조각, 1984; 우남득,『한국근대소설의 인물 서사유형 연구』, 이대대학원, 1884 등이 있다.
18) 김동석,『예술평론』, 1948.6.
19) 이정숙,「向父性 自己 認識과 그 극복의 실패, 安懷南論」,『한성대논문직』15, 1991.
20)「문학에 나타난 父子像」, 문학사상, 1977.3.

라의 여러 작품에 나타난 부자상을 소략하게 살피고 있어서 연구자에게 부상에 대한 핵심점을 주지만, 원고 매수의 제한으로 본격적인 논의를 할 만한 수준은 되지 못한 점이 아쉽게 생각된다.

　정창범[21] 역시 하근찬의 『수난이대』 등과 그 일련의 작품을 논의하면서 부자간의 관계가 하근찬 소설 속에서 빈번하게 나타나고 있음을 착안하여 부자간의 문제를 연구하고 있다. 그는 하근찬 소설의 자주 등장되는 부자의 관계에서는 흔히 보이는 갈등으로 인한 싸움이나 증오들이 보이지 않은 점을 주목하여 설명하면서 그의 작품에 존재하는 부자관계에는 외디푸스 콤플렉스의 갈등이론이 적용되지 않는다고 보았다. 정창범에 의하면 이러한 현상은, 결론적으로 하근찬이 부자관계를 통하여 보여주고자 했던 것은 한국적 부자간의 애정의 수수 관계, 더 없이 깊은 역사의 상처에 대한 상부적인 우리 민족만의 고유한 의식이라고 결론을 내리고 있다.

　현길언[22]은 김남천의 『대하』와 기타 단편을 대상으로 아이들과 아버지와의 결별의 문제를 다루고 있다. 그는 부계를 닫힌 사회로 보고 새로운 세계로 향하고자 하는 아이들은 우선 닫힌 세계의 타락한 부계와 결별을 통해서 가능하다고 보았다. 특히 의붓아들의 존재는 이런 문제에 중대하다고 보았는데 그 이유에 대해서는 구체적으로 밝히지 않고 있다. 단지 그러한 아들―서자나 의붓 자식―이기에 부친과의 결별이 용이하게 나타나고 있다는 것을 『대하』의 형걸이나 『누님사건』을 통해서 보여주고 있을 뿐이다. 논자는 아마 부와의 결별이 바로 새로운 세계로 가는 갈림길로 상정하고 있는 것으로 보이는 데 이는 그가 이러한 부계소설의 대부분을 성장소설로 간주하고 있는 데에서도 찾아 볼 수 있다. 부저하고, 타락하고, 무능하며 왜소하게 보이는 아버지와의 결별을 해야 새로운 세상이 열린다는 듯한 생각은 납득하기 어려운 논리라고 보여진다.

　이외의 아버지의 논의로 정현기와 최원식 등의 논의들은 거개가 비평적

---

21) 정창범, 『한국현대작가연구』 상, 백문사, 1989.
22) 「닫힌 시대와 역사에 대한 소설적 전망」, 『세계의 문학』(1988. 겨울호).

수준에 머물고 있는 형편이다.23) 최근의 김윤식 교수의 논의 역시 한국 소설의 모계가 부장론을 논의하지만 뚜렷한 준거도 보이지 않아 그의 논의는 소략한 비평문의 수준을 넘지 못하고 있다.24)

대체로 부상에 관심을 보인 최근의 연구로는 이재선 교수의 일련의 논문이 눈에 띈다.25) 그는 신소설과 『무정』을 대상작품으로 삼아 사랑과 결혼이라는 문제를 중심으로 부—자, 부—녀 관계의 기존 파라다임을 바꾸려는 경향이 강해지고 있다는 것을 제시하고 있다. 나아가 아버지란 존재가 아들에게 도전을 받는 것이 현대소설의 한 정식으로 간주하면서 이후 1930년대 소설과의 지속적인 발전의 양상을 살피고 있다. 또 이어서 신소설의 인간 초상을 다룬 논문 역시 우리문학의 지속적 발전이라는 전제에서 전대 소설과 개화기 소설의 부자 관계 등에 의해서 보여지는 인물상들, 개화기 신소설과 『무정』의 인물들을 비교 관찰하였다. 다른 한편으로 그는 한국문학의 주제론26)을 살피는 도중에서 우리 시조의 '애비' 문화와 아이들의 관계를 통해서 아비의 위치와 현대문학의 아버지의 위상에 관한 논의에까지 다양하게 아버지상에 대한 논의를 펴 오고 있다.

아버지에 관한 학위논문은 서준석에 의해서다.27) 그는 고대설화인 주몽의 이야기에서부터 1980년대 작가들에 이르는 한국 소설—이는 허구 서사체를 모두를 아우르는 의미로의 소설을 말하고 있다—작품에서 나타나는 아버지의 상실, 아비부재의 문제를 다루고 있다. 그는 사회적 상황적 층위, 개인적 가족사적 층위, 역사적 통시적 층위 등으로 고전 설화로부터 현대소설까지를 다루고 있다. 그는 부상실의 모티프를 찾아내어 그것이 드러나는 현상을 찾는 입장에 서서 보았기 때문에 논문의 내용은 비교적 분명하게 부상실의 모티프가 나타나고 있으나 뒷부분에 이르러 이 세 층위의 분

---

23) 정현기, 『한국문학의 사회사적 의미』, 문예출판사, 1986.
24) 김윤식, 『오늘의 문학과 비평』, 문예출판사, 1988.
25) 이재선, 「근대소설과 부자간의 문제」, 『한국문학연구』 13집, 동국대, 1990.
26) 이재선, 『한국문학 주제론』, 서강대출판부, 1989.
27) 서준석, 「한국 현대소설에 나타난 '父喪失' 연구」, 경희대대학원 박사학위논문, 1991.

류점이 혼란스럽게 뒤섞여서 논점의 약화를 가져오고 있다. 또 논의의 입각점이 사회·문화적인 측면임에도 불구하고 그러한 것에 대한 연구가 충실하게 보이지 않은 점을 결점으로 꼽을 수 있으나 고대 설화에서부터 현대 소설에 이르는 우리 문학 전반을 부상실이라는 모티프로 설명을 했다는 의욕과 의의는 인정할 수가 있다.

이상에서 살펴본 바와 같이 근대소설의 아버지 상에 대한 연구와 그 성과는 진척되었다고는 보여지지 않는다. 지금까지 살펴 본 아버지상의 연구는 주로 부자의 관계에서 아들의 입장에 맞추어 있었다. 그리고 아들의 새로운 세계로의 출발 지점은 그의 아버지를 넘어서는 바로 그 곳이었다. 아버지는 아들의 반대적 존재이거나 상대적으로 나타날 수밖에 없는 정형성을 갖게된다. 즉 부―자의 이항대립(binary opposition)의 갈등이라는 논점에 고착되고 있음을 구체적으로 확인할 수 있다. 그러나 아비란 존재의 정확한 드러남은 정반의 상황을 모두 살펴야 되기 때문에 주정적인 것만이 아니라 긍정적인 측면에서도 고구되어져야 한다.

3. 연구 방법 및 대상 작품

1) 아버지의 세 유형

무어(Muir.E)가 인물들의 행동 양태를 축으로 삼아 소설을 행동소설과 성격 소설로 분리하고, 인생이 각자의 패턴(pattern)이 있듯이 성격이 다른 소설 속의 작중인물들도 개별적인 패턴이 있으며, 그 패턴은 작가가 마음대로 할 수 없다고 주장한 것은 인물의 중요성은 물론이고 인물의 유형론에 대한 고찰까지도 아우르고 있는 것이다. 또, 인물에 관한 비교적 최근의 이론을 원용한 김천혜는 소설의 인물을 노하는 자리에서 다른 예술과 소설의 궁극적인 차이를 다음과 같이 인물론으로 밝히고 있다.

인물이 없는 소설은 없다. 조각 회화와 같은 예술 분야나 事物詩Dingg-
edicht와 같은 문학 장르에 인물이 없는 경우가 있으나 서사 문학 작품
에는 반드시 인물이 등장한다. 동물이나 무생물이 주인공인 동화에 있
어서도 그 주인공은 의인화되어 있다. 그러므로 이 인물의 형태 유형 성
격 같은 것을 고찰해 봄으로써 우리는 소설의 구조에 접근할 수 있는 것
이다.[28]

지금까지 논의 되어 온 인물론의 연구는[29] 작중인물들의 행동과 성격
등을 살펴 그 동류항을 밝혀내고 그것들을 축출하여 유형화하려는 인물 유
형론과 인물과 사회, 이물과 작가와의 상동적 관계를 조망하여 작중인물을
사회의 감광판이나 또는 상징(작품에 드러난 여러 징조들을 종합하는 것의
이미지로서)으로 보는 문학사회학 등으로 크게 나누어지고 있다.[30]

---

28) 김천혜,『소설구조의 이론』, 문학과 지성사, 1990, 179쪽.
29) 지금까지 언급된 주요한 인물론에 관한 논문이나 저서는 헤아릴 수 없이 많다. 그
   러나 본고에서는 그 대표적인 것과 또 본고에 도움을 주는 몇 가지만을 중심으로
   살펴보면 아래와 같다.
   E.M.Forster, *Aspects of Novel*.
   W.J.Harvey, 위의 책.
   E.Muir, *The Structure of the Novel*(안용철 역, 소설의 구조, 정음사, 1975).
   Robert Scholes.Kellogg, *The Nature of Narrative*.
   James Phallan, *Reading People Reading Plot*, U.C.P.1989.
   펠란은 인물을 플롯의 기능상에 존재하는 다변위적이고, 세 가지의 구성물로 구성
   된 문학의 요소라고 보고 모방적 구성소, 주제적 구성소, 종합적 구성소로 나뉘어
   살피고 있다. 이는 인물들의 기능에 따른 분류이다.
   Thomas docherty, *Reading (Absent) character*(Claredon Press Oxford, 1983).
   인물들의 속성과 특성들의 플롯에서의 드러남을 살피고 있다.
   M.Zeraffa, *Roman et Societe*(이동렬역 소설과 사회, 문학과 지성, 1977).
   이는 루카치나 골드만 등의 주장과 같이 사회와 인간의 관계에서 추론된 것과 비
   슷하게 작중인물과 소설의 관계를 논의하고 있는 것 등등이다.
30) 롤랑 부르뉘프 · 레알 웰레 공저, 김화영 편역,『현대소설론』, 문학사상사, 1986,
   233쪽; M. Zeraffa, op.cit., p.54.

인간자체는 인류학의 주제이며, 문학사와 문학 비평의 주제이다. 또 반면에 문학은 인간에 대한 저작의 본체이기도 하다.[31] 인류학이 집합적 존재로서의 인간종의 특성규명에 관계하지만 문학이란 인간의 특성적 성격을 드러내는 데에 그 차이가 있다.[32] 그래서 작중인물들의 내적 생활의 의미는 사회 변화의 문제와 관련되어 있다고 한 뢰웬탈의 말은 이런 의미에서 그 중요성이 더 증폭될 것이다.[33] 내적 생활이란 가치관을 지칭하는 것이다. 그리고 그 가치관은 사회의 변화와 함께 변화한다.

근대화가 일어나고 사회가 변동하면 그 변동으로 인한 충격에서 그 혼돈의 여파가 제일 먼저 나타나는 곳은 사회의 가장 작은 단위인 가정이다.[34] 가정이라는 단위적 사회가 없다면 우리가 소위 사회라고 부르는 것은 존재할 수가 없다. 그러므로 가정은 모든 사회변화와 갈등의 가장 핵심적인 맞섬대이다.

가족주의라고 우리의 고유의 민족의식을 말하는 사람도 있기도 하지만,[35] 그것은 현재에도 그렇게 많이 달라진 것 같이는 보이지 않는다. 우리는 충효로 현현되는 의식의 표층에서부터 가문 등과 같은 집단으로 분류되는 의식들을 지니고 살아오기도 했다. 그리고 그러한 분류는 극히 자연스럽게 우리들 사이에서 수용되어지고 있는 것이다.

---

31) A. Owen Aldridge, 「Literature and the Study of Man」, 영어영문학 35권, 1989.
32) 제베데이 바르부, 박철규 역, 『역사심리학』, 창작과 비평사, 1983, 80쪽.
33) 이재선, 위의 책, 211쪽 재인용.
34) 지교현, 「가정의 윤리적 특성과 사회・교육적 기능」, 『개인과 국가』, 한국정신문화연구원, 1985, 81쪽.
35) 최재석, 『한국가족제도연구』, 서울대출판부, 1985, 632쪽; 이광규, 『한국가족의 구조분석』, 일지사, 1984, 15쪽; 최홍기, 『이데올로기와 사회변동』, 서울대출판부, 1986, 80쪽; 조혜정, 『한국의 여성과 남성』, 문학과 지성, 1988, 69쪽 등의 대부분의 사회학자들이 우리의 전통적인 의식들로 가족주의를 들고 있다. 또 문학에서도 이러한 현상은 마찬가지로 보여진다. 그 대표적인 저서들은 아래와 같다. 이동하, 『현대소설의 정신사적 연구』, 일지사, 1989, 25쪽; 김열규외 공저, 『고전문학을 찾아서』, 문학과 지성, 1976, 135쪽.

한국전통사회의 가장 원초적이며 기본적인 사회단위로서의 家族社
會는 '집'이라는 개념을 떠나서는 생각할 수 없다. 우리의 조상들이 옛
날부터 사용해온 '집'의 개념은 단순히 비를 가리고 사는 주거 이상의
의미를 지니고 있다. 그것은 정신적으로 일관되어 내려오는 전통이나
내력을 함께 계승하고 유지함으로써 구성원들이 일체감이나 소속감을
갖는, 시간과 공간적으로 확대된 의미로 사용되어 왔다. 이렇게 '집', '집
안', '家門'은 보다 큰 개념으로서 여러 개의 單位社會인 전통가족으로
형성되는데 단위사회인 집은 문중이라는 친족사회 속에서 어떤 생득적
지위를 부여받은 낱개의 細胞的인 '집'이 된다.(80)[36]

결국 위에서 살핀 바와 같이 우리에게 집이란 삶의 기반이며 자아정체
의 확인되는 장소이며 초시간적으로 존재하는 것이기도 하다. 이와 같은
의식들이 우리의 전통적인 의식을 형성해 왔다. 위를 종합하여 보면 다음
과 같은 내용과 별로 다르지 않을 것으로 본다.

유교사상내지 이념은 家族之義내지는 가족지향적인 문화로서의 성
격을 뛰고 있는 것이 사실이다. 물론 유학사상이 반드시 이런 가족적인
윤리관만을 내세우는 것은 결코 아니지만, 이상적인 유교국가는 기본
적인 가족단위를 그 '마이크로즘'(小宇宙)으로 삼을 만큼, 가족(가정)은
유교에 있어서 기초적인 사회단위인 것이다.[37]

가족에 대해서는 다양한 논의가 있는데 여기서 몇 가지 대표적인 것을
들어 보면 다음과 같다. 머어덕[38]과 레비스트로우[39]의 논지에 의하면 결
국 가족이란 결혼에 의하여 발생된 출산된 자녀와의 감정적 심리적인 정서
의 공유와 사회적인 모든 의무와 책임을 나누고 있는 집단으로 보고 있다.

---

36) 지교헌, 위의 책.
37) 이재선, 『근대소설과 부자관계의 문제』, 『한국문학연구』 13호, 동국대, 1990.
38) Murdock.G.K, *Social Structure*, The Free Press, 1949.
39) C. Levi—Strauss, 1957; 이광규, 위의 책, 26쪽 재인용.

이렇게 보면 가정 또는 가족의 기능이란 ㄱ) 재생산 기능과 ㄴ) 경제적 기능 그리고 ㄷ) 사회화 기능이 핵심적인 기능으로 보인다. 그렇다면 우리 전통적인 가치관에 입각한 가족의 기능을 살펴보자.

먼저 우리 전통적인 가치관과 기능으로 가족이나 가정의 문제를 자세하게 고구한 이는 최재석이다. 그는 우리의 고전적인 학습서를 중심으로 공통적인 요소를 선별해 내고, 거기서 다시 각기 다른 수신서에서 그러한 항목들이 어떻게 나타나는가를 살펴 다음과 같은 요소로 집약해 냈다.

첫째, 가족의 구성은 위계적인 질서로 구성된다.

둘째, 우리가족의 중심은 부부가 아니라 친자관계에 두어져 있다.

셋째, 우리 친자관계는 일방적, 절대적인 예속의 관계다.

넷째, 우리 가족의 화목은 인격의 상호존중에 의거하기보다는 상하의 신분서열로 유지된다.

다섯째, 초시간적 집단인 집(家門)의 유지·존속이 가족원에 대한 지상 가치이기 때문에 가족구성원 개인의 자유나 독립, 발전은 전적으로 배척된다고 보았다. 이와 같은 논점에서 우리사회에는 강한 가부장권이 대두될 수밖에 없었다는 결론을 내렸다.[40]

최근덕은 『전통사회가정과 그 禮俗의 順逆』에서 가정을 가족이 있는 곳, 집의 뜰이란 의미를 갖는 것으로 보고 잘 사용하지 않았다고 주장하며 가족이란 의미로 家를 보았다. 그리고 ㄱ) 부부를 단위로 한 단체이다. 有夫有婦然後爲家(『周禮』의 「地官·小司徒」편), ㄴ) 가통을 뜻했다. 가란 대를 잇는다는 말이다(承世之辭『詩經』「周頌」恒의 疏에서). 이는 부부를 중심으로 보지 않고 친자관계로 보았다. ㄷ) 일족 즉 가문을 뜻했다. 가란 一門의 안이다.(家謂一門之內, 『詩經』「召南」桃夭의 注) 동성 가문의 한 단위로 보았다.[41]

이상에서 볼 수 있듯이 우리들의 가족관도 서양의 그것과 거의 동일하

---

40) 최재석, 위의 책, 185~224쪽 참조.
41) 최근덕, 위의 책, 44~47쪽.

다고 볼 수 있다. 즉 ㄱ) 성적 기능과 ㄴ) 재생산 기능, 그리고 ㄷ) 사회화 기능이 그 기본적인 요소로 나타나고 있음을 알 수 있다.

전통적으로 가족의 기능은 아버지의 기능이었다. 아버지 중심의 가부장제[42]는 바로 아버지라는 존재 하나에 의해서 가족이 운명이 좌우되는 것이다. 가족의 공동운명체가 아니라 가족의 운명의 개인화 현상이 바로 가부장제라고 볼 수 있다. 그래서 아버지를 가족들, 특히 자녀들의 모든 것을 지배하고 있었다.

아버지의 역할이란 무엇보다, ㄱ) 자녀의 사회화 기능 ㄴ) 경제적 기능 ㄷ) 가독권 등으로 살펴진다.[43] 그러나 무엇보다 자녀의 사회화 과정에서 아버지의 역할은 두드러지는 데 이는 아버지의 퍼스널리티가 직접 간여할 수 있는 곳이기 때문이다. 즉 아버지는 자신이 옳다고 생각하는 방향으로 자식을 가르치는데, 그 방향이 옳고 그런 것의 가치 여부를 볼 수 있게 해 주는 데에서 그렇다. 사실상 사회화 과정[44]이야말로 아버지의 역할 중에

---

42) 이광규, 위의 책, 129쪽. 가족을 지배하고 가사를 지휘하고 가족원을 통솔하는 지위에 있는 사람을 가장이라 한다. 父系擴大家族에서 이러한 지위를 점유하는 사람은 최상세대에 속하는 최고령자인 父이기에 보통 그 집안의 가장을 父家長이라 한다.

43) 송복, 『한국사회의 갈등구조』, 현대문학, 251쪽. 가족을 논하는 가운데 가장 중요한 것으로 개인을 사회화 해서 사회로 내보는 것으로 보고 그 역할은 아버지의 두 가지 기능(역할), 즉 애정의 역할과 통제의 역할을 중요한 의무로 보고 있다; 지교헌, 전게서. 양육의 역할, 교도의 역할, 이는 역할을 도리로 보고 설명하고 있다. 그러나 양육과 교도란 모두 사회화라는 바람직한 현상의 다른 이름이라고 본고에서는 생각한다.

44) 사회화(Socialzation) 과정이란 대체로 개인이 하나의 사회성원이 되는 데 필요한 태도, 가치, 사고, 행동 등과 같은 여러 가지 방식을 다른 사람들과의 상호작용을 통해서 습득하는 과정을 의미한다. 즉 한 사회의 사회 문화적 유산의 전승과 개인의 퍼스널리티 품성의 발달이라는 두 개의 보완적인 과정을 의미하기도 한다. 아이가 사회화 과정에 들어서게 되는 것은 보통 사춘기 때인데 이럴 때 부모, 그 중에서 父의 역할은 거의 결정적이라는 것이 밝혀지고 있다. David Lynn, *The Father : his role and child development*, brooks/cole pub., 1974; Lorna Mckee and Margaret O'brian, *The Father Figure*, 1982.

서 가장 중요하다고 보겠다. 본고에서도 이 사회화 과정에서 자녀와 아버지의 갈등의 부분에 초점을 맞출 것이다.

전통적으로 우리의 가치는 첫째, 도덕력에 의한 인본주의이며, 부권제에 의한 권위주의였고, 가족주의에 의한 집합주의였다.[45] 또 세계적으로 사회는 신학적 사회에서 형이상학적 사회로, 다시 실증주의적 사회로 변동해 갔다고 밝혀지고 있다.[46] 또 송복에 의하면 우리 사회는 유심론으로 흘러가는 양상을 지니고 있다고 본다.[47] 또 전통적으로 우리의 사회는 농경사회, 즉 사회학적 용어로 전산업사회(pre—industrial society)로서 자급 자족적 생존경쟁의 시대에서 이제는 산업사회로 이행해 가는 것으로 나타난다. 전산업사회에서의 가족이라는 사회단위(전통주의적)와 혈연 중심의 공동체 성원(집합주의적), 정의적(情誼的) 인간관계(특수주의적), 사회적 지위에 있어서 귀속적(권위주의적)인 데에서 첫째의 대립으로 합리주의, 개인주의, 보편주의, 평등주의로 분화되어 갔다고 본다.[48] 이를 도표화하면 다음과 같다.

<도표 1>

분 류	전근대적 사회	근대적 사회
이념관	도덕력에 의한 인본주의	실적에 의한 능력주의
권위관	부권제에 의한 권위주의	부권상실에 의한 평등주의
가족관	가족제도에 의한 집단주의	가정해체기에 의한 개인주의

본고에서 말하는 아버지상이란 텍스트내에 나타난 작중인물로서의 아버지라는 인물의 전체적인 면모를 가리킨다. 보편적으로 한 인물의 속성이

---

45) 임희섭, 위의 책, 66~72쪽.
46) Wilbert E. Moore, 김일철 역, 『사회변동론』, 탐구당, 1981.
47) 송복, 위의 책, 268쪽.
48) 임희섭, 위의 책, 40쪽.

란 그의 사유방식과 행동 양태를 통해 드러나는 개별적 자아의 외현적 드러남이라고 볼 수 있다. 즉 내적 삶과 외적 삶의 특성 전체가 종합적으로 비추어지는 상을 일컫는 것이다. 이러한 것들이 드러나는 방법은 작가에 의해서 서술되거나 묘사되는, 즉 표출화 과정을 통해서만 가능하다.

또 한 인물의 작품내에서의 기능 또한 중요하다. 그러므로 본고에서의 아버지는 주인공인 자녀들과의 관계를 통해서 서사에 기능을 하는 동적 존재이며, 작품 전체에 영향을 주는 인물이라는 개념을 설정한다. 이러한 성격을 지녔으므로 본고의 아버지는 바로 자녀들에 비추어진, 자녀들과의 갈등, 반목을 통하여 소설의 사건들을 야기 시키고, 또 그것을 결말까지 끌고 가는 존재인 것이다. 위에서 언급했듯이 아버지 자신의 행동이나 타인에 의해서 비추어진 서술 묘사, 또는 내포작가에 의해서 노골적으로 드러난 모든 진술을 포함한 등등을 통해서 보여지는 종합적인 상으로서의 아버지 상을 말한다.

둘째, 본고가 다루는 아버지와 관계 맺는 인물은 주인공으로 한정한다. 즉 아버지가 주인공이든지 자녀들이 주인공인, 주제적 기능을 하는 인물들로 한정하겠다. 또 이러한 갈등의 양상들을 살펴보기 위해 부/자녀의 갈등을 모두 살펴야 한다. 지금까지는 주로 부/자의 갈등—순응과 역전—면이라는 이항대립(二項對立)의 상황에만 중심을 두었으나 근본적인 대립으로서 아버지라는 작중인물의 총체적 면모를 살피기 위해서 부/자녀의 갈등이나 문제적 양상 모두를 살피기로 한다.

본고는 소설에 나타난 아버지상을 理想的父, 代理的父, 實際的父라는 3가지 父像으로 나누어 살피려고 한다. 물론 소설 속에 등장하는 아버지는 하나이며 그는 실제적인 아버지이다.[49] 즉 이상적, 대리적 아버지란 實父와는 다르고 존재할 수도 있겠지만 거의 찾아 볼 수 없는 아버지상이다. 그

---

49) 養父나 繼父 등은 역시 실제적인 부이다. 양부는 친부에 대한 결핍으로 존재하는 대상적 개념이며, 계부 역시 그렇다. 이 두 父像은 그러나 법률적 입장에서는 실부와 같은 자격을 지니기 때문이다.

러나 소설속에서는 이러한 인물들이 나타나고 있다. 부자의 갈등이란 모든 문학의 소원적(溯原的) 제재이다. 외디푸스를 비롯하여 그것의 예는 매개할 수 없을 만큼 많다.[50] 자식과 아버지의 갈등은 그러므로 거의 근본적이라고 할 수 있다.

그것은 변화와 지속이라는 것에서 비롯된다. 아버지는 지속적인 것으로서의 전통을 고수하려 하고 자식은 그러한 전통을 자신을 억압하는 기제로서 생각하고 거부하려 한다. 이러한 것은 소위 성장이라는 시기에 처한, 즉 가정에서 사회로 나아가려는 아이들의 현실에 대한 각성으로 시작한다. 그는 아버지라는 보호자겸 안내자에 의해 가정이라는 최소의 사회 속에서 더 큰 세계로 나아가야 한다는 것을 거의 본능적으로 느끼게 된다. 그것은 그가 이제 하나의 사회적 존재로서, 성인으로서 정체성이라는 심리적 정신적 자각과 동궤를 이루면서 진행된다. 또 거기에 결부된 주요한 요소로 가치관의 충돌에서 오는 것이다. 아버지들은 기존의 가치관으로 모든 것을 평가하고 그것에 의지하여 자녀를 사회화시키려고 한다. 그러나 가치관은 사회와 시대에 따라서 스스로 조정되고 변화해 가는 유동성 있는 이념이다. 두 개의 가치관이 상충하는 곳에는 언제나 갈등이 존재할 수밖에 없다. 그리고 그 가치관의 차이가 크면 클수록 갈등은 점점 더 예각화되어 가는 것이 보편적인 사실이다.

이미 살펴보았지만 우리 근대는 외세의 물리적 힘에 의한 급격하고 타율적으로 진행되었다. 그 충격의 충분한 수용과 적응력을 키우기 전에 식민지라는 전략적 상황으로 급변함에 따라 극도의 '정신적 기조의 흔들림'의 상태로 전개되었다. 이러한 상황의 가장 큰 여파는 가치관의 혼동으로

---

50) 설화문학에 나타나는 현상으로 우리의 경우에도, 유리왕의 이야기는 바로 애비 찾기(vatersuche) 설화의 전형적인 예라고 볼 수 있다. 또 이는 otto Rank, Franzer 등의 모티프론을 참고해 보라.

Elizabeth Franzel, *Motive der weltliteratur kröner*, 1979.

Otto Rank, *The Incest Theme in the literature and legend*, Johns Hopkins, Univ.P. Baltimore.

나타난다. 기존의 질서와 이념체계는 변용의 과정을 거치지도 못하고 낡은 것으로 시세에 영합하지 못한 구태의, 타기해야만 되는 가치로 드러나게 되고, 새로운 가치관은 심각한 조정의 단계를 거치지도 못한 채 생경하게 수용되어 미숙한 가치의 외곽만을 진정한 가치로 생각하는 우를 범하게 될 수밖에 없었다.

가치관의 갑작스런 혼란으로 나타난 것은 가족의 붕괴에서도 찾아 볼 수 있다. 특히 개화와 수구라는 이원적이며, 이가적(二價的) 이념은 부자간의, 즉 세대 간의 심각한 대립 양상을 초래하고 있다. 세대간의 대립에 있어서 하위에 처한 아들은 실제부의 억압과 간섭을 배제하기 위해 반항하고 거부하게 된다. 그래서 의식속에서 그들은 부친살해(Vatermord)를 범하는 것이다. 그리고 죽어버린 아버지, 부정된 아버지 대신으로 그들은 새로운 아버지를 찾는다. 그런데 그 아버지는 그들의 상상 속에서 존재하는, 전폭적으로 그들을 이해하고, 옹호해주며, 모든 것에 역할 모델이 될 수 있는 아버지상을 갖고 있다. 바로 이러한 父像을 본고에서는 理想的父로 설정한다. 예를 들면 신소설에서의 理想的父는 개화라는 당대의 새로운 조류(潮流)에 적극적이며, 자녀들에게 개화의 이념의 구체적 양상들, 교육과 자유연애 등에 허용적임과 동시에 그러한 어떠한 일이라도 가능케하는 존재이다. 또 그는 완전한 보호자이며, 자식들을 사랑하는 존재이다.

그러나 理想的父는 현실에서는 물론이고 소설 내에서도 실제로 존재하지 않는다. 왜냐하면 세대적 존재란 순환되는 가치변동의 상징적 대표자들이기 때문이다. 결핍된 것에 대한 욕망은 근원적이며 동시에 본질적인 것이다. 그러므로 자녀들은 부재된 實際的父 대신으로 작품내에 존재하는 인물들 중의 하나를 理想的父로 삼으려고 경향이 아주 뚜렷하게 나타난다. 이러한 부를 본고에서는 代理的父라고 설정한다.

實際的父란 말 그대로 작품내에 실존적으로 등장하는 아버지라는 존재다. 實際的父는 작품내에서 자녀들과의 갈등이나 반목을 두드러지게 해주는 기능적 인물이다. 그들은 작가의 의식속에서 굴절되어 나타나는 당대의 주요한 이슈들을 자식들과의 대립이라는 양태로 문제화시키고 있다. 그렇게 하기 위해서 그들은 문면에서는 부정적인 존재로 나타나며 무능한 인간상으로 보이고 있다.

다음 3 父像을 그림으로 그려보자면 다음과 같이 나타날 수 있을 것이다.

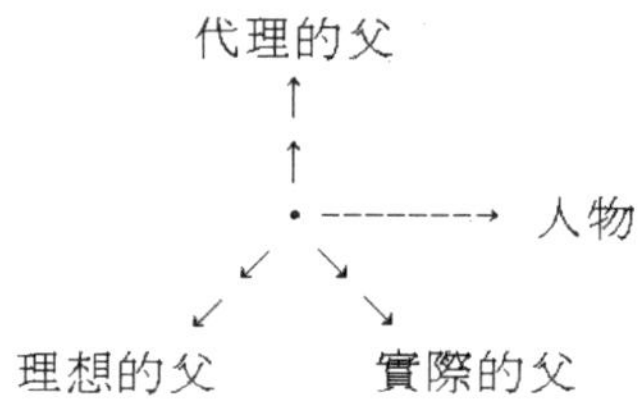

2) 대상 작품 선정

되도록 代理的父들의 다양한 형태의 양상들이 분명하게 드러날 수 있게 우리 근대사의 가장 극심한 혼란기였던 신소설에서 1930년 말까지 약 40년간의 작품들을 대상으로 해서 살피고 있다. 무엇보다도 작품은 공시적인 입장에서 살펴보려고 한다. 우리의 근대소설사가 짧다는 기계론적 의미에서가 아니라 우리 근대사의 급격한 변화의 양상들이 짧은 시간에 지나치게 넓게 수용되었기 때문이다. 그러한 이유로 공시적 입장에서의 논구는 무리가 없다고 본다. 특히 개화기에서 1930년대 말까지는 한 세대의 공간밖에 되지 않기 때문이다. 대부분의 우리 소설의 연구들이 십년을 기본 단위로 분절하려는 노력을 하고 있으나 본고에서는 그러한 구분은 별 의미가 없기 때문이다.

또 소설이 어차피 물리적인 시간이 아닌 심정적이고 심리적 시간을 다루고 있으므로 그 시간의 폭이란 현실적인 사상과 정확하게 맞물려 돌아가는 것이 아니라는 점에서 40년간의 시간차는 충분히 극복될 수 있을 것이다.

오히려 문제가 되는 것은 작품군을 묶는 기준이라고 본다. 유형화의 어려움은 개별 작품의 공통적 양상으로 분류화, 유별화시킬 수 있는가에 대한 정당한 기준의 설정이라고 본다. 다양한 작품들을 어떠한 기준에 의해서 유형화시키느냐는 장르의 문제에서부터 작가론의 연구에 이르기까지 매우 필요하다. 그래서 본고는 代理的父의 작품 내에서의 기능과 존재 양상을 중심으로 분류하려고 한다.

개화기의 이인직의 『치악산』과 『은세계』 1910년대의 이광수의 『무정』, 1920년대의 김동인의 단편 『약한자의 슬픔』, 『정희』, 강경애의 『인간문제』, 염상섭의 『만세전』과 이기영의 『밋며누리』, 『농부 정도령』을 위시한 비교적 초기의 단편들과 1930년대의 염상섭의 『삼대』, 채만식의 『태평천하』, 이기영의 『고향』, 그 다음으로 채만식의 『탁류』와 김남천의 『大河』 등을 주 텍스트로 했다. 물론 어느 것이 더 많은 분량을 차지했는가 하는 것은 전적으로 연구가의 주관에 의해서이다.

두 번째 이들 작가로 연구대상을 삼은 것은 이들이 지금까지의 작가론과 작품론의 대표적인 작품들로 인정을 받았다는 객관적인 평가를 얻고 있는 것으로 미루어 당대의 현실과 그것의 소설화라는 과정에서 다른 작가들에 비해서 좀더 객관적으로 그 형상화에 성취도를 가졌던 작가의 작품이라는 입장에서다.

세 번째로 이들 작품은 보편적으로 가족사 소설 형태를 유지하고 있으며 또 아버지상에 관한 뚜렷한 징표들을 포함하고 있기 때문이다. 가족사 소설로 분류되는 『삼대』, 『태평천하』, 『대하』 등은 말할 것도 없고 『무정』, 『치악산』, 『고향』, 『농부 정도령』 등도 아버지와 자식들간의 관계 설정이 분명하게 나타나고 있기 때문이다.

Ⅱ. 본 론

◆ 代理父의 네 유형

보편적으로 심리학적 용어로 사용되는 代理父(surrogate Father)란 작중인물인 아버지를 자녀들에 의해서 대치(Displcament)되거나 대체(substitude F—)될 수 있는 존재들을 가리킨다.[1] 이러한 父象은 일반적으로 정신적 성장기나 자아 정체성을 획득의 지점에 나타나는 일종의 정신적인 지주로서의 인물이나 생의 모델로서 작용하는 아버지에 상당하는 인물군 전체를 일컫는다. 이미 주지화된 이야기지만 實父와의 관계에 있어서 갈등의 증폭화로 위화되어 있는 상태라든지, 실제로 실부가 부재, 또는 결핍되어 있는 자식들은 필연적으로 아버지를 대신해 줄 수 있는 인물을 원하게 된다. 그러한 인물이 바로 代理的—父인 것이다. 그럼으로 代理的—父는 실부보다 더 나은 존재, 즉 주인공인 자녀들에 의해서 더 긍정적이고 능력 있는 아버지상을 갖게 된다.

---

1) 앞으로 본고에서는 대리적부(Surrogate Father)로 한정하여 사용하기로 한다. 치환적 父(Displacement Father)나 代替的父(substitude Father)라는 용어도 사용되기도 하나 이 두 단어를 포괄할 수 있는 의미로 대리적부가 타당하다고 본다.

이러한 대리부들의 문학적 용해도(溶解圖)는 매우 다양하게 그려지고 있다. 또 그것의 연구도 많은 논자들에 의해서 다방면으로 전개되어 왔다. 그러나 본고에서는 대표적인 연구 세 가지를 예시로 들어보겠다. 우선 레서는 나다니엘 호오돈의 『나의 사촌, 시장님』을 대상으로 연구했다. 한 인간의 성장, 사회화 과정이라는 국면에서 아이들이 집을 떠나는 여행이란 통과제의의 현대적인 변용으로 간주한다. 작중인물인 소년이 그 여행과정에서 만나는 다양한 인물 군상들을 통하여 그들은 실부를 벗어나서 사회적으로 경제적으로 심리적으로 하나의 인간으로 존재할 수 있는 자아를 찾는 것이라고 주장하며, 그들이 궁극적으로 닮기를 바라는 조력자이거나, 가장 긍정적으로 입상화되는 존재를 代理的父(surrogate Father)라는 용어로 정의하고 있다.[2] 결론적으로 레서는 성인화 과정이란 자신의 아버지를 대리적 부로 치환해 가는 과정이라고 단언하고 있다.

스타알은 미국의 로만스를 다루면서 허클베리 핀, 톰 소우녀, 그리고 톰과 헨리의 모험에 관하여 연구하면서 이들 인물 모두는 가)영적(靈的)인 아버지(Spiritual Father), 代理的父(substitude Father), 實際的父(Factual Father)의 상들이 있다고 보며, 이들은 작중인물인 이들 모두에게 작용하는 아버지라고 보았다. 특히 그들은 代理的父의 영향을 가장 많이 받는 데 이를 통해서 그들은 자신들이 원하는 목표를 달성할 수 있다고 했다.[3]

또 에이절스 역시 소설에 나타나는 父像은 3종류가 있다고 보고 있다. 즉 천상의 부, 實際的父, 代理的父(surrogate Father)들이 어떻게 주인공인 햄릿과 오필리어의 행동과 의식을 지배하고 있으며, 어떤 방법으로 햄릿은 이미 죽어 천상에 있는 부와 실제부로 작용하는 삼촌의 영향력에서 자신의 代理的父의 존재를 상정하고 벗어나고 있는가를 살피고 있다.[4]

---

2) Lesser,Simon, 「The Image of the Father」, Edt.Wilbert scout, 『Five Appro-aches of Literaly Criticism』, pp.90-120.

3) John D. Sthal, 「american Myth in European Disguise : Father & Son in the Prince and Paupet」, American Literature, Duke Univ., 1992, Vol.58

이밖에도 많은 논자들의 연구를 살피면 대부분 작중인물의 부자를 논하는 이들은 이러한 대리적 부를 상정하거나 결론으로 代理的 父의 존재의 중요성을 주장하고 있다. 특히 설화나 신화를 연구하는 학자들에 의해서 이러한 논지는 그 타당성을 인정받고 있는 것이다.5)

결국 代理的 父란 작중인물인 자녀들이 하나의 개아적(個我的) 존재로 되어가는 과정 속에서 이미 갈등이나 반목으로 위화된 자식의 의식 속에서 이루어진 소멸된 아버지의 대신으로 잠정적이며 일시적으로 존재하는 부상으로 결론지을 수 있다. 이들의 존재 기간이 일시적인 것은 그들이 성인화의 과정을 끝나면 대리적부는 그 존재 의의를 찾을 수 없는 것이며, 잠정적인 것은 그들의 의미는 자녀들의 변화되는 성숙에 따라 변화될 수밖에 없는 속성을 지닌 작중인물이기 때문이다.

반복해서 말하자면 우리 근대소설에는 이념적인 갈등으로 자녀들과 심리적으로 소원화(疎遠化)되고 있는 부정적 아버지상들과 자녀들에게 그 지향점을 흐리게 하는 존재로서, 경제적으로 정치적으로 무능한 아버지 상들이 현저하게 등장하고 있다. 이러한 상황에서 아이들은 새로운 아버지를 원하게 되는 데 그러한 아버지의 소설내적 존재가 바로 대리적 부이다.

이러한 대리적 부의 존재 설정은 본고에서는 매우 중요하다. 왜냐하면 이들은 갈등과 반목의 실제적 이유를 제공해주고 있기 때문이며, 바로 이러한 반목과 갈등의 진정한 의미는 근대사회의 가치 지향점을 살피게 해주기 때문이다. 왜 주인공들은 실제적 부와 마찰을 일으키고 있는 것이며, 그들이 추구하는 진정한 목표와의 아버지가 원하는 가치 지향점의 차이를 통해서 우리는 근대소설의 성격을 규명할 수 있다고 보기 때문이다.

---

4) Asals Heather:「Hamlet and the idioms of the father」, Genre, 1983. winter.

5) Otto Rank,「The Incest theme in the literature and legend」, Jhons Hopkins.U.P Baltimore, 1992.

David Burrow(Ed),『Myths and Motifs in loterature』, The Free Press, 1972.

Carola M. Kaplan,「Absent Father, *Passive Son*」, T.C.L. vol.33, 1987, Summer 등등으로 많다.

본고에서 살펴본 근대소설에 나타난 代理父의 양상은 다음 4가지 종류로 나누어보았다. 무엇보다 實際父들의 부정되는 양태는 두가지로 대별할 수가 있었다. 첫째로는 무능함이라는 공통항이다.6) 두 번째로는 부정(否定)되는 동류항을 가지고 있는 존재들이다. 무능과 부정은 자녀들에게 부권의 자장을 가장 강력하게 거부하게 하는 핵심적인 기재(機材)였다.7) 무능이란 가정 또는 가족8)들에 있어서 아버지로서의 기능을 다하지 못하는 것을 가리킨다. 우리 근대소설에 나타나는 부상들은 대부분 가난한 존재들이다. 그것은 우리 소설에 있어서 궁핍의 문제를 빼놓을 수 없기 때문이다. 궁핍이란 최소한의 인간적인 생활의 영위하지 못하고 있다는 것 다름 아니다. 가족을 굶주리게 한다는 것은 아버지의 무능에 그 일차적 원인이 있음은 전장(前章)의 아버지의 기능과 역할에서 이미 보아왔다.9) 아버지가 자신의 의무를 다 하지 못할 때 자연히 그는 도태될 수밖에 없다. 그래서 實父들은

---

6) 정우식 역, 『인간』, Liz, Theodore. Human, pp.57~63. 사람들은 가정 안에서 사회적 제도에 관한 것을 배우는 데 그중 하나가 경제적 교환제도이다. 이러한 것은 가족경제라는 좁은 테두리 내에서 아버지의 역할을 인식하게 하는데 중요한 기능을 하고 있다. 이런 면에서 살피면 無能이란 사회 경제적인 측면은 물론이고 가족 내에서의 권위의 약화를 필연적으로 초래하고 있다.

7) 강봉규, 『발달심리학』, 정훈출판사, 1992, 172~215쪽. 심리학에서는 이러한 것을 정신적 離乳라고 부른다. 청년기의 이러한 否定的 행동은 자아의 자각과 함께 객관의 세계와 외계의 권위에 대해서 비판적, 부정적 태도를 보이게 되며 점차 모든 면에 대해서 이러한 주관이 침투된다. 특히 이러한 비판적 부정적인 저항은 부모나 교사, 또는 주변의 권위를 지닌 자들에 대하여 더욱 강렬하게 나타난다. 차차로 이는 사회적 권위, 체제, 습관 등에로 전이되기 시작한다.

8) 가정과 가족은 前章에서 살펴보았듯이 거의 같은 용어들이다. 그러나 가족 구성원을 가리키고 있다는 입장에서, 또 한편으로 소설이 인간학이라는 입장에서 다음부터는 가족이라는 말로 통일하여 사용하겠다.

9) 우리소설은 사실 가난의, 굶주림의 문학이라고 할 수 있다. 그리고 그 굶주림의 대부분의 원인으로 아버지의 不在나 아버지의 缺失로 문면에 나타나고 있다. 일례로 가장 치열하게 가난의 문제에 부딪힌 최서해의 일련의 작품들에서는 거의 아버지의 존재들이 나타나고 있지 않다. 이는 잠재적으로 그 원인을 아버지게 돌리고 있다는 추론을 가능케 하는 것이다.

자식들에게서 위화되고 거세되는 것이다.

무능에 의한 아버지를 대신하는 대리부는 두 종류로 나눌 수 있다. 가난의 정당한 원인을 보여주는 존재, 즉 교화 지도자의 양상과 직접 궁핍에서 벗어나게 해주는 조력자·구원자상이다. 본고에서는 이러한 상을 전자는 교화 지도자 상으로, 후자는 조력자적인 상으로 나누어 논구하고자 한다. 후자에 있어서 대부분이 이성(異性)의 양상을 띠고 있어서 이성적 존재라고 부르기로 한다.

아버지의 부정(否定)되는 면은 사회 인식에 대한 결핍에서 비롯된다. 實際父들의 현실 감각의 영점화와 시대의 변화에 대한 몰이해는 자연히 자식들로 하여금 아버지의 거세를 유발시키게 된다. 사회화 과정이란 발전되는 도정에서 점진적으로 나아가는 현상이기 때문이다. 우리의 근대처럼 급격한 사회 변화에서 기인한 당대의 현실을 인식하지 못한 몰자각이나 또는 중대한 현실을 망각하고 작고 비소한 것에만 매달리는 편집증적인 부상들에 대해서 그들의 자녀들은 거세게 반항하며, 거부하는 측면을 보인다. 그러나 무엇보다 강하게 대두되는 길항적 요소들은 이념과 피식민지민으로서의 동족의식이다.

우리 근대소설에 나타난 무자각한 父像들은 모두 대사회적인 것에의 접근 실패하는 양상을 지니고 있는데 이들이 정작 실패하는 것은 경제적인 면보다는 당대 이념을, 몰이해와 민족의식을 저버린 것으로 보여진다. 이기영을 위시한 프로문학 소설의 父像들은 모두 이념의 원래부터의 결손자(缺損者)이거나, 미자각하는 존재들로 나타나며, 다른 한편의 작가군―협의의 민족문학 작가군―들에 의해서 나타나는 부정적인 父像들은 소아적(小我的) 존재로서 자신들만을 위하며, 그렇기 때문에 식민지배하의 현실에서 성공하지만 대승적인 자녀들에 의해서 부정화(否定化)되어지는 존재들로 나타나고 있다. 이럴 때 자녀들의 거부나 부정화된 실부들은 중간적 존재이며, 그렇기 때문에 자녀들은 조부들이 代理父로 세대를 뛰어 나타나고 있는 현상을 보인다. 본서에서는 그러한 대리부를 격세대적이라고 부르며,

실부인 아버지를 간세대적 존재로 본다. 또, 그러한 것은 아니지만 부정되고 무능한 아버지 대신으로 같은 행렬의 존재인 형이나 자(姉)에 의해서 나타나는 代理父의 양상을 찾을 수 있다. 이러한 형제적(sibling) 양상의 부상을 수평적 관계의 父像이라고 나누었다.

본고는 바로 이러한 네 종류의 代理父들이 작품 내에서 어떤 기능을 하며, 어떠한 부분에서 그들이 존재 가치를 인정받고 있는가를 살피려고 한다. 또 주인공들이 현장에서 결핍된 것들의 충족을 위한 획득의 실패로서 이들을 상정하기 때문에 이들을 살피면 주인공들의 가치 욕구의 종류와 범위를 알 수 있을 것이다. 그렇게 되었을 때, 우리는 한걸음 나아가서 4유형의 대리적 부의 성격을 분명하게 찾아낼 수 있을 것이다. 그제서야 비로소 본고의 궁극적인 목적인 아버지라는 프리즘을 통과한 근대소설의 성격을 규명할 수 있으리라고 본다.

1. 물질적 결핍의 정신적 충족형

1) 『稚岳山』·『銀世界』의 교화적 지도자

신소설은 그 문예 미학적인 성과에 있어서는 평가 절하될 수는 있지만 그것의 사회·문화적 측면의 가치에 있어서는 우리 소설사에서 결코 홀시될 수 없을 것이다. 신소설은 격동기로 불리워지는 근세와 근대 사이의 혼란했던 과도기 상황의 문학 언술적 표현의 집적적 존재물이다. 그렇기 때문에 그 탄생의 배경이 되는 우리 근대의 복잡다단 했던 제사회적 가치관의 충격적이고 급격한 변화의 투명한 거울로서의 제 기능을 충실히 한 것으로 평가되고 있다.[10] 또 우리 근대소설의 전사(前史)로서 뿐 아니라 전환

---

10) 성현경, 「李人植小說 의 재평가」, 『韓國小說의 構造와 實相』, 영남대학 출판부, 1981,

기의 우리 근대사에 있어서 예민한 신경돌기로써 신소설은 매우 중요한 위치를 차지하고 있다. 이러한 점을 성과로 보는 것이 신소설의 연구자들의 공통적인 결론이다. 그러므로 그 연구사를 논한 자리에서 이재선 교수의 다음과 같은 주장은 여러 결론들을 집약하는 표현이 될 수 있을 것이다.

> 요컨대 신소설은 오늘날에 와서 지탄의 대상이 되는 국면까지를 포함하여 19세기 말에서 20세기 초에 이르기까지의 한국의 사회의 모습을 기록하거나 반영하고 있는 문학이다. 이런 문화 사회적인 의의를 갖고 있기 때문에 이에 대한 대변적인 문학 사회학적 접근은 계속 시도되어야만 하는 것이다.[11]

이는 신소설의 시작이 우리 근대 사회의 시작과 같이 한다는 점에서, 또 그에 대한 연구는 항용 근대사 연구와 그 맥을 같이 해야만 되는 특수성을 지니고 있다는 점에서 매우 날카로운 지적을 면밀히 살필 필요가 있다고 보여진다.

신소설에 관한 연구는 지금까지 괄목할 만큼 다양하고 심도있게 진척되어 왔다. 김태준의 『朝鮮小說史』(학예사, 1939)을 필두로 해서, 임화의 『조선문학사』로 이어지며 백철, 조연현 등에 의해 그 연구는 더 큰 비중을 갖게 되었다.[12] 그러나 이러한 연구의 대부분의 입론점(立論點)이 신소설의 소설사적 의의와 성격을 당대의 사회와의 연관 관계나, 전대 소설과

306~307쪽. 성현경 교수는 이인직의 『銀世界』를 연구하면서 문학사적 가치와 문학적 가치는 비례하는 것이 아니라고 보고, 이인직의 경우 그 문학사적 의의를 강조한 나머지 문학적 가치를 과장되게 평가했다고 본다.

11) 이재선, 『한국문학의 이해』, 새문사, 1981, 62쪽.

12) 金光鑌, 『韓國小說의 發達史』, 고대 민족문화연구소, 1976; 李在銑, 『韓國開化期小說研究』, 일조각, 1972; 宋敏鎬, 『韓國開化期小說의 史的 研究』, 일지사, 1975; 崔元植, 『韓國近代小說史論』, 창작과 비평사, 1986의 저서를 비롯하여 論槁 역시 많은데 그 중에서 조동일 교수의 "新小說의 文學史的 性格(서울대학교 한국문화연구, 1773)" 등이 중요하고 비교적 의미 있는 연구로 들 수 있다.

의 단순 대비에서 드러난 두드러진 특징을 중심으로 전개되었기 때문에 개별 작품의 연구가 미흡한 점을 들 수 있었다. 이런 이유로 현재의 개화기 신소설의 연구는 작품을 중심으로 그 사회사적 흐름과 함께 전개되어 가는 양상을 보이고 있다.

신소설의 범위에 관한 연구는 전대의 소설과 근대(현대)소설의 차이에서 드러난 특징을 중심으로 잘 살펴지고 있다. [13] 그는 두 소설의 비교 고찰 중 우선으로 작중인물들의 영웅적 형상의 약화·후퇴 현상이 현저해지고 있는 점을 꼽았다. 이는 신소설은 고대소설과 근대소설의 변이되는 경계에 위치하기 때문에 작중인물들의 변화 양상을 잘 드러내고 있다는 것이다.[14] 예컨대 신소설의 주인물들에는 영웅적 인물들의 형상도 보이고, 반대로 약화된 인물들도 있는 것이다. 이는 본고의 3父像의 동시적 등장을 보여주는 데에 요긴한 도움을 줄 수 있다고 본다. 즉 영웅적 형상의 理想的—父와, 약화된 형상의 實際的 父의 면모를 찾아 볼 수 있기 때문이다. 물론 약화된 인물이란 객관적인 측면에서 그렇다는 것이지만, 사실은 자식들의 눈에 그렇게 보이고 있다는 것을 의미할 수 있다. 理想的—父란 전통적 父像을 지닌 아버지를 의미하는 데 사실상 그들은 작품내에서 자녀들의 영웅적 모델이 될 수 있는 아버지를 일컫는다. 그러므로 영웅적 인물의 약화 현상은 바로 理想的—父와의 괴리 현상을 가져올 수밖에 없는 현실을 제공한다는 점에서 더욱 그렇다. 즉 절대적 가치로서의 선의식이나 덕성적인 부권 목록이 개화기의 혼란한 사회 변화 속에서 흔들림으로써 자연히 약화 현상이 일어나는 것이다. 따라서 강한 가부장적 권위를 지닌 아버지로서의

---

13) 이재선, 『한국현대 소설사』, 홍성사, 1971.
14) 김태준, 『조선소설사』, 학예사, 247쪽. 이는 구소설 즉 이야기책에서 춘원, 동인, 상섭, 諸氏가 쓰기 시작한 현대적 의의의 소설에 이르기까지의 교량을 일러 이른바 過渡期的 混血兒라. 이야기책에서 단번에 현대소설이 나온 것이 아니라 이러한 과정을 밟아서 현대소설은 발달하여 온 것이다는 점에서도 신소설은 두가지 인물들의 양상을 구비하고 있다고 보여진다.

면모가 사라지고 있음을 보여준다. 이는 대개의 개화기 신소설의 정형적인 현상이다.

이러한 면은 신소설의 전사적(前史的) 단초로써의 그 시작이 애국소설, 영웅전 등이었다는 점에서도 위와 같은 사실의 강력한 단서가 될 수 있을 것이다. 애국소설류의 역사 전기류의[15) 시대에서 신소설을 창작하는 시대로 옮아간다는 사실은 이를 강력하게 지지하고 있다. 밖으로는 제국주의자들의 심한 내정의 간섭으로 국권의 수호의 용구가, 안으로는 혼란한 사회변동기의 가렴주구 등으로 점점 기울어지는 조국을 구국하기 위한 계몽적수단으로 애국가사류나 애국소설류가 주를 이룰 수밖에 없었다고 보여진다. 이러한 현실적 요구에 의해서 신소설은 신문명의 수용으로 인한 부국강병의 논리와 국민들의 정신적 계도(啓導)라는 책무를 작품의 배면에 깔고 있어야 했다. 이처럼 신소설은 문학의 효용적 태도를 견지하고 있었기 때문에소설적 미학의 완성보다는 소설을 통한 몽민(蒙民)들의 계도적 입장에서 우리 사회의 제 문제들을 검토해야만 하는 과업과 소설의 미적 의무를 동시에수행해야만 했다.

개화기는 서구의 충격과 일본의 침략이라는 외세의 도전과 그에 대한 저항 및 내적 모순에 대한 날카로운 반응, 그리고 민족적 역량의 인식 등으로 점철된 시대인 이상, 개화기 시가는 심미적 차원에서보다 그 시대적 성격이 무엇보다 강조되었다.[16)

이인직은 개화기 소설을 발전시킨 주요한 작가이다. 평자에 따른 여러

---

15) 특히 이 시대의 애국전기류의 소설은 그 제목만 열거해도 瑞士建國誌, 愛國婦人傳, 을지문덕 등으로 미루어 보아도 알 수 있듯이 이민족의 침입으로 국난에 처한 민족의 영웅들을 등장시켜 나라를 구한 회상적 전기류였다. 이는 당대의 작가들의 창작인식을 대변하고 있다고 본다.

16) 박철희, 「개화기 시가의 구조」, 『신문학과 시대의식』(김열규, 신동욱 공저, 새문사, 1981, 143쪽).

부정적 평가에도 불구하고 그가 개화기 소설을 성공적으로 이끌어 올린 공적은 궐시(闕視)될 수 없다.17) 어찌되었든 이인직의 소설은 개화와 수구라는 이원적 세계관을 중심으로 가족의 이산과 만남이라는 거의 정석적 구조를18) 통해서 서구화의 과정이 국권의 수호와 민족의 발전이라는 당대의 중점 과제를 달성하는 가장 빠른 길이라는 것을 주창하고 있다. 그러므로 그의 소설은 신문명의 도입과 그로 말미암은 개화가 우리가 택할 길이라는 것을 웅변적으로 보여주기 위해 대립된 인물들을 설정해 직유법 적인 구조로 비교 제시하여 긍정과 부정 양자 선택을 강요하는 도식성을 지니게 된다. 이때의 신문명은 서구 문명을 말하는 것으로 우리의 전통문화와의 상대적 대립의 위치에 서있는 것으로 좋은 것/버려야 할 것으로 이항대립적인 양상을 뛰고 있다.

신소설의 다음 특징으로 예를 들 수 있는 것이 바로 이와 같은 이가적 대립 양상이다. 신/구, 개화/보수 등으로 나뉘어진 사회적 상황을 가정이라는 좁은 공간으로 이끌어 와서 부자의 갈등 양상으로 축소시켜 대립적 국면의 첨예함을 보여주고 있다는 데에 주목을 끈다. 보통 이럴 때 아버지는 전통 수호적인 입장에, 아들은 신문물의 수용이라는 개화의 표상으로 나타난다.

---

17) 김태준, 위의 책, 241쪽. 그는 「문학운동의선구 이인직씨의 소설」에서 청천벽력이라고 할만큼 진정한 의미의 소설과 어문일치의 신문체를 모여주었다고 그의 업적을 높이치하하고 있다. 김윤식, 『韓國近代小說史 硏究』, 을유문화사, 1986, 15~44쪽. 그는 이인직의 작가론을 겸한 작품론에서 이인직의 소설을 일본의 정치소설의 영향을 받아 창작된 것으로 보았다. 또 나아가 이인직의 소설을 두 종류로 구별하여 하나는 정치소설의 결여된 형태의 소설로, 다른 하나는 고대소설에서 한치도 벗어나지 못한 인습형 소설이라고 보고 있다.

18) 이인직 소설의 대부분은 가족과의 이산과 상봉이라는 얼개로 짜여져 있다. 이는 『혈의 누』를 위시한 그의 거의 모든 작품에 나타나는 공통항이다. 그리고 그 만남의 장소로 선택된 곳은 미국과 일본으로 되어 있다. 이러한 것은 주인공들을 문명 개화의 세계로 보내야만 하기 때문이다. 즉 개화의식의 고취되는 장소는 조선의 내부가 아니라 서구의 물질문명이라는 것을 보여주려는 그이 서사적 전략에 의해서다. 물론 이러한 전략으로 말미암아 작품 전체적이 유기성이라는 측면에서는 고전소설의 영향을 많이 지니고 있는 작품이라는 부정적 평가를 받을 수밖에 없었다.

두 개의 다른 가치관이 상충하는 자리에는 갈등이 생기게 된다. 孝라는 이데올로기에 의한 상향적인 일방적 복종의 상태가 깨어지면서 전통적으로 지켜오던 이가적(二價的) 관계에 균열이 생기게 되는 것이다. 부자간의 갈등은 한 마디로 말하자면 부권에 대한 저항이었다. 이는 전통적 가치관과는 전혀 다른 것으로 이제 전래(傳來)의 가족구조의 변화가 시작된다는 예후이다. 더 넓게 보아 전통적인 집단주의 대신으로 개인주의에 입각한 자유주의 사상이 침윤하기 시작하는 것을 말한다. 예컨대 이미 주지하고 있는 바대로 개화의 사상의 많은 덕목 중 가장 요체인 신학문 교육과 자유주의 국가관, 자유 결혼의 문제였다.[19]

갈등이 있는 곳에는 결핍의 요소가 늘 내재되어 있다. 일반적으로 갈등이란 욕망의 상층을 말하는데 욕망의 성취가 좌절되는 곳에서 바로 갈등이 생기게 마련이다. 욕망의 좌절이란 목적의 미획득으로, 목적 달성의 방해로 말미암는다. 그러므로 욕망을 하는 사람들은 욕망의 성취의 장애물들과는 대립적일 수밖에 없다. 대립의 긴장관계가 바로 갈등이다. 이런 대립이 간인간적인 인물 사이에서 발생될 때 이가적 인물 중 아래 사람은 본능적으로 그 장애 인물의 거세를 꿈꾸게 된다. 그러나 그것이 현실적으로 이루어지기 힘이 들 때 그는 현실―즉 욕구충족의―해결의 대안책으로 타자, 도움을 줄 수 있는 사람을 찾는다.[20]

본질적으로 인간은 결여된 것, 자신에게 부재된 것을 욕구하게 되어있다. 세대적 갈등의 관계에서 그는 實際的 父에 의한 욕망의 좌절을 극복하

---

19) 신동욱, 위의 책(『소설과 서구문화수용』, 2~61쪽).
20) 라깡의 아버지라는 이름(in―the―name―of―the―Father)은 바로 이와 같이 욕망의 충족을 막는 문화가 설정해 놓은 법의 상징이다. 아버지와 아들은 법적―관습적인 법이든지, 실정법이든지―인 관계로 맺어지고 있기 때문에 아들은 늘 아버지에 순종해야 한다. 이런 경우 아들은 아버지를 넘어설 수 없기 때문에 늘 그는 缺如됨을 체험하는 것이다. 그 결여됨의 충족을 위해 아이들은 상호 인정이라는 절차를 밟게 된다(강영안, 김욱동 편, 「자크 라깡: 언어와 욕망」, 『포스트모더니즘과 포스트구조주의』, 현암사, 1991).

고 욕망을 성취하기 위해서 자신이 생각하는 아버지, 전적으로 허용적이며 이해해 주고, 자신의 욕구를 적극적으로 충족시켜줄 능력 있는 아버지—즉, 理想的—父를 만들어 낸다.

갈등이 첨예하게 대립될 때나, 그러한 양상들이 두드려지는 상황 속에서 보다 더 많은 이상적—부를 바라게 된다. 그러한 인물들의 상으로 꼽을 수 있는 것이 바로 『치악산』의 홍철식에게는 장인인 이판서이며 그 대척적인 인물이 실제부인 홍참의이다. 판서 : 참의라는 불균형적인 소설내의 인물 설정은 개화 : 수구 = 좋은 : 나쁜 이라는 이원적 대립 구조의 확장된 인식이 적용되고 있음을 나타낸다.

특히 홍백돌(철식)에게 이판서는 理想的—父로서 적극적으로 수용된다. 그러나 텍스트 문면에서 이판서는 홍백돌의 장인이 되어 있다. 이렇게 주인물에 의해서 이상적으로 수용되어지는 소설내적 인물을 代理的—父라고 상정했다. 문제는 왜 철식이 장인을 그의 代理父로 삼고있느냐 하는 것이다. 이는 바꾸어 말하면 왜 그는 實際父인 아버지 홍참의와 갈등을 일으키는가 하는 것이다.

> (백돌)기화군의 실이 다른거시로구 무슨사업을ㅎㄴ니 못ㅎㄴ니 ㅎ
> ㄴ 솔가 참 제법인걸 나도 어서 신학문 공부나 좀 ㅎ여야 마누라의게
> 업슨여김을 아니보깃구(23)[21]

위의 예문에서 전통적인 부부관계인 부부유별(夫婦有別)이라는 오류이 혼들리고 있는 현상을 뚜렷이 볼 수 있다. 백돌은 아내의 신학문에 프러스적인 가치를 두고 있기 때문에 그는 자신이 업신여김을 (현재)받고 있다는 것을 고백하고 있다. 그러나 그것은 단순히 아내뿐이 아니라 그의 대화에서 나타나듯이 개화군의 딸이란 개별적 인간을 지시하는 말이 아니라 개화군이라는 집단적 인간으로 보고 있다는 데에서도 알 수 있다. 이씨 부인 그

---

21) 이인직, 『치악산』, 아세아문화사, 1985. 이하 쪽수로만 나타냄.

녀가 중요한 것이 아니라 그녀가 속한 사회 집단의 중요성이 먼저 수용되고 있다는 것을 보여준다. 즉 아내의 개화함을 부러워하고 그것으로 열등감을 느끼고 있다는 것이다.

그러나 자신의 實際父인 홍참의와 비교해 보면 이러한 개화된 집단을 중시하는 그의 인식을 뚜렷이 알 수 있다. 그의 아버지는 그에게 도무지 신학문을 허용하지 않을 것이며, 이해도 하지 못하는 마이너스적 존재로 나타나고 있음을 알 수 있다. 그는 완고로 패를 찬 인물로 비하, 경원(敬遠)되고 있음을 알 수 있다.

> (홍)이이 빅돌아 너는 요시 글 혼자 아니읽고 우이 펀펀히 노나냐
> (빅)요시는 좀 보는 칙이 잇슴니다
> (홍)웅 보는 칙이 무어시란 말이냐 쓸데 없는 칙 보지말고 다만 혼자를 보더릭도 경서를 읽어라 그릭 네 소위 본다는 칙은 누어시냐
> (빅)히국도지 히국도지 히국도지가 무어시냐 칙을 보려흐면 우리 집에도 볼만한 칙이 그득 흐딕 히국도지를 비러다가 본단 말이냐 이이 너도 기화하고 시푸냐.어— 져 자식이 셔울 몃변을 갓다오더니 삼 버리 깃구 (30쪽)

즉 개화를 원하는 아들과 그것을 막는 완고의 아버지와의 갈등으로 위화된 아들은 이와 같이 장인인 개화된 작중인물을 代理的 父로 삼는다. 홍철식에게 나타나는 대리부는 개화된 인물 개인만이 아니라 집단적 존재로 나타나고 있다는 것은 개화라는 당대의 가치에 그가 욕망하고 있다는 것을 의미한다.

> 마누라는 기화흔 친정아버지를 자랑흐는 말이 올구려 우리 아버지는 완고의 마음이시니 아들더러 외극에 가서 공부흐라 흐시리가 잇나 (23)
> 그 씩는 갑오경장 이후라 개화를 조아흐던 리판서는 풀긔가 점점 더

싱기고 완고로 패를 차던 홍참의는 몬지가 더욱 폴삭폴삭 나는듸 두사
돈 끼리 쯧이 맞지 아니ᄒᆞᄂ(40)

    외국에 가서 공부ᄒᆞ라 권ᄒᆞᄂ 말을ᄒᆞ니 ㄱ,러ᄒᆞᆫ 말은 홍철식의 귀에
ᄂ 기신의게 썩소리ᄒᆞᆫ 것 갓흔지라 홍철식이가 듸번에 응낙을 ᄒᆞ며 그
날 그시로라로 치힝만 차려쥬면 썩소리ᄒᆞᆫ 것 갓흔지라 홍철식이가 듸
번에 응낙을 ᄒᆞ며 그날 그시로라로 치힝만 차려쥬면 써나깃다 하니(41)

개화 : 수구 = 대리부 : 실제부의 대응 관계는 연립적으로 이어져서, 생
기(生氣) : 쇠퇴(衰退) = 대리부 : 실제부 등의 양상으로 전개되어 가고 있다.
이뿐 아니라 개화된 이판서가 작품내의 거의 모든 인물들에 의해서 수용적
인 인물로서 나타나고 있다는 것은 이판서의 이념이 당대의 이념, 개화와
발전이라는 최고 가치를 상징하고 있는 존재라는 것을 의미한다. 이럴 때
代理的父는 바로 작품내의 주제적 이념에 가장 근접되어 있는 존재가 되고
있다.

『치악산』에 나타나는 홍철식의 이상적 아버지는 바로 이렇게 그의 신학
문 교육에 적극적이어야 한다. 그는 결혼을 한 사람이라 결혼이라는 문제
는 이미 해결이 되었고, 그로 인한 문제는 발생할 이유가 없다. 왜냐면 그
의 처 이씨 부인은 이미 완고의 부친에 의해서 기결된 결혼이 아니라 개화
를 한 아버지 이판서의 개화의 신념에 의해서 시집 온 여자라고 설정되어
있기 때문이다. 단지 교육의 문제에 있어서만 신학문을 주장하는 理想的―
父를 원망하게 되는 것이다. 물론 홍철식의 교육은 그러한, 개화대 수구의
관계를 개화대 개화라는 관계로 개선되어 가고 있는 중이다.

    나는 하날갓치 쯇흔 부모의 은혜를 져버리고 바다갓치 깁히 졍든 안
히롤 잇고 만리타국에 가서 공부ᄒᆞ려 ᄒᆞᄂ거슨 나라를 위ᄒᆞᄂ 싱각에
서 나온 마음이 오 늬가 타국에 간다ᄒᆞ면 우리 아버지 쎄서는 필경 변
으로 녀기시고(26)

홍철식에게 중요시되는 것은 개화 이념의 부모라기 보다는 그 개화를 통해서 이루어야 할 사명의식이 중요한 것으로 보이고 그러한 것을 구비한 아버지를 이상적 아버지로 수용한다. 그러나 理想的 父는 홍참의에게서 기대 할 수가 없는 것이며 장인인 아버지를 代理的父로 삼아 비로소 원하는 신학문, 외국으로의 길에 오른다. 결국 그의 이상은 실현 가능해지는데 이는 바로 그가 대리부를 획득했다는 것을 알 수 있다.

『치악산』에 나타나는 여성인물인 남순과 이씨부인은 교차적 형태의 理想的父를 소유한다. 즉 이씨부인은 시부(媤父)인 홍참의를, 남순은 이판서를 그들의 代理的父로 삼고 있기 때문이다. 개화를 했지만 여전히 여필종부라는 당대의 이데올로기의 희생적 존재인 이씨부인을 돕고 보호해주는 존재는 남편이 아니라 시부였고, 남순은 나중에 이판서의 도움을 받게 된다.

이의 사실을 증명해주는 전반부의 가장 부정적인 인물상으로 그려진 철식의 동생이며 이씨 부인의 시누이인 남순에게서 가장 명확하게 나타난다. 후반부의 인과응보의 복수담적 양상을 띤 서사 구조에 의해서 남순은 고행을 하게 되는데 그 고행에서 그녀의 생명을 구해주는 인물이 바로 이판서로 설정되고 있다. 사경의 지경에 이르른 남순에게 實際的 父인 홍참의의 도움은 미치지 못하므로 實父인 홍참의는 이미 상징적으로 위화된 존재이다.22) 그럴 때 이판서가 지닌 신식총의 도움으로 그녀는 살아난다. 생명을 구해준 은인으로 거듭 태어난 삶이므로 생부를 대신하는 代理的父로서 이판서는 나타나고 있는 것이다.

또 결혼이라는 사회적 관습에 의해서 이제 다른 집의 사람이 된 이씨부인에게는 이미 아버지 이판서는 實際的父의 관계에서 멀어지고, 실제적으로 그녀를 지배하는 아버지상은 바로 홍참의이기 때문이다. 이럴 때 홍참의는 불문적(不文的) 계약의 父가 된다. 즉 代理的父로 나타나고 있다. 그래

---

22) 이때 홍참의는 재취를 데리러 가고 없는 때이다. 즉 자녀의 보호자로서의 부상의 역할이 무화되고 있는 것이다.

서 홍참의는 번번히 그녀의 편에 서서 원조자가 되고 있는 것이다. 다만 신소설의 기본항인 이원 구조를 유지하기 위해서 후반부의 홍참의를 노골적으로 우매한 존재로 만들고 있는 작가의 의도 때문에 그녀와 시부와의 대리부의 관계는 단절될 뿐이다.[23]

신학문을 당대의 강력한 개화 이념의 본보기로 삼고 있다는 증거는 『은세계』에서 보다 극명하게 나타난다.[24] 『銀世界』의 實際父인 최병도는 이미 개화 의식에 가득 찬 사람이다. 그는 김옥균을 추종했으며 그와 함께 역사적 현장에까지 참여한 경험을 가졌기에 그는 김옥균의 의식의 모방자이기도 하다. 그러므로 그는 김옥균을 이상적 부로 삼고 있는 존재이다.

그러나 개화적 父像을 보이고 있으면서 또한 그는 전통적인 윤리의식을 확고하게 견지하고 있다. (녯말에 ᄒ얏스되, 父兮生我, 母兮鞠我, 欲報之德, 昊天罔極, 아버지가 나를 나흐시고 어머니가 나를 기르셨스니 은혜를 갑고

---

23) 이인직은 아주 빈번히 여자 주인공을 등장시키고 있다. 『血의 淚』를 비롯하여 우리가 다루어 온 두 편에도 예외 없이 등장하고 있다. 특히 『銀世界』와 『血의 淚』의 여주인공은 그 활약이 더욱 드러난다. 이인직에게 있어서 '딸'이란 부계에서 벗어나 모계로 향하는 새로운 세계로 상정되고 있음을 알 수 있다. 즉 아버지를 무력화시키는 가장 큰 힘은 어머니라는 존재의 드러남이라고 보았을 때 이러한 해석은 가능하다고 본다.

24) 성현경, 서사체계의 균열 및 인물의 형상화 등등에 파탄이 있는 작품으로 간주하고 있다.
은세계의 전반부는 최병두(도)타령과 거의 근사하다. 이는 최원식 교수에 의해서 밝혀지고 있다(최원식, 「은세계연구」, 『창작과 비평』 48호, 1978). 또 조진기에 의하면 은세계는 두 부분으로 나뉘어져 서사가 별도로 전개된다고 하는데 이는 불완전하다고 생각한다. 옥남, 옥년 남매로 진행되는 후반부의 서사적 진행은 전반부의 최병두의 죽음이 없었다면 이루어질 수 없었던 것으로 보아서는 이 작품이 동일한 의식아래에서 써진 것으로 보여진다. 조진기, 「은세계와 두 개의 현실관」(김열규 신동욱편, 위의 책.)
(최)……그러나 마누라가 지금 틱중이라지? 언제가 산월이요?
(부인)……
(최)아들이나 낫커든 공부나 잘 시켜야 홀 터인듸 …… (26쪽)
『은세계』(아시아문화사 간, 1984. 이하 쪽수만 기재).

쟈 홀진듸 호텬망극이라 ᄒᆞ얏스니, 부모의 은혜를 갑지못ᄒᆞᆫ 사름은 텬지간 죄인이라, 36쪽).

이상에서 살펴보면 최병도는 전통적—父像도 그리고 개화적인 면모를 지닌 이상적—父像도 동시에 구유하고 있기에 오히려 이인직에 의하여 이 상적인 부의 존재로 수용되어 지고 있고, 역시 옥남과 옥년에게도 그렇다. 이는 『혈의 누』에서 김관일을 그렇게 보고있는 것과 같은 논리라고 여겨 진다. 아내와 딸, 옥련을 잃어버리고 왜 그가 미국이라는 낯선 곳으로 유학 을 갔느냐 하는 것은 앞으로의 이인직 연구에 상당한 문제점을 제공하고 있다고 보여진다.

김관일은 생사 부지한 딸을 바로 미국에서 만나게 된다. 당시의 상황으 로 여자를 뚜렷한 이유 없이 미국으로 보낼 수 없었던 이유도 있겠지만 김 관일로 하여금 딸을 상봉케 하는 것은 『銀世界』의 최병도가 죽기로 결심 하고 그의 자녀를 미국으로 보내었던 서사 전략과 비슷한 것으로 보여진 다. 즉 『銀世界』에서는 이미 자식에게 부재하는[25] 최병도라는 이상적 아 버지가 자녀들인 그들을 유학이란 도정에 올려 놓고 있었다는 사실은 부 자의 상징적 동일화 현상을 보여주고 있는 것이다. 이런 이유로 『銀世界』 에서는 代理的 父의 현시가 전자인 『치악산』에 비하여 그 기능이 약화되 고 있다. 이는 실제부인 최병도가 자녀들과 직접적인 갈등이나 반목의 과 정을 거치지 않고 죽었다는 데에도 그 원인이 있지만 자식들인 옥란과 옥 남이 이미 實際父인 최병도의 기 교화되고 先見있는 안식으로 대리부인 김치일을 충분하게 지도해 놓은 안배로 신학문을 하고 있다는 데에서 찾 아 볼 수 있는 것이다. 즉 이미 부재된 아버지에 의해서 그들은 지도되고 있기 때문에 현재의 지도자인 대리부 김치일은 그 능력을 감소당할 수밖 에 없다.

---

25) 『혈의 누』의 옥련에게 있어서 아버지는 이미 없는 존재이며, 옥남·옥년 남매들에 게 있어서 죽어버린 존재였다. 이 두 작품의 주인공인 그들에게 있어서 아버지들이 란 부재된, 소외된 인물들이다.

　　최병도는 강릉 바닥에서 재사로 유명하던 사람이라. 갑신년 변란나
던 해에 나이 스물 두 살이 되었는데 그 해 봄에 서울로 올라가서 개화
당의 김옥균을 찾아보니, 본래 김옥균은 어떠한 사람을 보든지, 옛날 육
국시절의 신릉군이 손 대접하듯이 너그러운 풍도가 있는 사람이라. 최
병도가 김씨를 보고 심복이 되어서 김씨를 대단히 사모하는 모양이 있
거늘, 김씨가 또한 최병도를 사랑하고 기잉히 여겨서 천하 형세도 말한
일이 있고..... 변란이 나고 김씨가 일본으로 도망한 후에 최씨가 시골로
내려가서 재물을 모으기를 시작하였는데, 그 경영인 즉 재물을 모아 가
지고 그 부인과 옥순이를 데리고 문명한 나라에 가서 공부를 하여 지식
이 넉넉한 후에 우리 나라를 붙들고 백성을 건지려는 경륜이라.(55쪽)

　　다소 장황한 인용이 되었지만 최병도의 인물됨을 나타내는 단적인 서술
이다.

　　이어서 나타나는 문면에 그가 재물에 인색한 이유가 한두 사람을 구제
코자 함이 아니오, 팔도 백성을 구제하고자 할 때는 어쩔 수 없이 교육을
통한 개화라고 보았기 때문이다(151). 그래서 그는 원주 감영의 감사가 돈
을 요구하려 그를 형문할 때도 죽음으로 거절하는 것이다. 이렇게 보면 개
화적 아버지만이 理想的—父가 아니라는 것이 나타난다. 좀 더 부연해서 보
면 이러한 태도는 한층 명확하게 나타난다.

　　응, 그도 그러하지. 그러나 내가 객기가 많고 이상한 사람이야. 요새
세상에 돈만 많이 쓰면 쉽게 놓여 나오는 줄은 알지마는 나라를 망하려
고 기를 버럭버럭 쓰는 놈의 턱밑에 돈표를 써서 들이밀고 살려 달라,
놓아 달라, 그따위 청을 하고 싶은 마음은 없는 걸.죽이거나 살리거나
마음대로 하라지.(125~126쪽)

　　이렇게 단호한 인생관을 가지고 최병도는 원주 감영에서 태형을 당하고
죽고 만다. 그의 죽음으로 등장하는 代理父는 친구인 김치일이다. 그는 친

구 최병도의 부탁으로 최옥순과 옥남을 개화의 가장 큰 모델 국가인 미국으로 유학을 보낸다. 그리고 그의 치부의 잘못으로 代理的父로서의 자격을 상실하고 만다. 이처럼 실제부의 억압과 무능의 폭이 좁고 적을수록(최병도는 아예 그러한 것이 보이지 않지만) 代理的─父의 위상과 기능을 낮아지고 약화된다.

『은세계』가 서사적 국면이란 점에서는 두 부분으로 나뉘어진 것은 분명하다. 그러나 그것이 별개의 이질적인 이야기라고 보기는 어렵다. 왜냐하면 서사문학이 구현하고 있는 사회적 상황의 근본 원인에 대한 관심이 작가의 인식에 의해서 주제화되어 나타난다고 볼 때 그러한 주제가 일련의 색체나 동일한 궤도를 지니고 2대에 걸쳐서 현현될 수 있기 때문이다. 즉『은세계』의 이러한 理想的─父인 최병도의 진보적 개화 이념이 전편에 걸쳐서 동일한 가치로 나타나고 있으며, 단지 그것이 그의 자식들에 의해서 서사 문면 위에 전적으로 수행되어지고 있다는 해석도 얼마든지 가능하기 때문이다.

> 이에 옥남아, 자세히 들어보아라. 사람이 귀로 듣는 일과 눈으로 보는 일은 다르니라. 너는 우리 집의 일을 귀로 들어 알았거니와, 나는 내 눈으로 낱낱이 보고 아는 일이라. 아버지께서 그렇게 원통히 돌아가시고……(194)

이와 같이 우리 집의 일로 표현되는 아버지의 죽음과 그 의미는 미국의 유학과 함께 자식들에게 전적으로 수용되어 있어서 그들 남매와 아버지와의 거리를 근접화 시키고 있다. 문제는 왜 實父의 죽음이 오히려 실부를 理想的 父로 상승시키고 있는 것일까 하는 데에 있다. 부재된 實父는 사실 갈등이라는 국면을 만들지 못하므로 자녀들에게 전혀 기능을 할 수 없을 뿐 아니라 代理父조차도 만들지 못하게 한다. 이런 점에서 살펴보면 실제부의 자장이 미치는 범위에서만 대리적 부의 존재가 의미를 지니고 나타나고 있다고 볼 수도 있을 것이다.

2) 『無情』 복수의 교화자

　『無情』은 그 문학사적 의의를 재론할 필요가 없을 정도로 중요한 작품으로 인정되어 있고 따라서 그에 대한 연구 역시 다양하게[26] 살펴지고 있어서 별도로 그 연구사를 만들 만큼 무수히 많다. 대부분 연구들의 결론들은 이광수의 문학사적 위업과 작품 사이의 모순되는 것을 공통점으로 하고 있다고 보여진다.

　본고의 논의는 인물론으로서의 아버지를 살펴보는 것에 초점을 맞추었는데 이에 관해 임화에 의해서 언급된 적이 있다. 물론 그의 시각이 순수한 인물론도 아니며 또 주의 깊은 논의도 아니라는 점으로 미루어 그 가치에 있어서는 별도로 하더라도 그가 당시에 그러한 시각을 지녔다는 것으로도 고려해야 할 것이라고 본다.[27] 그는 전형의 창조라는 문제를 다루면서 이

---

26) 춘원 이광수의 연구와 각 개별 작품의 연구는 일일이 매거할 수 없을 정도로 많이 되어왔다. 대표적인 것으로, 최초의 본격적인 작가론이라 할 수 있는 김동인의 『춘원연구』를 비롯하여 거의 모든 연구가들에 의해서 한 번정도는 언급이 되었다. 크게 작가론과 작품론으로 나누어서 그 대략만을 살펴보겠다.
　김동인, 『춘원연구』, 삼천리, 1934.12-1935.10.
　윤홍로, 『이광수의 문학과 삶』(한국연구원, 1992),
　＿＿＿＿＿, 『이광수의 문학의 연구사적 반성』, 신동욱 편,
　＿＿＿＿＿, 『최남선과 이광수의 문학』(새문사, 1981),
　김　현, 『이광수』,(문학과 지성사, 1977),
　김윤식, 『이광수와 그의 소설 시대2』(한길사, 1986) 등이 있으며, 작품론으로 대표적인 것은 이재선, 위의 책,
　김우종, 『한국현대소설사』(선명문화사, 1968),
　성현경, 「무정과 그 이전의 소설」, 위의 책,
　권희돈, 『무정의 수용미학적 연구』(명지대대학원 박사학위논문, 1986),
　장소진, 『이광수의 무정연구-형성소설을 특징을 중심으로』(서강대 석사학위 논문, 1990) 등.
27) ....이런 현실적 정향은 곧 소설 『無情』 가운데 여하한 형태로이고 반영되지 않으면 안되었다. / 그리하여 자유연애, 개인의 도덕상·윤리상의 권리의 요구, 부권(夫權)에 대한 부인 등의 형태로서 표현되었다(조선중앙일보, 1935.10.17).

광수 소설의 인물들에 관하여 논구하고 있는 중 이광수 소설에서의 부권의 약화 문제를 제기하고 있다. 그러나 그의 논점이 토착 부류로서의 이광수를 폄하하고 있다는 점으로 이러한 논의의 공정성은 여전히 문제되고 있다. 좀 더 객관적이고 상세한 것은 김태준에 의해서다. 그는 우리 소설 전반을 논하면서 그의 공과를 따지고 있는데 본고의 논의에 도움을 준 것은 우리의 가족제도에의 문제를 언급한 것이다.

그에 의하면28) 발아기의 우리 문학을 홀로 떠맡은 이광수는 "封建的 家族主義를 中心으로한 社會를 打開코저 努力하든 그는 점점 人道主義로 變하였다. 이때에 每日新報에 連載한『無情』·『開拓者』와 같은 傑作들을 發表하야 舊道德에 대한 反抗과 理想主義 人道主義의 사상을 청소년의 머리에 꽉 扶植하였다"고 하며 무정의 의미를 인도주의와 이상주의에 두었다.

위에서 보이듯이 이광수는 구질서에 반항한다는 말을 했는데 이는 전통적 가치관을 마이너스로 보고 있다는 분명한 증거가 된다. 그러한 것의 현실적 방법으로 그는 가족제도의 타개를 제안하고 있는 것이다. 이렇듯이 이광수의 근대에의 적응은 옛 것에 대한 새로움의 부식이라는 데에서 찾을 수 있다는 주장으로 명문화되어지고 있다. 물론 이러한 그의 '옛 것에 관한 것의 반항은' 그의 소설에서보다는 그의 평론적 수필과 문사적인 그의 기질에 걸맞는 문집에서 잘 나타나 보인다. 특히 가족주의의 붕괴를 부르짖는 목소리는 전체적으로 어느 부분에서나 표나게 나타나고 있는데 다른 어느 것 보다는 그의 「조선가정의 개혁」에서 잘 살펴 볼 수 있다.29) 이 글에서 그

---

28)『조선소설사』, 학예사, 1940, 250쪽.

29) 그는 매일신보에 무정보다 한 해 전에 발표한 평문을 통해서 우리의 가족제도의 개혁을 주창한다. 특히 그는 家長權에 대하여 맹공을 가하면서 一國의 정치 제도가 헌법정치로 대치되는 점을 들어 一家 역시 가장의 전제적 권위를 포기해야 한다고 주장한다. 이는 바로 개인주의적 사상의 力說이라고 보여진다. 그리하여 개인의 인격은 마땅히 존중되어야 한다고 전통적 父像에 대하여 도전적인 태도를 취한다. 이는 당시에 理想的一父의 존재는 개인주의를 옹호하고, 경제권을 나눠어 갖는 사람이며, 동시에 여성의 인격을 존중할 줄 알며, 계급적 권위를 포기하는 자라고 볼 수

는 가족제도에 대한 그의 사상의 핵심을 극명하게 노출시켜주고 있다.

> 朝鮮은 古來로 家族單位의 團이라. 고로, 家族制度의 發達이 실로 人
> 의 模範이 될 만하더니, 他制度의 疲弊함을 從하여 家族制度의 疲弊함도
> 殆히 其 極에 達하였도다. 원래 家庭은 人生의 幸福의 源泉이며 苦痛의
> 避難處니 一家團樂之樂은 樂中의 宗이요..... 玆에 朝鮮 家庭의 缺點을 指
> 摘하고, 倂하여 文明國 新式家庭을 參酌하여 改良할 要點을 略述코자 하
> 노라(536)

예컨대 그는 우리 근대에서 가정을 개량하지 않고서는 피란처도 안식처
도 구하지 못한다고 한다. 이렇게 보면 그에게 있어서 가족이란 일종의 구
속이며, 가정의 주인인 아버지란 반드시 개선되어야할 존재, 즉 부정적 인
물로 나타나고 있다는 것이 구체적으로 확인 가능하다. 이런 이유로 그는
그렇지 않는 아비를 즉 理想的一父를 찾아 헤메게 되는 것이다.

텍스트내의 주인물인 형식이 고아라는 내용상의 신분의 의미는 바로 마
땅한 가정이 없는―당시의 가정은 그에게는 자아의식을 묶는 봉건적인 제
도에 불과하기에―동시대인의 상징인 것이다.[30] 이런 여러 가지 외부적 환
경이 지배하고 있는 이유로 형식 = 이광수로 보는 논자들이 많고, 작가 자
아의 패로디라는 점에서 그에 관한 연구의 대부분도 그러하다고 볼 수 있
는 것이다.

있다. 작품 내에서 이러한 사람은 박훈장과 김장로로 나타나는 데 형식은 이들을
수용하고 있는 데에서 볼 수 있다. 그러나 형식의 아버지로서의 수용은 전적인 수
용이기보다는 부분적 수용, 선택적 수용의 양상을 보이고 있다.

30) 이재선, 위의 책, 211~213에서 고아라는 입장에서 그의 감정의 양면성을 살피고
있다. 그리고 그가 개화기적인 인물, 미셸 비또르의 파르뷔느와의 동일한 측면에
서 신분상승한 인물로, 이를테면 획득된 신분을 지니게 된 것으로 보고 있다. 이는
바로 그는 地位指向的인 인물이라는 것이다. 또 조남현은 이러한 지위지향적 사회
는 대부분이 갈등에 빠지게 되는 사회를 말하는데 형식은 충분히 그러한 인물로
생각된다(조남현, 위의 책, 20쪽).

고아란 본래부터 아비가 없는 사람을 지칭하는 집합적 명사이다. 아버지가 없는 존재들은 자신의 아이덴티티를 세우기 위해 현실적 삶에서 아버지를 찾아야만 하는 숙명을 타고났다. 아니면 적어도 아버지와 같은 인물들을 자신의 아버지화 해야 한다. 이것은 서사 문학의 시원이 되는 그러한 여정의 기록이 그에게서도 보이고 있다. 즉 아비 찾기의 시련이 바로 그러한 맥락에서 이해되는 것이다.

現實父가 존재하는 사람들에게는 그 아버지를 理想的一父로 환치해야할 뚜렷한 동기를 가져야하지만 (이를테면 개화와 수구라는 갈등이나, 자유 결혼에 대한 자의식의 표출 등등) 처음부터 고아인 사람들에게는 實際父와 理想父의 환치 단계는 필요하지 않고 존재하지도 않는다.

그러므로 텍스트에서 형식 본인이 고아로 설정되어 있다는 것은 바로 근원적 부재자(不在者)로서의 아버지를 찾는 여로가 계속적으로 반복될 것이라는 상황을 미리 암시해 주고 있다. 형식의 점진 상승적인 代理父의 추구를 위한 이동은 바로 이러한 이유에서 작품의 끝에 까지 계속되는 것이다. 이러한 연속적인 추구는 ……시련/성장(박진사)||…… 시련 // 성장이라는 반복적인 형태로 나타낼 수 있다.

고아인 형식이 박진사에 의해서 거두어져 개인적 성장이 획득되고, 박진사의 죽음으로 다시 시련에 처한 형식은 잠재된, 쓰여지지 않은 서사 시간을 거쳐서 그 성장의 외형적 드러남이 나타나고, 다시 시련이 오자 이제 김장로라는 후원자에 의해서 성장(각성의 장면이 보임)된다. 그리고 미국이라는 곳으로 가게 되는 등식적인 순차로 지속된다.

문제는 이러한 實際父가 그 자식들에게 베풀어 주는 것만큼의 자식된 도리의 충분한 보상이라는 교환적 관계가 보이지 않는다는 점이 이 텍스트의 특징 일 수 있다. 또 그러한 조력자인 代理父가 복수라는 점에서 다른 작품에 나타난 대리부들과는 다른 성격을 지니고 있다.

또 이런 복수, 二人이나 되는 대리부는 그의 인식과 자각이 확대될수록 더 능력있고 강력한 존재, 理想的一父와 같은 존재로 드러나고 있는 점이다. 나이가 어리고 허약한 소년 이형식에게는 밥과 개인의 성장을 위해 배우고 싶어하는 작은 세계의 대리부로서 박진사가 나타나고 있으며, 성인이 된 그에게는 조국과 사회의 위대한 영웅으로서의 면모를 지니게해 줄 자격 있고, 능력이 구유(具有)된 존재인 김장로가 나타나고 있는 것이다. 즉 반복 형태의 확연되는 양상을 지니고 있다고 볼 수 있다.

이런 점에서 보면 형식에게 있어 아버지의 자격이란 이와 같이 그의 앞길을 터주기 위해서만 존재해야 하는 것이다. 즉 인물을 승승장구로 이끌 조력자인 경제적 능력을 갖추고 있는 존재가 바로 代理父의 임무일 뿐이다.

> 일년이 지나매 이삼십 명 학생이 모이고, 교사도 두 사람을 더 연빙하였다. 학생은 삼십 이하, 칠팔세 이상이었다./ 이렇게 학교 경비를 전담하는 외에도 여전히 십여명의 청년을 길렀다. 이 이형식도 그 십여명 중의 하나이다. 그때 형식은 의미가지 없어 돌아다니다가 박진사가 공부를 시킨다는 말을 듣고 찾아갔던 것이다. 마침 형식은 사람도 영리하고, 마음이 곧고, 재주가 있고(21)

형식이 돌아다니다가 박진사를 찾아갔다는 것은 상당히 의미가 있는 것이다.

박진사가 형식을 찾은 것이 아니라 형식 본인이 代理父를 찾으러 간 것이라고 보아야 한다. 이는 전형적인 신참자의 통과제의적 양태이다. 형식의 의지가 그렇게 했다는 능동적 노력의 결과였기 때문이다. 그리고 그 이유는 오로지 박진사가 공부를 시킨다는 말을 듣고서이다. 그러기 전에는 그는 의지부지 없이 돌아다녔다고 나와 있기 때문에 사정을 짐작하기가 어렵다. 이는 토도르프가 말하는 보충되어지는 이야기란 서사적 전략으로 수용해야 한다. 즉 문면에 나타나지 않은 이야기는 오히려 호기심을 유발하여 이야기를 더 홍미있게 하기 때문이다.31) 이와 같은 부분은 텍스트를 통

---

31) Todorov, Tzvetan, The Poetics of Prose(신동욱 역, 『산문의 시학』, 문예출판사,

해서 두 번 나타나는데 바로 위 예문에서 보이듯이 박진사에게로 가기 전과 그가 경성학교 영어교사라는 신분적 상승이 일어날 때에 그렇다. 위와 같은 것은 성장소설의 한 일단을 보여주고 있다고 보는데 신참자는 신이한 경험을 하게 되는데 그 장소가 지하이거나, 또는 꿈속이거나 등등으로 나타나고 있다는 점에서 근원적 유사성이 보이기 때문이다.

유리걸식하는 아이에게 개인적 성장으로 이르는 과정에서와 개아(個我)에서 벗어나 대사회적 존재로의 상승을 위한 김장로를 만나기 직전의 상황이 그러하기 때문이다. 이는 앞으로 더 깊은 연구를 필요로 한다고 생각한다.

형식의 代理父의 획득의 원인은 아무튼 현실적으로 도움을 줄 수 있고, 자신이 모델로 삼을 만큼 가치가 있는, 즉 개화되어 있는 인물을 선택했다는 말이다. 형식은 자신의 나이에 맞는 수준에서 박진사라는 理想父를 발견하고 그를 찾아간 것이다. 그리고 그를 代理父로 삼게 된다. 또 그 代理父가 무죄한 범죄에 연루되고 형식 자신에게 실리적인 도움을 주지 않자 그는 다시 서술되지 않은 이야기 속으로 사라지고 마는 것이다. 즉 일 단계인 자아 의식으로의 성장이라는 단계에 필요한 존재의 임무는 끝이 났기 때문이다. 그러므로 형식은 代理父를 떼어내 버리고 다시 홀로가 되는 것이다. (그는 다시 의지를 잃고 적막한 천지를 부평같이 표류하였다.)

자신의 아버지를 理想的─父로 설정하고 전적으로 추종하는 여성 인물상인 영채의 행적이 분명하게 그녀의 서술을 통해 드러나는 것과 비교해 보면 형식의 동경 유학은 텍스트 내부의 서술되지 않은 부분으로서 남아 있다. 이는 물론 작가의 의도적 안배일지 모르지만 동경으로 상징되는 신문명, 이상적인 세계의 탐구를 나타내고 있는 것으로 보인다. 형식의 동경에서의 귀국은 그런 점에서 인사적(人社的)인 경험이다. 열여섯에 헤어진 후 그가 영어 교사가 되어있기까지의 감추어진 몇 년이 그를 다시 당시의 사회로 회귀시키는데 그때는 그는 이미 고아소년이 아닌 성인이며, 교사라

1992. 90~93쪽).

는 신분상승이 이루어졌기 때문이다. 그리고 그러한 것을 가능케 한 존재
는 처음 代理父인 박진사였다.

그러나 형식의 理想父의 추구는 그 후로도 지속적으로 수행된다. 그가
더 큰 세계로 나아가려는 내적 갈등을 지니고 있기 때문이다. 그래서 찾아
내어지는 부상이 바로 김장로였다. 김장로는 그에게 더 나은 세계로 나아
갈 수 있게 하는 모든 자격을 가지고 있었다. 이제 그는 현해탄을 넘는 것
이 아니라 태평양을 넘어야 했다. 그 곳에 이르기까지 인도해 줄 아버지가
필요했고, 그것은 바로 김장로였다.

> 명예와, 재산과, 법률과, 도덕과, 학문과, 성공과 —— 이렇게 지금껏
> 인생의 가장 중요한 내용으로 알아오던 것 외에 무슨 새로운 것 하나가
> 더 생기는 듯하다. 그러나 아직 형식은 극서에 이름을 지을 줄을 모르고
> 다만 이상하다, 하고 놀랄 뿐이었다.....(57)

김장로의 집을 드나들면서 느꼈던 막연한 것이 서서히 그의 심정 속에
서 구체화되기 시작하는 것이다. 지금까지의 소아적인 것들 명예, 재산, 성
공 등의 목록들은 모두 다 물질적인 욕구 충족품일 뿐이다.[32] 거기에서 형
식이 눈을 돌렸을 때, 사물들은 제각기 다른 빛으로 그에게 느껴지기 시작
한다. 그 이전까지 그가 추구했던 것은 자신의 안녕(安寧)이라는 좁은 세계
관이었다. 그가 박진사에게 간 것도 고아로서의 자아 정체를 위한 理想的
父란 존재의 만들기였고, 동경에서의 유학도 자신의 세계 구축이라는 소아

---

32) 조남현, 위의 책. 한 사회의 주류가 지나치게 물질주의적이고, 지나치게 탐욕적이
　　면서 지위 지향적인 쪽으로 흘러갈 경우, 또 개인을 소외시키는 현상이 두드러질
　　경우 그 사회에 속한 대부분의 사람들은 갈등에 빠지게 된다고 본다. 이는 다시 말
　　하자면 형식이 이러한 물질적 욕구에서 벗어나 비로소 새로운 인생관, 즉 사회에로
　　편입될 수 있는 자신의 몫을 발견하는 것을 나타내고 있다. 인도주의적 이행이란
　　이를 지적하는 것이고 그러한 발견이 갈등에서 그를 건져 내주고 있으므로 새 빛을
　　발견했다고 표현된다.

적 세계관을 위한 것이었다. 자신에게 머무르고 있는 한은 아직도 더 큰 인물, '吾 彊土의 新種族'이기는 그만 둬야 하는 것이다. 신종족이란 새로운 번식을 의미한다. 전시대의 고착적인 인간상인 출장입상(出場立相)하고 하육처자(下育妻子)하는 정도가 아닌 새로운 세계의 존재됨을 의미한다.33)

박진사가 개화 대 수구의 대표적 대립상의 이상적 아버지였다면 김장로는 더 크고 분명한 새로운 세계로 가는 理想的인 父라고 볼 수 있다.34) 식민지 치하의 우리에게 현실적으로 당장에 필요한 것은 민족의 자존심의 고취였고, 자립이었다. 그리고 나아가 그들로 부터의 독립이었다. 이미 일본은 우리와는 이가적(二價的) 관계쌍의 상부쪽에 위치해 있기 때문에 일본을 찾는다는 것은 여전히 소아적인 세계일뿐이다. 더 넓은 곳, 일본이 원형으로 삼았던 곳 그곳이 바로 형식의 안식처와 형식의 희망봉이기 때문에 형식은 그 곳이 필요로 했다.

이제 그 곳으로 ─ 여기에서는 미국으로 나타나지만 ─ 가기 위해 다른 아버지를 필요로 한다. 이는 다시 더 완벽한 理想的─父, 이념적인 개화만 아니라 실력있는 경제력 있는 부의 존재를 갈망하고 있다는 반증이 될 것이다. 이식된 일본의 문명의 原父는 서구이며, 특히 일본에 작용했던 서구 문명과 과학은 미국의 것이었다. 그 원조의 곳에 가려는 형식의 이상은 일

---

33) 김우창, 「한국 현대소설의 형성」, 『궁핍한 시대의 시인』, 민음사, 1977. 그는 『무정』을 중간적 위치를 차지하는 것으로 보고 구조와 주제면에서는 이인직을 크게 벗어나지 못했음을 그 이유로 든다. 그 가장 분명한 점을 형식의 비이성적인 세계관에 두고 있다. 그러나 이인직의 경우보다 조금 뚜렷하게 현대적 개인의 성장과, 보다 넓게 일정한 철학에 연결되어 있다는 점을 들었다. 이는 옳은 주장으로 보이는 것은 바로 형식의 세계과 개화대 保守라는 이원적 대립에서 벗어나고 있는 이 같은 점에 있어서 충분히 논지를 얻을 수 있기 때문이다(95~96쪽).
34) 『무정』은 1917년에 매일신보에 연재되었다. 1906년에는 이미 통감부가 설치되어 운영되고 있었기 때문에 개화와 수구라는 이념적 대립의 갈등은 이미 문제 밖으로 밀려 가버렸다. 이미 일본의 경제적 수탈이 완성되어 1918에는 토지 약탈정책이 일단락 되었던 시대였다. 개화기의 주쟁점이었던 개화/수구의 패러다임은 식민지정책에의 대결로 바뀌었다. 홍이섭, 『韓國精神史序設』, 연세대출판부, 1975, 47~51쪽.

본을 넘어서야 한다는 의지로 보인다. 바로 문명과 과학이라는 근대화의
패러다임은 비로소 그러한 때 가능한 목록인 것이다.35)

> 선형과 약혼한다는 말은 말만 들어도 기뻤다. 영채가 마침 죽은 것이
> 다행이다 하는 생각까지 난다. 게다가 미국유학! 형식의 마음이 아니 끌
> 리고 어찌하랴. 사랑하던 미인과 일생에 원하던 서양 유학! 이중에 하나
> 만이라도 형식의 마음을 끌만 하거든, 하물며 둘을 다! 형식의 마음에는
> 내게 큰 복이 돌아왔구나 하는 소리가 아니 발할 수 가 없었다.(135)

미국이 그에게 중요한 이유는 바로 그것 때문이다. 일본이라는 이미 경
험했던 장소는 여전히 그를 일개의 인물로 만들기 때문이다. 연인의 죽음
과 비교할 수도 없다. 애정인 개인적 감정의 수수지만 계몽은 더 원대한 이
상이기 때문이다. 그것은 김동인과 이어서 김우종이 적절하게 지적했듯이
그의 성격에서 기인한 것은 아니다. 사실 형식의 존재는 위처럼 이상을 향
한 존재로 그려야 했기 때문이다.

> 그(형식)는 남의 생애의 오롯함에 대한 의식을 가지고 있지 못한 것
> 이다. 이형식의 사랑에 대한 어설픈 인식, 그리고 인간관계의 동력학에
> 대한 무자각은 사실 이광수 자신도 알고 있는 것으로써 그의 이야기의
> 마지막 부분에서 형식의 입을 통하여 "자기는 아직도 인생을 깨달을 때
> 도 아니요, 따라서 사랑을 의논할 때도 아님을 깨달았다"고 고백케 하
> 고, 또 무정에 표현된 이형식의 전 철학이 "조상적부터 전하여 오는 사
> 상의 계통을 다 잃어버리고 혼돈한 외극사상 속에서 아직 자기네에게
> 적당하다고 생각하는 바를 택할 줄 몰라서 어쩔 줄 모르고 방황하는"
> "어린애"의 생각이라고 말하게 한다(김우창, 100~101쪽).

---

35) 아비를 찾기보다 스스로 아비 되기를 원하는 존재는 아비를 넘어서야 하는 것이다.
　　당시의 일본은 우리의 모델이었지만 그 모델을 넘어가기 위한 노력으로 그 모델이
　　모델로 삼은 곳을 가야했다. 즉 형식이 박진사에서 김장로에게 그 理想的—父의 존
　　재를 삼을 수밖에 없었던 원인이 여기에 있다.

이러한 모호한 인물성격 설정은36) 사실은 이상적 부상을 수용해서 새로운 인류를 만들고자 하는 개화기의 지식인들의 성급한 자부의식에서 기인한 것이라고 보기에 부족함이 없다. 그러기 때문에『無情』에는 두 사람의 대리부가 나타날 수밖에 없는 것이다. 개아를 벗어나서 넓은 세계, 즉 대중을 보아라가 당대의 계몽적 업무를 맡아 하던 청년들의 근본적인 의식이었기 때문이다.

이처럼 텍스트에 나타나는 대리부들은 자아의 각성에서부터 사회적 각성, 지식인의 대조국적 임무에 이르는 긴 여정의 반복 구조를 통해서 복수(複數)로 나타나고 있는 주인물의 조력자 내지 교화적인 인물이라는 점이 다른 작품과 다를 뿐이다. 물론 이들이 代理的 父로만 남게되는 것은 자명하다. 즉 박진사나 김장로의 공통적인 것은 그들이 개화(開化)를 주장하지만 개화의 진정한 의미를 몰랐다는 점에서이다. 즉 그들은 얼치기 개화꾼이었는 것으로 타나나는 데 박진사의 경우에는 영채에게『小學』과『內訓』을 가르치는 것으로 김장로의 경우에 미술품에 대한 작가의 의도적 서술에서 드러나듯이 피상적인 개화인 들이었기 때문이다. 또 박진사는 적어도 애국적 입장에서 몽민(朦民)을 깨우는 일이라도 했지만 김장로에게는 그러한 점이 전혀 보이지 않은 소아적 존재이기 때문이다.

당대의 아버지를 이러한 소아적 인물로 고착되게 보면서 이광수가『情育論』에서 주창하는 것은 '자녀를 사랑하자'이다. 효가 위로에의 상향적인 것과 대극적으로 자녀 사랑은 하향적이다. 부모로부터 자식에게는 가는 감

---

36) 정창범,『작중인물의 심층분석』, 평민사, 1978, 16~35쪽. 김동인의 춘원연구에서 줏대 없고 정견이 없는 인물로, 김우종은 그것마저도(줏대없는) 인물의 성격 특성으로 간주하고 있다. 그러나 그도 '주책바가지'로 보고 있어서 대체로 이형식의 성격은 흔들리고 모호한 성격으로 보여진다. 정창범은 이에 대해 심리적 콤플렉스를 원용해서 텍스트 내에 나타난 이형식의 심리상태의 묘사부분을 중심으로 규명해 나가는 귀납적 방법을 사용해서 보고 있다. 그러나 본고의 주장은 물론 그러한 열등감의 원인도 있지만은 고아의식, 즉 아비의 부재와 그 아버지의 절대적 상, 理想的父의 탐구의 도정이라고 보는 것이 옳다고 생각한다.

정의 흐름을 말하고 있는 것이다. 그 중요한 방법을 그는 봉건적 가족제도
의 개선으로 보았다. 상향적 효와 하향적인 자녀 사랑의 운동은 바로 가족
제도의 도입화를 촉진한다. 가족제도의 개선은 가부장제의 아버지의 권위
약화가 필연적으로 수반되기 때문이다. 또 이러한 약화현상은 자식들과의
여러 가지 사회 변화의 문제들에서 갈등의 대립을 문면에 나타나고 있다.

그러므로 고아인 형식에게 나타나는 부상은 이러한 도립된 가정을 통한
새로운 父像, 즉 아비의 시대가 해야하는 일이란 자녀의 가는 길에서 벗어
나 있어야 하는 것 뿐이라고 말하고 있는 것이다. 이런 이유로 형식의 대리
부들은 그의 전도(前途)의 조력자이며 교화자의 기능을 해야만 했다.

3)『農夫 정도령』의 공동원적 지도자

이기영은 근대소설에 있어서 식민지 상황의 문학이 갈 수 있는 두 방향
중의 한 방향을 가장 문학적으로 가 보았던 작가로 평가된다. 특히 그의 장
편『故鄕』은『三代』,『太平天下』와 함께 식민지 시대를 대표하는 소설들
중 가장 우수했던 작품으로 널리 인정되고 있다.[37]

식민지시대의 작가들이 자의건 타의건 우선적으로 부딪혔던 문제는 역
사적인 상황으로서의 내부 현실의 대응 전략일 것이다. 그들의 선택은 둘
밖에 없었는데 하나는 체제 내의 순응이라는 것과 그 반대로의 거부라는

---

[37] 그가 경향파 문학, 또는 소위 프로레타리아 문학의 선두주자이기 때문에 그러한 문
학이 갖는 어쩔수 없는 도식성을 지니고 있다. 이는 세계문학사를 통해서 이미 밝
혀진 사실이다. 정형성에서 비롯된 상황의 약화가 가져오는 구조의 경직성, 빈부의
예각적 대립으로 인한 가치의 편향성, 이데올로기의 과다 노출로 말미암은 문학적
형상화의 한계나 상상력의 약화 등은 프로레타리아 문학이 갖는 어쩔 수 없는 본질
적 취약점이다. 이재선, 「반항의 시학과 상상력의 제한」,『세계의 문학』 49호,
1988; 조연현,『한국현대문학사』, 성문각, 1969, 417쪽; 김우종, 한국현대소설사,
선명문화사, 1973, 217쪽; 이재선, 위의 책 등을 비롯 많은 논자들이 그의 평가를
하고 있다.

형극의 길이 있을 수 있다. 어느 것을 택하느냐에 따라 응전의 양상은 달라지게 되어 있으며, 그로 인해서 그들의 삶마저도 달라졌던 시대였다.

더욱이 삼일운동 실패 이후 필연적으로 우리 민족에게 나타났던 것은 좌절의 극복으로서의 새로운 운동 방향의 모색이었다. 이미 밝혔듯이 우리의 문학의 경우 이러한 모색은 민족문학과 프로문학, 또는 사회주의 문학이라는 것으로 양분화되어 나타났다. 물론 이 두 가지 모두가 전혀 별개의 것이 아니며, 그것들은 민족문학이라는 바탕 위에서 시작된 것이라는 전제가 반드시 선험화되어 있어야만 한다. 식민지 시대의 대응적 양상이라는 것은 그것이 어떠한 방법론적 다양성과 또 그로 인해서 달라지는 특질을 갖더라도 직·간접으로 민족의 자긍심 회복이라는 원칙적 기저에 놓여있을 수밖에 없기 때문이다.

이기영은 이러한 시기에 문단에 나타난 작가이다. 그는 프로문학의 선두 주자였고, 사실상 우리 프로문학의 가장 높은 봉우리 중의 하나에 우뚝 서게 됨으로 해서 그의 연구는 우리 프로소설의 문학적 수준을 가늠할 수 있게 해주는 가늠자가 될 수 있다고 보는 측면도 있다.

본고는 우선 그의 초기 단편인 『農夫 정도령』을 중심으로 代理父像의 특징을 살펴보겠다. 지나친 억단인지 모르지만 그의 작품에서의 父像을 살피는 것은 우리 프로소설의 부상 전체를 살피는 것과 같다고 본다. 프로문학이 무엇보다 그들의 실천적 강령을 소설의 인물을 통해서 나타내는 이른바 전형적 인물을 통한 계급의식 고취를 본디의 사명으로 삼았었기 때문에 프로소설의 연구는 거의 이론적 고찰이 아닌 경우에는 인물론으로 고착되는 환원성을 지니고 있다. 예컨대 그들의 국민 계몽의 궁극적 목표는 이러한 과업의 수행을 위한 문제적인, 또는 매개적이라는 인물들을 등장시켜 사회적 모순의 상황과 그 극복의 실천을 위한 분투하게 한다.38)

---

38) 김윤식·정호웅 저,『한국 리얼리즘 소설연구』, 탑출판사, 1987, 9쪽. 두 연구가
    모두 이기영을 위시한 주로 경향적 농민소설을 다루고 있는데, 이들은 매개적 인
    물, 문제적 개인의 결핍이 우리 농민문학 또는 프로문학을 정체시켰다는 주장을

특히 식민지 시대의 자본주의 도입으로 그 피식민지민들의 궁핍의 상황이 사회적 문제로 대두되고 있는 때에 문학 역시 그러한 이슈들을 수용해야 했다.[39] 특히 이재선은 "1920년대의 한국 소설의 중요한 특징의 일면으로 빈민의 증식화 현상을 지적할 수 있다. 그만큼 1920년대와 1930년대에 걸쳐서 우리 소설의 인물은 빈자(貧者)의 像에 의해서 지배되는 경향이 현저하다. 또 이런 현상은 다음 시대의 소설의 한 특징으로까지 연장되고 있다."(한국현대소설사, 홍성사, 223쪽)고 보았다. 더구나 프로문학의 입각지(立脚地)는 마르크스주의 문학관에 의지해 있기 때문에 원칙적으로 거기에서 벗어날 수 없다.[40]

그러한 이념을 표방하고 나선 이기영은 주로 농민들의 궁핍상을 그 소재로 다루면서 당시의 현실적 대응과 궁핍의 생산적 계층에 대한—주로 지주나 마름들—거부의식을 드러내는 작품을 썼다.[41] 그의 소설적 배경으로

한다. 즉 그러한 인물들을 立像化 하지 못했기 때문에 프로 소설들이 한결같은 양상을 보여주는 정형성 고착화에 빠지게 된다.

39) 이러한 의식들은 프로 문학만이 아니라 모든 소설에 해당된다. 1920년대와 1930년대의 우리 작가 대부분은 그 문학적 주조를 궁핍의 현상으로 보았다. 이재선, 「궁핍의 시대와 가난의 생태학」, 위의 책, 223쪽; 김윤식, 김현, 「최서해 혹은 빈민의 절규」, 위의 책, 160쪽; 김우종, 「빈궁과 반항」, 위의 책, 207쪽; 김우창, 「궁핍한 시대의 시인」, 위의 책 등에서 살피고 있는 것과 같이 궁핍과 그 대응이 당시의 무리문학의 외부적 패러다임이었다.

40) 김윤식, 『한국현대문학비평사』, 서울대 출판부, 1982, 62~66쪽. 마르크스 문학론은 문학의 기능과 효용을 극히 중시하는데, 이는 문학이란 역사적·사회적 현실로부터 산출되고, 그에 대한 인식을 의미하는 것이며, 또 그것을 변경시키는 힘으로 작용하기 때문이다. 이런 원칙 아래서 "문예작품의 원칙에 대한 완전한 판단은 발생적 연구 즉 어떠한 사회세력들이 그 작품을 산출하였는가"에 대한 완전한 고려가 있어야 했다.

41) 김재용, 「일제하 농촌의 황폐화와 농민의 주체적 각성」, 『이기영전집』 2, 풀빛, 1988. 이기영은 시종일관 농민소설을 창작했는데, 일본 독점자본의 진출로 인한 식민지 자본주의에 의해 끊임없이 양극분해 되어 가는 조선 농민의 현실을 그렸다(567쪽). 이 말은 이기영 소설의 전반적인 연구를 위해 참고할 만 하다고 생각한다. 왜 당대의 많은 작가들이 농촌의 궁핍상을 주소재로 삼았느냐 하는 것은 농민의

농촌을 잡는 것과, 그 내용 구조상 마름들과의 갈등으로 정식화(定式化) 되었다는 점 등은 결국 그의 작품이 도식적일 수밖에 없다는 것을 강력하게 주장하는 단서가 된다. 또 나아가서 이와 같은 테두리에다 자신의 이데올로기의 과중한 의무를 충실히 수행해야 한다는 책임감 아래 작품을 썼다는 것을 종합해 보면 그로 대표되는 프로문학의 소설적 성취도가 어떠했다는 것은 쉽게 짐작할 수 있을 것이다.

이기영 초기의 단편 중에서 『農夫 정도령』은 비교적 많은 연구가 되어진 작품이다.42) 물론 이 작품도 정형적 틀로 말미암아 소작인 대(對) 지주라는 이원화된 인물을 중심으로 그들 사이의 갈등을 다루고 있다. 그러나 그의 다른 작품이 모두 비극적으로 지주의 승리나, 타나토스의 현상의 정석을 보여주는 데 비해 이는 비록 잠정적이기는 하자만 소작인의 승리로 끝난다는 점에서 눈길을 끌고 있다. 본고에서는 이외에 『餓死』, 『밋며누리』를 통해 나타나는 代理的 父의 양상을 살펴보고자 한다.

실제부의 무능으로 말미암은 비참한 소멸과 그것에 대항하는 자식들의 대립이 가장 잘 나타나 있는 작품은 『餓死』라고 보여진다. 『餓死』의 아버지는 전통적인 아버지로 정직과 성실을 제일로 두고 있는 인과응보라는 이념을 가지고 자식들을 가르치고 있는 사람이다. 그러기에 그는 가난을 운명으로 받아들이고 있는 현실 적응력이 없는 아버지로 나타나고 있다. 드디어 소작생활에 못 견디고 철로선공으로 나갔다가 오히려 부상을 입고 돌아와 그는 오히려 온 가족을 더한 굶주림으로 몰아넣는 장본인이다. 그는 아무것도 할 수 없어 자리만 지키면서도 정직하게 사는 것이 하늘로부터

수효의 많고 적음의 문제와는 별개의 것이라고 여겨지기 때문이다.
42) 조남현, 「1920년대 한국경향소설 연구」, 서울대대학원, 1974; 정호웅, 「경향소설의 변모과정」, 위의 책; 박대호, 김윤식・정호웅 공저, 「농부 정도령의 구조분석」, 위의 책; 한형구 등 다수가 있다. 이들은 『농부 정도령』→『鼠火』→『故鄕』으로 이어지는 이기영의 소설적 발전 단계에 상승성에 주목한다. 그러므로 그의 의식의 발전단계와 문학적 성취의 도약기로서 본고가 다루는 텍스트는 중요한 의미를 지니고 있다고 본다.

복을 받는 길이라고 가르치는 무능한 실부의 대표적 존재이다.

딸 돌순과의 대화에서 아버지는 하늘이 있으니까 참되게 살아야 한다고만 되풀이 주장한다. 그러나 이미 아버지의 가르침은 돌순에게는 해답 없는 모순을 내포한 의문만 생기게 한다. 왜 최주사는 망하지 않고—분명히 하늘의 도리를 모르고 사는 나쁜 인간인데—사느냐는 딸의 질문 속에는 이미 그녀의 의식에서 그 아버지 전통적인 정직한 인간으로서 아버지의 형상은 가치 없는 것으로 나타나고 있다.

그녀는 이미 아버지의 능력과 근대적인 기능을 믿지 못하고 잇다. 그러한 현장은 어머니가 나빠도 좋으니 배곯지 않고 사는 것이라고 했을 때 분명하게 드러난다. 비록 돌순이는 대화에 끼어 들지 않지만 오빠 익돌이가 아버지에게 반항을 하 때, 그녀 역시 그러한 반항의 장력이 자신에게도 나타나고 있음을 알게 되는 것이다.

實際的 父의 의식적 소멸은 그 경제적인 능력과 밀접한 관련이 있다고 했다. 근대화란 산업구조의 변동을 가져오는 데 거기에 능동적으로 대처하지 못하는 사람들은 자연적으로 사회에서 도태되어가기 마련이다. 아버지 역시 편승하지 못하고 밀려나는 도태된 무능력한 인물이다. 그가 근대화로 표상되는 철로 놓기에 공원으로 일하려 했지만 오히려 다치기만 했다는 점에서 그러한 작가의 의식은 쉬 찾아볼 수가 있는 것이다. 부상을 당함으로써 아버지는 사회에서 거세를 당했다.

그의 자식들은 거세된 아버지를 이미 사회적 차원에서 아버지라고 부를 수 없다는 것을 인지하게 된다. 그러한 면은 아버지가 가정에서 발생하는 어려움에서 그들을 보호할 수 있는 능력이 없다는 것으로 대상화된다. 돌순이의 첩살이와 굶주림이라는 근본적인 욕구의 해결조차 그는 대처할 능력이 없기 때문이다. 그러므로 이들은 代理的—父를 찾게 된다. 그러나 그들에게는 그러한 존재들이 보이지 않는다. 이는 프로문학 초기의 당연한 귀결이었다. 그들의 분노와 그들의 해결 방법이 아직 찾아지지 않았기 때문이다. 이 작품은 그러므로 대리부의 탐색 단계에서 끝나고 만다.

돈43)과 성44)의 맞바꿈으로 궁핍과 기아라는 문제를 해결하려는 것은 가장 도덕적인 해결책이다. 도덕적인 아버지에 대한 최대의 무기는 방종된 이탈로 치닫는 부도덕한 행위의 현실일 뿐이다. 그것은 일종의 아버지 살해(vatermord)와 마찬가지다. 이 텍스트는 代理父를 찾지 못하기에 여기서 끝이 나고 마는 것이다.

그러나 『밋며누리』는 그러한 막힘에서 조금 더 나아간다. 비록 주인공 금순이 그녀의 代理父를 찾지는 못해도 『死』의 돌순과 억돌이처럼 현실에의 복종이라는 하강적 세계로의 추락은 하지 않기 때문이다. 그녀는 적어도 각성하는 인간 그 주체적 존재가 되기 때문이다. 그녀는 현실의 자신을 벗어버려야 한다는 자각을 한다. 그러나 이때까지의 문제적인 요소, 자본주의 이데올로기의 모순이라던, 지주대 소작의 이원적 대립의 모순에서가 아니라 개인적인 삶, 나의 청춘에서 시작된다는 점에서 이 작품 역시 프로 문학의 속류적 작품일 뿐이다.

금순은 민며느리로 들어가서 26살이나 많은 아버지와 같은 남자와 살다가 어느 해 청춘을 느끼기 시작했는데 그 대상이 바로 집주인의 아들, 일본 유학생 복남이었다. 그녀는 거기서 이성적 존재의 부상을 발견하나 너무도 빨리 허사로 되어 버린다. 그녀가 연인형 대리부로 삼은 복남은 '여학생도 발에 채이는데 너 같은 것을', 하며 금순의 순수한 사랑을 무시한다. 냉혹한 인격적 모독이 깊은 곳에 숨죽이며 있던 그녀의 자아를 발동시킨다. 그

---

43) 이재선, 「한국문학의 금전관」, 『한국 문학 주제론』, 서강대출판부, 1989. 그는 현대소설은 어떤 의미에서는 돈의 힘에 대한 반응의 문학으로 보고, 또 1920년대 초에서 우리 문학적 상상력에 있어서 욕망의 대상으로서의 돈의 위력이 보다 중요시되고 있다고 본다; 우찬제, 「한국서사문학에 나타난 돈의 이미지」, 서강대대학원 석사학위, 1986. 인간의지를 구속하며 욕망의 일반적인 대상인 돈은 리얼리즘의 소설에 있어 형식적이고 정치적 사회적이며 미학적이고 수사학적인 기호로 보았다.

44) 성은 여기서 돈으로 대표되는 자본획득의 매개물로 나타난다. 특히 남성주의 사회에서 가난한 여자의 성의 매매는 전세계적 현상이다.

녀는 이혼을 요구하다가 거의 죽을 경지에 다다른다. 결국 이혼을 한 그녀는 아버지께로 간다. 이미 자기를 팔아버린 아버지에게 이끌려 다니다가 금순은 서울로 올라와 제사공장의 공원으로 새출발을 하게 된다.

> 지금 금순에게는 그보다 더 큰 일이 눈압헤 가로노혔다. 사람의 생활이란 런애뿐 아니다. 아니 그가 겪은 인생의 비극 그 원인을 캐어보면 모두가 가난한 때문이다. 그런데 그것이 자기 하나만 그러타면 운수를 타고난다지만 이 세상에는 만흔 가가난한 사람이 있다. 그들은 모두 자기와 같은 아니 그보다 더한 비극을 가졌다. 우선 이 서울 저자거리에 우물우물하는 가난뱅이를 보라! 병목정에 늘어앉은 산고기(生肉)때를 보라.(35)

금순이 집단 의식[45]을 깨닫게 되는 장면이다. 그녀의 實父는 이제 늙고 병들어 누어 있다. 오히려 실부는 무능의 정도를 넘어서 그녀의 힘에 의해서 살아가야 하는 존재로까지 하락하고 있다. 그녀는 의지할 代理父를 발견할 수 없다. 그래서 그녀는 이제 자각하는 것이다. 자신의 운명이 자신에 의해서가 아니라 가난 때문이고 그 가난의 이유는 사회 구조적 모순이라는 것을 어렴풋이 깨닫게 된다. 즉 그녀에게는 이제 사회적 개선이라는 대리적 부가 내재하고 있다는 것이다. "그리고 오직 부지런히 일하고 공부하기로, 그녀의 눈 속에서 빛나는 그의 정력이 감당할 것이다. 그리하야 무산계급 건설의 한 전사가 되기로" 결정하게 된다. 분명하게 그녀의 목표, 이상적 사회로 가는 대리적 부의 존재가 드러나고 있다.

『농부 정도령』은 이기영 소설의 본격적인 시작을 알리는 작품으로 일컫

---

45) 정호웅, 「경향소설의 변모과정」, 위의 책, 63쪽. 그는 계층대립의 집단의식의 유무로 당대 농촌사회의 구조의 핵심을 포착여부를 가름한다고 본다. 집단의식 없이는 전형성을 띈 인물들이 나타날 수 없다고 보고 특정 인물의 매개를 통한 집단의식의 제고가 이루어져야 한다고 보았으며, 『농부 정도령』이 농민소설이 분수령에 처하는 이유도 그러한 것의 출현 때문이라고 보았다.

어 왔다.46)『농부 정도령』은 경향소설의 한 분수령적 작품이다. 문제적 인물이란 새로운 인물유형의 성공적인 창조와, 구체적 현실의 핵심적인 모순을 소설적으로 형상화함으로써 초기 경향소설의 두갈래 경향을 변증법적으로 종합하여 새로운 지평을 열고 있다 하겠다(정호웅, 전게재, 66쪽)고 보았다.47)

정도령은 확실히 문제적인 인물이 되기에 충분하다. 그러나 루카치적 용어로의 문제적이라기 보다는 기인(奇人)이라는 점에서 그렇다. 그는 청지기 아버지와 무당인지 종인지 모르는 어머니 사이에 태어난 사람이다. 그는 떠돌아다니다 어느 마을에 들어와서 머슴이 되어 생명을 부지하다가 역시 조전비인 여자와 눈이 맞아 살다가 미풍양속을 해친다는 이유로 쫓겨나와 현재의 마을에 소작으로 살고 있는 소작인이다. 그는 대단하게 시대를 앞서나가는 소위, 이념 추구형으로 그러한 점은 아이들의 교육을 위해서 단산을 주장하는 장면에서나, 아내와 딸의 상을 장만해주어야 한다는데에서 찾아볼 수가 있다.

> "아들 하나 딸 하나만 납시다. 많이 낳으면 무엇하오. 잘 키우고 잘
> 가르치지 못할 바에야 도야지 새끼같이 얻어먹는 것이 아닐 바에야——
> —수효로 보다는 바탕으로 잘나야지 않겠소."
>
> ....
>
> "꾸 배면 어쩌구요?"

---

46) 이런 경향은 사회주의 리얼리즘이나 비판적 리얼리즘 연구자들의 대상작품과 관계가 있다. 이 작품은 김윤식 이후 많은 연구자들에 의해 대상작품으로 삼아져 연구되었다. 이는 다름 아니고 이 작품은 이기영 소설들의 새로운 돌파구로 가는 길에 나타난 것을 말해주고 있다.

47) 김병광, 「초기 농민문학에 대한 소고」, 『국어국문학』 90호, 1983, 12. 농민문학이 우리 나라에 싹튼 것은 1920년대 중반이며, 그중 이 작품은 비교적 농민문학다운 작품이다; 김윤식, 『한국근대소설사연구』, 을유문화사, 1986. 그는 염상섭의 묘사력에 대항할 수 있는 이데올로기 차원에서, 우리 소설사의 리얼리즘의 실체를 가늠할 수 있는 작품으로 최서해의 『탈출기』, 이기영의 『농부 정도령』을 예시했다.

하고 그 때 안해는 힐끗 쳐다보며 방긋 웃었다.
"낙태시키지"(163)

　아이들을 낳는 것보다 키우는 것이 중요하다고 생각할 정도라면 아무래
도 당시인으로서는 그의 인식 수준이 다른 사람들과는 다르다. 더구나 노
동력을 중심으로 살아가는 농촌 경제사정에서 더욱 그러한 면모가 돋보인
다. 더구나 그 방법으로 낙태를 주장하는 그의 언술 행위는 주목해야 한다.
전통적인 관념으로 우리들은 태중의 아이에게 존재론적인 의미를 부여했
기 때문에 그 때부터 나이를 헤아리게 된다. 즉 그가 뱃속에 있지만은 당당
하게 한 사람의 인격체로 간주되기 때문이다. 그런데 그는 인격을 단순하
게 짐승과 비교하고 있다 '도야지 새끼처럼'이라든지 낙태를 시키겠다든지
모두 그것이 목적을 위한 방편으로 수용되고 있는 것을 보여주고 있다. 즉
살아있는 존재의 바탕을 위해서 다른 어떤 것을 버려야 한다는 비인간적
의도가 숨겨져 있다.
　이러한 것은 다름 아닌 床의 구입문제에서도 그렇다. 아내와 딸의 상을
준비하겠다는 것은 동등해지자는 의미로 본다. 가부장제의 엄격한 규율을
스스로 깨뜨리겠다는 의지의 표현이다. 이는 가족주의를 해체시키고 확대
된 가족주의나 집단주의로 동등한 동지의식을 고취하자는 말 다름 아니다.
그들이 이 사회에 살아있음으로 그들은 보호받고 존중되어져야 한다는 철
저한 인본적 개인주의인 것이다.48)

　그는 남의 일 내일 할 것 없이 불의한 일을 보면 이렇게 역정을 내었다.
　어느날 정도령은 용쇠(필자 첨부, 딸을 팔아먹은 사람)의 집앞을 지
나노라니까 용쇠는 그의 넷째딸을 사정없이 회초리로 때려주는 판이

---

48) Matheson J. Rufus, *The Positive Hero in Russian Literature*, Stanford U.P., 1975,
　　pp.2~5. 긍정적 영웅이란 비판적 사회주의에서 나타나는 教化的인 존재이며, 계
　　몽적인 인물을 말한다.

다. 그 아해는 지금 너덧살 밖에 안먹어보였다. 이 거동을 본 정도령은
별안간 달려들어 용쇠의 따귀를 후려갈기고 그 손에 든 매를 잡아 뺏었
다. 그래 용쇠는 별안간 얼을 벅고 입을 우물우물하며 등신같이 멀거니
쳐다보고만 있다.

　"왜 어린애를 때리니? 저애가 늬집 화수분이 아니냐? 어려서는 두두
리고 헐벗기고 배곯리다가 열살만 먹으면 팔아먹고 니같은 놈이 도무
지 사람의 자식이냐?"

　하고 그의 무섭게 흘기는 바람에 용쇠는 입을 딱 벌리고 어쩔줄을 모
르고 섰다. 정도령은 다시 말을 이었다.(165)

　마을의 일을 간섭하고 또 불의한 일을 보면 참을 수 없는 사람은 이미 개
인적인 인물이랄 수가 없는 것이다. 그는 공인이 되며, 그들의 代理的一父
가 되어 있다는 것을 보여주고 있다. "그의 義理있는 심지가 누구던지 그를
신뢰하고 싶은 마음을 생기게 하였다", "그래 아 동리 사람들은 어른 아이
할 것 없이 그를 참으로 정도령같이 믿으며 그의 말이라면 모두 복종하게
되었다." 등에서 잘 나타나고 있다. 의리가 신뢰성이 있는 사람이 불의를
보면 참지 못할 때, 그들과 상대적 관계에 잇는 이들에게는 위협이 되고 그
위협을 제거하기 위해서 반드시 갈등이 노정되는 것이다. 이러한 갈등은
마름이면서 동시에 지주 계급인[49] 김주사와 소작인 춘이 조모의 죽음으로
예각화된다. 이때 역시 정도령은 그의 완력과 눈빛으로 김주사를 굴복시킴
으로써 문제를 해결해주는 代理的一父가 된다.

　정도령은 가정 내에서 理想父라는 위치에 점하고 있다는 점에서 특수한
아버지상을 지닌 존재이다. 그는 여타의 아버지들과 달리 가족간의 존경과
사랑을 한몸에 받고 있는 이상적 부이다. 그러므로 그들 가족에게는 갈등
이라는 대립 관계가 있을 수 없다. 또 그러므로 그들은 代理父가 필요하지

---

49) 이러한 인물은 이기영의 인물에서 양식적 특징으로 나타난다. 즉 소작인과 부재지
　　주 사이의 자작농겸 마름이거나, 마름겸 지주인 인물의 등장이 소설의 큰 구조를
　　이루어 소설을 버티게 하고 서사를 진행시키는 사건을 만들어 낸다.

않게 되는 것이다. 결국 정도령은 마을의 代理父가 될 수밖에 없는 존재이다. 이럴 때 그의 위상은 안전한 존재로 나타나고 있다.『鼠火』의 정광조와 돌쇠의 연합된 인물인 것이다. 문제는 거기에 있다. 일단의 영웅적 존재는 근대소설의 인물형이라고 볼 수 없다. 특히 텍스트에 나타난 정도령은 갈등의 요소를 내포하지 않은 핍진성이 없는 평면적 존재라는 데에서 그 문학적 형상력을 잃고 있는 것이다.

이렇게 보았을 때 대리부는 소설내에서 충실한 기능을 하는 플롯상의 기능적 인물임과 동시에 소설의 의미 구조가 지향하는 세계를 보여주는 주제적인 인물이라고 볼 수 있다. 충실한 공동원적 代理父로서의 정도령은 매개적 인물이 될 수 없는 이유가 바로 여기에 있다. 소설은 갈등을 통한 새로운 세계관의 확장이다. 그러나 갈등의 요소가 축소된 代理父의 존재로 이 텍스트는 프로 소설의 이상적 모델로서의 서술에 그치고 있음을 확인할 수 있다.

이처럼 이기영의50) 비교적 초기 단편들에서는 대리적―부로서의 인물의 등장은 궁핍의 궁극적 원인과 그 상상적 내지 소설적 해결이라는 작품 내의 환경 속에서 점차 구체적으로 나타나고 있다. 이러한 양상이 곧『鼠火』의 주인물 돌쇠로 이어졌다가, 다시『故鄕』의 김희준에 이르러 그 완결적 형태―즉 理想的―父의 원형으로 존재하게된다. 물론 그가 理想的―父가 될 수는 없고, 더욱이 代理父로서도 김희준은 돌쇠, 정도령과는 퍽 다른 양상을 보이고 있다는 것을 살필 수 있다.

---

50) 김동인,『동인전집』8권, 字출판사, 458쪽. 그는 이기영의 鼠火를 가리켜 "좌익계통에 살인방화가 아닌 소설을 쓰는 사람도 있구나"했다. 이는 그 당시의 프로문학의 정식적 관계를 알게 해주는 단적인 말이라 할 수 있다. 살인과 방화 등의 극단적 행위가 그들의 기본항이었고, 이기영은 거기서 조금 비껴가는 글을 쓴 사람이라는 작가적 개성이 나타나고 있는 것이다.

4)『大河』의 동반적 교화자

김남천은 작가라기보다는 한 사람의 비평가라고 보는 편이 옳을 정도로 많은 평론들을 남겼다.[51] 이는 다시 말하자면 그의 소설 창작의 현장은 그러한 자신의 소설론의 실험장 또는 이론의 유세장(遊說場)으로의 전환이 가능할 수 있다는 것을 의미한다. 사실 그의 작가의 노—트를 살펴보면 그렇게 했다는 기록들이 나오는 것으로 충분히 알 수가 있을 것이다.

> 주장하는 것을 떠나서 내가 작품을 제작한 적은 거의 한번도 없었고 또 나의 주장이나 고백을 가지고 설명하지 못할 작품을 서분 적도 퍽 드물다.[52]

그러한 입장에서의 글쓰기란 이중의 노고를 들게 하지만 그 두 갑절의 노력만큼 충분한 문학적 성취를 얻을 수는 물론 없는 노릇이다. 오히려 그러한 것의 투철한 의식이 그의 창작을 방해할 수도 충분히 잠재되어 있는 장애물이 되기에 충분하기 때문이다.

김남천(金南天)의 『大河』를 비롯한 몇 편의 작품들에 나타나는 아버지들은 자녀들에 의해서 반드시 넘어서야만 되는 장애물 같은 존재이며 올바른 세계의 이념을 구현하기 위해서는 축소시키거나 도태시켜야 할 인물들로 등장한다.[53] 『소년행』을 비롯한 그의 대부분의 작품들에서 점진적으로 나

---

51) 대표적인 것을 열거해보면 다음과 같다. 「一身上 眞理의 모랄」, 조선일보 1938.4.17; 「世態, 風俗描寫, 其他」, 批判 1938.5; 「現代朝鮮小設의 理念」, 조선일보 1938.9.10.~18 등을 비롯하여 그의 비평에 대한 논쟁들로는 물론쟁, 자기 고발론, 모랄론, 풍속론, 로만개조론, 관찰문학론 등으로 그는 비평의 정립과 그것의 증명으로서의 글쓰기라는 작업에 자신의 사명을 두고 있을 만큼 투철했었다.

52) 김남천, 「양도류의 도향」, 『조광』, 1939.7, 287~282쪽.

53) 현길언, 「닫힌 시대와 역사에 대한 소설적 전망」, 『세계의 문학』 49호, 1988. 현길언은 김남천의 단편들 중 『남매』, 『소년행』, 『누나의 사건』, 『무자리』 등을 살핀 다음 이들이 아버지의 타락한 세계와의 결별을 통해서 새로운 세계로 나아 가려하

타나 보이는 그러한 현상은『大河』에 이르러서 타락한 부계에서의 아비의 타락한 전망과 전혀 다른 자식들의 새로운 세계와의 갈등의 대립으로 절정에 이르른다. 물론 이 작품이 일부로서 끝을 맺고 있기에 그 나머지가 과연 그렇게 될까에 대한 의구심은 필연적인 것이지만 일부에 나타나는 現實父의 현격한 타락과 당대 이념 부재의 성격으로 미루어 짐작할 수 있다고 보여진다.

그의 초기의 작품에 나타나는 아버지상은 보통 무력하고 아편이나 일삼는 부정적인 인간형들로 나타나는 데 비하여 그의 소설 창작 이론의 집성체로 알려진 장편소설『大河』는[54] 근면하지만 부정적인 박성권이라는 신흥 부자를 중심으로 하여 그의 아들들과 당대의 현실을 나타내어 보이고 있다.『무자리』의 아편장이 아버지,『누나의 사건』에서 기생으로 딸을 팔려는 아버지나,『소년행』에서의 무력해서 자식의 보호자로서의 아무런 기능을 못하고 代理的一父로 누님을 택하게 하는 아버지와는 다르게 박성권은 능력과 힘을 동시에 갖고 있는 전통적 대가부장적 부권을 행사하는 인물로 나타난다. 즉 그들의 아버지 박성권의 자식들에 의한 거부 무능(無能)에서 기인한 것이 아니라 그의 부정적 사고방식에 있다. 그러나 이 작품이 한 부분으로 끝이 나고 있어서 그러한 갈등이 서자(庶子)인 형걸에게만 뚜렷이 나타날 뿐 다른 자식들에게는 확실한 기미를 보여주지 않는다.

實父인 아버지 박성권은 경제적으로 성공한 파르브뉴이다. 무엇보다 그

는 자식들의 노력과 그러한 전망을 통한 닫힌 세계와의 극복을 위한 글쓰기의 전략이라고 보고 있다.『무자리』나『소년행』에서는 그러한 것들이 불명료하게 나타나기도 하지만 대체적으로 그의 견해는 옳은 것으로 받아드릴 수 있다. 그러나 의붓아비라는 상황적 존재로만 그렇게 파악한 것은 모순적이기도 하다. 그것은 사실우리 근대소설의 아비 무력화나 아비 살해의 한 모티프로 보는 편이 오히려 타당한 논지라고 생각한다.

54) 최재서에 의해서(『人文評論』2권 2호, 1940년) 가족사 연대기 소설로 살펴진 이후 이재선에 이어 가족사소설로 규정되어 오고 있다. 1부로서 그 완결을 보지 못했기에 가족의 융성과 몰락 중에서 융성의 부분과 점진적인 몰락의 그림자만 보일 뿐이나 그 형태적 특성이 분명하게 가족사 소설로 보여진다(이재선, 위의 책, 66쪽).

는 자본주의의 상징적인 힘인 돈의 위력과 그것의 조정(調整)에 능한 존재
이다. 그러므로 그는 자본주의 사회에서 아주 유능한 존재이며, 그것의 힘
을 믿기 때문에 전도가 밝은 실리적인 아버지이다.

> 그는 돈의 위력을 누구보다도 확신하는 날카로운 선견의 명을 갖고
> 있다. 그는 아직 문벌이나 가문의 행세를 하는 세상인줄 알 것만, 이런
> 것이 자기의 돈앞에 궤배할 날이 멀지않어 올 것을 확신한다.(132쪽)[55]

이러한 것은 훗날 이 동리의 가장 명문이라고 자랑하던 박리균의 형제
들과의 심리적인 다툼에서 그가 자신의 돈을 이용해서 주도권을 쥐는 데에
서 그의 돈의 위력을 짐작할 수 있는 것이다.

부정되는 아버지 박성권은 아전이었던 자신의 아버지의 주색과 아편에
의 몰락이라는 세계에서 건실하게 탈출하여 갑오병란을 이용해서 새로운
부자로 등장하게 된다. 그는 주색과 노름, 그리고 아편 등이 당시의 삶을
패망케하는 중요한 요인으로 알고 멀리 하며 오직 돈을 버는 것, 금전의 획
득이 가장 중요하다고 생각한다. 그는 자신에게 주어진 모든 일중에 돈을
갖는 것이 으뜸가는 일이며, 이 돈이야말로 이 시대를 인간적인 행복으로 이
끄는 유일한 매개품이라는 것을 확신하는 편집적인 경제인(homo economicus)
이 되어 부정한 방법으로 재물을 획득한다.

그의 첩인 두무골 윤씨 역시 박성권이 부친 일순이 내주었던 빚돈 대신
으로 맞아드린 여인이다. 그에게는 이 세상의 모든 것은 돈으로 환산될 수
있으며, 그렇지 않은 것은 가치 없는 것이라는 논리밖에 이념적인 것과는
아무런 상관이 없다. 즉 자신의 성체에서 안존하는 지극히 속물적 인간이
다. 그러므로 그에게는 개화니, 독립이니 하는 것은 한 개의 풍속적 변화에
불과할 뿐이다.[56]

---

55) 본고의 텍스트로 삼은 본은 서음출판사에서 나온 『월북작가대표작품』 11권이다.
  이후 면수만 나타낸다.

그러나 그보다 약한 것, 아들의 세계를 열어주는 행동, 즉 아들에게 사업을 맡기는 일—돈을 사용해야 하는 일—에는 전혀 다른 반응을 하고 있다. 그는 자신의 생각대로 큰아들에게 신식공부도 시키지 않고 겨우 서당이나 마치게 하여 그가 家産이나 돌보는 인간으로 만들 계획을 하기 때문이다. 다만 돈놀이하는 것과 집안 일을 처리하는 것만이 배우면 된다고 하는 의식의 소유자다. 문제는 박성권의 치부의 방법이다, 그는 무자비한 고리대금업으로 지금의 재산을 이룩했다.

> 좋은 밭이나 논이 날 때마두, 은값이 센 것을 보면 조곰조곰 은전을 팔아서, 남의 눈에 들지 않게 토지를 샀다.
> 한편 돈노이는 무섯게 하얐다. 기일에 딜어놓지 못하면 집이고 토지고 사정없이 다꾸아디렸다. 집 시세는 얼마 보잘 게 없으므로 대개 토지를 잡었다. 세간이 아직 넉넉하고 땅떵어리가 갖이고 있는 집이라면, 일년만에 이자를 꼬아매고 꼬아매고 하야, 이삼년 안팎에 원금보다 이자가 몇 곱이 되게 만들었다. 그의 재산은 눈 우에 굴린 눈덩어리처럼 불어나갔다.(127쪽)

이러한 그의 고리대금으로 인한 치부와 명성은 그를 박성권에서 박참봉

---

56) 예컨대 이러한 예는 형선의 보부와의 결혼으로 충격을 받은 형걸이 그 동안 길러오던 머리를 잘라 단발을 했을 때에 분명하게 나타난다. 박성권은 아이의 단발에는 전혀 관심이 없을뿐더러 형걸의 걱정거리, 즉 머리를 자르므로 자신이 당할 어려움에 관한 걱정은 기우에 불과할 뿐이다. 즉 박성권은 단발이라는 행위에 걸린 민족적인 상황에서의 슬픔이나 사회적인 고통은 전혀 문제 삼지 않는 인물이다. 겨우 그의 어머니, 두무골 윤씨가 결혼이나 하고 나서 머리카락을 잘라도 좋을 텐데 하고 걱정할 뿐이다. 또 나아가 이런 의식은 형걸이 이미 남의 아내가 된 여종 쌍네와의 간통에서도 알 수 있는데 아버지 성권은 단지 눈쌀을 찌푸릴 뿐이고, 다른 것도 아닌 현재 진행되고 있는 사회적 보상행위로서 양반집과의 혼사가 깨어질까를 걱정한다. 이와 같은 정황으로 미루어 박성권은 당대 우리의 현실에서 완전하게 멀어져 있는 인물이고 이러한 점에서 아들 형걸과의 대립될 전망을 분명하게 나타내고 있는 인물이라고 여겨진다.

으로 격상하게 했다. 그러나 이러한 화폐적 인간으로 그는 만족하지 않고 자신의 자녀들을 앙혼(仰婚)을 이용한 격상을 꾀하고 있다.57) 그가 형걸을 서자라서 차별을 하지 않는 것도 이러한 현상, 즉 족보에 의한 신분의 위상보다는 금전에 의한 현실적 삶에 그 가치를 두고 있기 때문이다. 이는 그가 아전이라는 향리의 중인을 아버지로 두고 있었지만 그 아버지가 그러한 것과는 전혀 관계없이 가족들을 가난과 굶주림에 빠지게 한 것과도 연결되어지며, 나중에 형걸의 반항과도 긴밀한 관계를 지니고 있다. 박성권이 아버지를 소거했듯이 형걸도 그 아버지를 소거하지 않고서는 자신의 이념을 실현할 수 없었을 것이다

박성권의 아들은 세 명이다. 그러나 실제적으로 아버지와 마찰을 일으키고 있는 인물은 둘뿐이다 즉 큰아들 형준과 서자인 형걸이다. 實際父와의 대립으로 이 두 아들은 代理父를 찾는다. 그러나 실제적으로 代理父를 얻는 것은 형걸 뿐이다. 형준은 대리부를 발견하지 못한다. 그에게는 대리부를 발견할 수 있는 세계가 없다. 그의 세계는 가정 내에 한정되어 있었다. 즉 동생들처럼 신식학문을 할 수도 없었고 장사라는 치부의 길로도 아버지의 억압적 행동으로 열려 있지 않기 때문이다. 그런 그는 당연하게 다른 방향으로 나아갈 수밖에 없다.

먼저 그는 주체할 수 없는 정력을 사업에 쏟지 못하게 막는 부친의 정신적 소멸에 대항하여 도박인 삼십육계를 시작한다. 도박이야말로 實際父 박

---

57) 『대하』에서는 우리 근대 소설에 나타나는 족보의 금물들이기가 보이지 않는다. 『태평천하』의 윤두섭에게는 족보가 중요하고, 『고향』의 안승확에게도 족보는 중요한 신분 상승의 표징으로 작용하나 박성권에게는 그러한 현상이 나타나지 않는다. 이는 박성권이 그들보다 더한 偏─화폐적 인간임을 보여주고 있다는 증거일 수도 있지만 오히려 이념없는 존재를 형상화하기 위한 것으로 보여진다. 족보란 보수적이며 회고적 자존심의 양상이다. 박성권이 이러한 족보 고치기를 하지 않는다는 것을 족보가 이미 신분을 나타내는 증거가 될 수 없다는 현실을 보여주는 것도 있지만 그와 동시에 그의 몰지각한 사유 인식을 명징하게 나타내기 위한 것이라 생각된다. 그 대신해서 金權의 위력이 인간의 신분을 나타내주는 징표가 된다는 자본주의적 사유양식을 박성권에 의해서 더욱 분명하게 보여주고 있는 것이다.

성권에게는 가장 끔찍한 혐오의 대상이다. 그의 아버지 박일순이 바로 그 도박을 시작으로 몰락했기 때문이다. 그러한 것을 아들 형준에 의해서 시작되고 있다는 것은 바로 박성권 일가에 대한 전망을 가능하게 해주고 있는 것이다. 형준에게는 다른 세계를 가능케 해줄 代理父가 나타나지 않는다는 것이 바로 그가 도박에 빠지게되는 원인을 제공해 주고 있다. 그리고 그러한 원인의 제공자는 다름 아닌 實父에게서 비롯되고 있다는 것은 주목을 요한다.

> 이러한 자기의 심경이 무엇을 요구함인지를 확실히 종잡지 못하는 그는, 얼마 전에 생각다 못해서 나까니시 상점과 칠성이네 세매끼장사와 용구네 과잣방을 예로 들어서 자기도 이러한 여러 저자를 도합한 것만한 커다란 잡화상을 버러보겠다고 아버지에게 상론하얐으나, 안즉 이르다고 승낙을 받지 못했다.(238쪽)

장사의 길을 막힌 젊은 아들이 가는 길은 도박판이었다. 도박을 가담한 것은 바로 아버지에 대한 도전과 같다. 아버지의 가독권 아래서 그가 운신할 수 있 는 폭이란, 아니 숨트기 위한 방법은 오직 한 가지 그러한 돌파구를 찾아야 하고 그것은 박성권 가문의 어두움의 전초가 된다. 도박이란 습관성을 갖는 것으로 정신적인 아편과 같다. 그러한 것으로 형준이 빠졌다는 것은 아버지에 대한 소멸화가 그의 의식 속에서 일어나고 있었다는 증거이며, 이는 다시 할아버지를 거부했던 아버지에 대한 거부인 것이다.

그러나 무엇보다 그 아버지와의 갈등이 첨예하게 될 인물은 그의 서자 형걸이다. 그는 벌써 다양하게 박성권의 일기에—즉 적자들과의 관계에서 드러나는데—형준과는 쌍네를 사이에 두고있는 치정과 그 고자질에 대한 복수로, 형선에게는 남몰래 사랑했던 연일 정씨 보부 아가씨와의 못 이룰 사랑으로, 그리고 아버지와는 기생 부용을 사이에 두고 적대적 관계, 문제적 인물로의 숙명적인 대립적 관계로 나타나고 있다.

형준이 대리부를 삼지 못해서 윤리적 타락인 도박에 몰두하지만 형걸은 아버지를 대신해서 이미 문선생이라는 존재를 그의 대리부로 삼고 있다. 그래서 기독교라는 전혀 생소한 세계에까지 그를 좇아서 가게 되며, 그의 의식 속에서 그 代理的—父인 문선생을 수용하고 있다. 그러나 문우식은 대리부가 되기에 부족한 인물이다. 그래서 적극적인 교화나 계몽자가 되지 못하고 겨우 동반자적 면모를 지키고 있을 뿐이다.

대리부의 권위와 능력이 약화되면 그의 역할도 역시 그와 비례해서 작아지고 있음을 알 수 있다. 그래서 대리부로서 문선생은 실제적인 점에서가 아니라 추상적인 면에서 작용할 뿐이다. 그리고 그것은 묘하게도 형걸의 내부의 변동이 없을 때에만 기능하고 있다. 즉 그가 윤리적인 상황에 처해 있었을 경우에만 가능한 일이다. 보다 큰 문제, 복잡한 일에는 그러한 代理父는 전혀 무능한 것으로 나타나고 있다. 이를테면 성적인 문제와 결부되어 질 때 언제나 형걸은 代理的—父를 떠나는 것이다.58) 그리고 그것이 父인 박성권과의 성적 관계인 여자가 결부되어 질 때 그는 모든 아버지의 관계를 끝내려 하는 몸짓을 한다.

성과 금전은 현대소설을 이끄는 두 개의 바퀴와 같다. 특히 우리 소설에서 가난과 그로 인한 성의 매매현상은 현저하게 나타나는데 그것은 인간성을 파괴하는 가장 강한 촉매적 역할을 하기 때문이다. 『대하』에서 나타나는 형걸과 연결된 모든 문제는 금전이라기 보다는 성적 관계이다. 형준과의 쌍네를 사이에, 부부를 사이에 둔 형선과의 관계, 그리고 아버지를 사이에 두고 벌어지는 기생 부용과의 천륜의 파괴(382쪽)는 바로 성과 밀접하게 관련되어 있다.

---

58) 쌍네와의 간통이나 부용과의 성적 결합 등에는 전혀 문선생은 代理父로서의 구실을 하지 못하는 것으로 나타나고 있다. 겨우 교회에 다니는 것, 밤에 문선생 집에서의 독서회와 토론회의 참석 등에서만 형걸은 문선생을 代理父로 인정할 뿐이다. 그러나 집밖에 나서 다시 형수가 된 보부아씨에 관한 문제나 부용을 가운데 둔 아버지와의 갈등에는 문선생은 나타나지 않고 있다.

아버지 박성권은 금전의 위력으로 부용을 사로잡으려고 한다. 그는 편경제적인 인물로서 자신의 금권이 할 수 있는 일들이 거부되는 일은 참을 수가 없는 것이다. 더구나 아들로 하여금 자신의 욕구가 좌절되는 현상에는 아버지는 단지 수컷 그대로 나타나는 동물적 형상일 뿐이다. 성과 금권이 매개되는 사랑이란 둘 다 한정적이다. 그가 아버지의 동물성을 보는 순간 이미 아버지는 그에게서 죽어버리게 된다. 더구나 자신과의 관계있는 여자와의 치정적인 장면에까지 가게되는 대립적 상황은 신화에 나오는 아비 살해의 전형적인 방법이다.

실부의 도덕적 타락을 목격한 형걸은 이제 아버지를 떠나야 한다는 것을 안다. 즉 의식적인 아비 살해의 시간이 되었다. 그가 실부를 떠나자마자 그에게는 곧 문선생이 代理父로서 더 크게 나타나게 된다. 그러므로 지금까지 형걸은 사실 실부를 理想的 父의 존재로 여기고 있었다는 역설적인 드러냄을 보인다.

처음으로 그가 머리카락을 깎아내는 사건을 통해서 최초로 수용하는 대리부의 존재를 이제 父와의 성적 대립으로까지 진행된 위화를 통해 아버지 존재와 그 권위의 말소화(抹消化)를 보여주고 있다. 그리고 代理的—父로서 문선생을 등장시켰다가 바로 그 순간 그마저 사라진다.

> 문 선생 한테로 가자! 그러나 문 선생을 찾아가는 목적은 아까와는 판판 달랐다. 어떻게 할 바를 몰라 해결의 방도를 상논하고 위로를 받으려 가는 것이 아니고, 새로운 결심을 실행하는 첫 계제로 그를 찾는 것이다. 문선생은 벌써 선도자의 지위에서, 수단을 조력해 주는 원조자의 지위로 내려선 것이다.(383쪽)

형걸에게서 아버지가 남성이 되자마자 이미 아버지는 사라지고 그에게 대리적 부였던 문선생마저 이제 원조자로 격하시키게 되면서 그는 나아간다. 적자이기에 아버지와의 갈등은 금전과 권력에 대항하여 아버지를 소거하려는 큰아들 형준과 달리 형걸은 아비의 족보에서 이미 소멸된 존재로 아비를 소거시키고 다른 세계로 나아가는 것이다.

이처럼 실제적 부로서의 박성권은 금권과 성이라는 매개로 인해 자식들에게 부정되고 도태되는 상황에 처하게 된다. 이는 그의 부계를 다루고 있는 다른 작품에도 공통적으로 보이는 양상이다.『무자리』에서 광부로서의 출발이나,『소년행』에서의 자전거로 신작로를 달려 나아가는 현상과 비슷하다.

족보란 과거에의 무조건적인 수용과 현재에 그것으로 기대임을 전제로 한다. 그러나 박성권은 과거를 끝내고 있기 때문에 족보에 매달리지 않아도 되는 것이며, 또 현실적 해결책, 금권의 힘으로 자신이 기댈 것을 마련하기 때문에 그러한 현상이 일어나지 않는 것이다.

> 아버지와 달라서, 포학하고 아귀통이 센 그는 사정없이 채무자를 닦아세웠다. 아버지라는 낯이 있고 의리가 있어 차마 못할 짓을, 그는 눈을 내려감과 막무가내라고 닥치는대로 해내쳤다.(264쪽)

▦ 소결 ▦

물질적 결핍은 한국 근대소설 뿐 아니라 근대문학 전반에 걸쳐있는 우리 문학의 공통항이다. 그러므로 그것은 우리 소설의 많은 부분을 차지하고 있음은 말할 나위가 없다. 더구나 세계와의 대립을 그 창작의 수단으로 삼고있는 소설은 그 장르적 성격으로 말미암아 결핍에 대한 원인과 그 해결을 당연하게 문제시 할 수밖에 없다. 이럴 때, 작가들은 개별적인 인식으로 결핍의 문제를 다양하게 드러내게 된다. 인식이 원래부터 개인적이고 주관적인 이해의 범주에 해당함으로 그러한 다양성들은 개별 작가론이 아닌 다음에야 문제시 할 수 없다고 생각된다.

그러나 여전히 그들이 드러내는 세계는 일종의 공식적인 양태를 지니게 된다. 다시 말하자면 결핍에서의 벗어나고 싶어하는 일종의 원망이란 누구에게나 나타나고 있는 것도 그 하나의 예일 것이다. 소설 내에서 인물들이 결핍에 관한 하나의 해결로서 드러나는 것은 본장에서는 정신적 충족형이라고 명명하고 대상작품을 중심으로 살펴보았다. 그렇게 했을 때 작가마다의 개성으로 그 변화가 약간씩 달라지고 있는 것으로 나타나고 있었다. 그러나 궁핍과 그것에 대한 대응이라는 관점에서 주인물들이 "궁핍"과 "逸脫"이라는 형식을 통해서 벗어나고 있다는 것을 알 수 있다. 바로 이럴 때, 그 벗어남의 주요한 기재가 투쟁, 방화 등, 극단적인 방법으로만 아니라 그것의 진정한 원인을 알게 되는 정신적인 사유의 획득, 새로운 인식 지평의 성취로서도 가능하다는 것을 알 수 있었다. 이러한 향상을 본고에서는 물질적 결핍의 정신적 충족형이라고 유형화 시켜보았다.

그 대상작품으로 본고는 『은세계』, 『치악산』, 『無情』, 『農夫 정도정』, 『大河』를 중심으로 살펴보았다. 이들은 물론 가난한 인물들이라는 기준으로 보기에는 어울리지 않은 작품들도 있다. 그러나 실부와의 위화나 반목으로 인한 갈등을 중축으로 살펴보면 모두 가난과 밀접하게 관련되어 있다는 것을 알 수 있을 것이다. 또 대리부의 유형화라는 입장에서 보면 이러한 인물들이 추구하는 이상적 아버지들은 한결 같이 교화적이고, 계몽자들 이라는 것으로도 그렇게 보여질 수 있을 것이다.

교화·계몽적인 대리부들은 실부의 결핍이나, 상실 또는 경제적으로 무능한 실부들과, 부정적인 생활로 인해서 자신들을 심리적으로 궁핍화시키는 실부들에 대해서 대립적으로 나타나는 아버지들이다. 물론 이들은 세계와 현실을 보는 데에 남다른 눈을 지니고 있을 뿐 아니라 주인공들을 가르치며, 동리나 마을로 이루어진 동심원적 세상에 대하여 계몽적 사명을 지니고 있지만 그것은 없는 것에의 즉각적인 대체, 가난과 그 벗어남의 계기로서의 역할에 충실하고 있다. 그래서 그들은 약자들을 대신하여 싸움을 하고, 또 개이지 못한 어리석은 자들을 위해서 각성하게 하는 것을 주임무 하는 기능적 존재들로 나타나고 있다.

이인직 소설의 대리부, 김천일로부터 김남천의 대리부 문선생에 이르기까지 그들은 세상의 그릇됨과 현실의 모순된 진정한 이유를 들어 자신의 주위에 와서 자신을 대리부로 삼는 주인물들에게 그것들의 진정한 이유와 원인을 가르쳐 주는 것이다. 그러나 교화 계몽자적인 대리부들은 다른 대리부에 비하여 그 존재 기간이 조금은 짧다는 특색을 지니는 데 그러한 교화가 현실에서 성공적으로 이루어지지 않고 있는 것이 바로 그렇다. 즉 이들은 물질적인 도움을 전제로 하여 현실 충족을 우선하는 실제적인 작은 도움을 주고 있기 때문이다. 물론 이론적이고 관념적인 면에서의 각성도 강조하고 있으나 그것은 자신들의 세계 인식의 결핍과 소아적 각성으로 그것의 실천적 운동력의 약화를 지니게 되는 것이다.

옥순과 옥남의 대현실과의 초점 불일치의 양상이나, 이형식의 복수적인 대리부 양상이나, 농부 정도령의 뚜렷한 성과없는 마름에의 대한 반항적 성공, 형걸에게 흐릿하게 수용되는 대리부 문선생 등은 모두 그렇게 작은 체계 내의 즉각적인 원조로 교화시키려는 대리부의 영향을 보여주고 있다. 그리고 그것은 자아의 점진적인 발전에의 미도달이라는 자체 내의 속성으로 장기간 지속되지 못한다는 필연적인 후퇴나 거부를 초래하고 있는 것이다.

그러나 우리 근대소설에서 代理父로서 이러한 소아적이며 즉각적인 원조를 통하여 계몽시키려는 교화 자도자적인 인물들은 이루 셀 수 없이 많이 나타나고 있으며, 그것들은 우리 근대소설의 구성적이며, 창작방법론적 공통의 양상이다. 또, 그것은 우리 근대 작가들의 세계 인식의 협소성과 관념으로의 협착함을 보여주고 있어 우리 근대소설의 해석에 매우 중요한 열쇠가 되고 있음을 살필 수 있었다.

2. 물질적 결핍의 물질적 충족형

1)『無情』의 고착적 구원자

일반적으로 아비의 거부는 의식적인 아비 살해를 의미한다. 근대로 가는 변동기에 자식 세대의 의식에서의 아비 살해 등과 같은 현상은 그 사회적 제 현상들과의 상호 관련 하에서 유효성을 인정받을 수 있다. 변동기의 사회가 식민지라는 불행한 전락의 사회로 이행해 갈 때 그 변동의 속도는 민중들의 내재적인 힘을 분산시켜 마침내는 무력하게 만들게 된다. 주체와 정체를 잃은, 구심점이 없는 사회에서의 발전의 가치와 의미에 대한 회의가 그 내부에서 자라나고 있기 때문이다.

이광수의 아비 거부 또는 고아 의식도 그러한 것과 긴밀히 밀착되어 있다고 본다. 작가가 자신의 세계에서 전적으로 유리되어 있을 수 없다는 公理가 맞는다는 전제에서 그렇다.[59] 이렇게 외부 현실의 거부는 그대로 작품에서 아버지라는 존재의 의식적 거부라는 형태로 나타난다.

『無情』의 경우 우리는 남녀 주인물 모두에 작용하는 代理的—父의 현존을 볼 수 있다. 먼저 형식의 경우 그는 實際父의 원래적 결핍으로 복수(複數)의 代理父를 만나게 된다. 그는 그러한 대리부들의 도움으로 점점 더 사회적, 경제적으로 확장되고 상승되는 궤적을 그리게 된다. 그러면서 그는 理想父를 추구하는 생각을 잠시도 놓지 않고 있다.[60]그에게 교화적이며 지도자

---

59) 이재선, 위의 책(무정에서의 이형식의 이념 부재적인 새것 콤플렉스). 요컨대 보다 기본적인 것은 춘원이 보다 큰 재난으로서의 식민지적 사회 현실을 외면하고 있다는 사실이다(203쪽); 김우찬, 위의 책. 여기에서 이광수는 조선이 식민지 통치하에 있었다는 사실을 완전히 망각하고 있다고 함으로써 같은 결론을 내리고 있다. 그러나 본고에서는 망각이 아니라 거부적이라는 표현으로 대체하고자 한다. 이 형식의 무주견성에서 드러나고 있듯이 그는 자신이 설정한 기준을 자꾸 스스로 파기, 소거하는 성격의 인물이다.

적인 능력을 지닌 채 나타나는 代理父인물들은 둘이다. 그들은 형식의 전도를 위해 길을 열어주는 단순한 인도자 역할을 하는 대리부로 나타나고 있다.

그러나 『無情』의 여주인물(女主人物)인 박영채의 경우는 사뭇 다르다. 그녀에게 있어서 代理父의 등장은 아버지의 결실 이후 상당한 시간의 경과 후에 나타나고 있다. 그러나 그 대리부가 父代的인 존재가 아니라 수평적 존재이며, 이성적 관계이며 장래의 잠재적인 남편인 연인형(戀人型)이라는 데에서 그 변별성을 지닌다. 박영채의 이형식에 대한 관계는 그러므로 代理父的이며 이상적 남편으로 삼아 놓고 있기 때문에 도무지 더 이상을 모르는 고착적 성질을 보이고 있다.[61]

그녀의 경우에는 실제부와의 관계는 혼돈에서의 상실이라는 구조를 지니고 있다. 혼동이란 교육에서 시작된다. 실제부인 박진사는 그가 혐의를 받기 전까지는 영채와의 관계에서 거의 理想父로 나타나고 있다. 박진사는 당대의 이데올로기에 충실한 아버지였다. 뿐만 아니라 그는 당대의 가장 앞서가는 적극적인 계몽자적 인물이었기 때문에 이념면에서 자식들과의 갈등이 전혀 보이지 않는다. 또 경제력마저 구비하고 있었기에 무능하지도 않다. 부정적(否定的) 사고에서의 억압과 무능이 실제부를 소원화 시키는 것이라고 보았을 때, 그는 자녀들과 위화를 일으킬 요소가 없는 존재이다. 그래서 박영채는 아버지와의 갈등이 없는 존재였다. 그녀가 아버지와의 위화를 갖는 것은 다름 아닌 아버지의 결선(缺先)에서 비롯된다. 즉 아버지의 부재가 그녀의 자의식과 행동의 논리가 되지 못할 때에 시작된다.

---

60) 사실 그는 자신이 스스로 아비되기를 원하고 있다. "我 疆土의 新種族"이 되자는 말은 과거를 결별하고 새로운 인류가 되자는 의미이고 보면, 모름지기 아비의 거부나 거세가 선행되지 않으면 안되는 것이라고 본다.

61) Frued, Sigmud, *A general Introduction to Psychoanalysis*(W.D.C.Press)(손정수 역, 정신분석입문, 배제서관, 1988, 430쪽).
고착(Fixation)이란 프로이드에 의해서 내세워진 이론으로 사람의 성격이 발달되어 가는 과정 중에 나타나는 새로운 발전 단계에 부딪칠 때 적응의 부족으로 새로운 자극이 올 때마다 느끼는 욕구불만으로 현재의 상태에서 주저 않는 것을 의미한다. 고착이 계속되면서 욕구불만을 강하게 느끼는 경우는 退行으로 진행된다.

그것은 그녀의 혼동의 시작이었다. 그녀에게 『內訓』과 『小學』을 가르치는 아버지 박진사를 그녀는 모르고 있다고 보아야 한다. 즉 實父의 전체성을 모르는 박영채 그녀의 혼동과 잘못된 판단이 실부와 그녀를 위화시키고 있다. 물론 이러한 데에서 박진사의 얼치기 개화 의식의 일단을 찾아볼 수 있지만 더 중요하게는 박영채의 자의식 부족이 몰고 오는 플롯 상의 변화다. 영채는 스스로 자신의 가치관을 소유하지 못한 미자각의 인물형이다. 이와 같은 점은 이형식과 박영채, 김선형 같은 인물은 고전 소설의 여주인공들과 크게 다를 바가 없다[62]는 지적을 가능케 하고 있다. 그러나 사실은 재자가인(才子佳人)이라는 점은 충분히 그럴 개연성을 보여주고 있지만 사실은 이런 인물형, 전통적으로 자의에서가 아니라 타의에 의해서 삶을 결정하는—특히 혼인의 문제에 있어서 아버지의 역할의 큼은 우리 고전소설의 보편적 현상일 것이다—존재인 점에서 더 깊은 이해를 요구하게 된다. 이는 영채뿐 아니라 선형에게서도 보인다. 신식 공부를 했다는, 개화된 의식을 지닌 선형에게도 동일하게 나타나는 이러한 의식이 바로 그들을 고전소설의 전형적 인물상에서 벗어나지 못한다는 비난을 받게 하는 것이라고 보여진다.

> 박진사는 남이 웃는 것도 생각지 아니하고 영채를 학교에 보내며 학교에서 돌아온 뒤에는 소학, 열녀전 같은 것을 가르치고 열두살 되던 여름에는 시전도 가르쳤다. 박진사의 위인이 점잖고 인자하고 근엄하고도 쾌활하여 어린 사람들도 무서운 선생으로 아는 동시에 정다운 친구로 알았다.[63]

이렇게 박진사의 개화관의 이중화된 모순은 그녀를 理想的父로 오인하

---

62) 성현경, 위의 책, 339쪽. 무정과 그 이전 소설을 문학사의 지속적 측면에서 살피면서 무정의 주인공들이 才子佳人이라는 전대의 소설과 흡사하다고 보고 있다. 이에 대하여는 김우창의 지적도 역시 일치하고 있다.
63) 『이광수전집』, 삼중당, 1962, 22쪽. 이하 쪽수만 나타냄.

게 만들고 있다. 그러한 혼동이 그녀와 아버지를 반목하게 만들고 있는 것이다. 즉 아버지가 수감되자 그녀는 아버지를 위해서 기생이 되어 아버지와 오라버니들에게 자유를 주는 존재가 되고자 한다. 그러나 문면에 드러나 있듯이 박진사는 개화인이지만 그것은 조국을 이끌고 갈 수 있는 남자들에게 한정된 의식인 이었지, 여자들에게는 그렇지 않았다. 그래서 시전, 열녀전을 읽게 한 것이다. 즉 그는 편남성적(偏男性的) 존재였다. 그런 아버지가 기생으로서의 딸과의 갈등이 없을 리가 없다. 그러므로 그는 스스로 자진하여 죽는 것이다.

이렇게 보면 영채는 처음부터 혼동의 상태에 있는 자식이다. 아버지의 존재에 대한 혼동에서, 사태에 대한 혼동으로 그녀를 궁지로 모는 것은 이런 혼동의 정체를 알지 못하는, 심리적 고착증을 지닌 존재였다. 문면에 수도 없이 반복되는 "나는 ……이 그런지 몰랐나이다"하는 것이 바로 그녀의 이러한 혼동의 고착 상태를 보여주고 있다. 이렇게 혼동과 오해로 인해 그녀는 實父와 위화되고 그것으로 부의 결실을 당하게 되는 것이다.

부권적 윤리의 여인64)이어서가 아니라 이러한 실부에 대한 전체성의 혼동으로 자신의 아버지를 理想父로 인지하고 있어서 이다. 그래서 단 한 번도 아버지의 말을 의심해 본 적도 없고 어겨 본 일도 없는 것이다. 정식적인 혼담도 아닌 지나가는 말에 이형식을 자신의 장래의 남편이며, 마음속의 보호자, 즉 代理父로 삼는 것도 이러한 맥락에서 충분히 이해가 가능했던 것이다.

바로 이런 점에서 영채는 형식과 대립적 위치에 서게 된다. 보수 : 진보적이란 대립 관계에서 父像들은 각각 다르게 나타날 수밖에 없는 것이다. 이형식이 박진사를 대리부로 삼는 것은 그가 진보적 존재, 즉 당대의 인식이 추구하는 긍정적 방법으로의 사회화를 가능케 해주는 진보적인 존재였기 때문이다. 그러나 형식에게와 반대로 영채에게는 아버지는 이중의 가치

---

64) 이재선, 위의 책, 206쪽.

를 갖는 존재였다. 그러한 이중의 상을 영채가 오인하고, 박진사를 단 하나의 이상적인 父像으로 인지하고 있었다는 데에서 영채의 갈등은 시작된다.

그것은 이상부였던 아버지가 미리 정해 준 것이기에 이형식을 사랑하는 것이 지극히 당연하고 영원히 추종하는 것은 여자의 도리라고 믿어 버리게 되는 동기가 된다. 이토록 박영채는 전통적 여인상이다. 전통적인 여인이기에 그녀는 삼종지도(三從之道), 부사종사(父死從子)라는 기존 윤리의 틀에서 벗어나지 못하게 된다.

> "그러면, 부친의 말씀 한마디로 영채씨의 일생을 작정한 것이오 그려."
> "그렇지요. 그것이 삼종지도가 아닙니까?"
> "홍, 그 삼종지도라는 것이 여러 천년간 여러 천만의 여자를 죽이고 또 여러천만 남자를 불행하게 하였어요. 그 원수의 글자 몇 자가 홍."
> 영채는 놀래며,
> "그럼 삼종지도가 그르단 말씀이야요?"(155쪽)

전통적인 여인이기에 그녀는 남자, 특히 미혼의 여자는 반드시 아버지를 따라야 하는 것이다. 그러므로 아버지가 죽자 그녀는 이미 정해졌다고 오인한 이형식을 자신의 보호자, 아버지로 삼는 것이다. 즉 이형식은 대리부가 되고 만다.

> 영채는 자기를 믿고 자기에게 사정을 다 말하고 자기에게 몸을 의탁하려고 왔던 것이 아닐까. 설혹 몸이 기생이 되었다 하더라도 형식이 서울에 있다는 말을 듣고 자기를 그 괴로운 지경에서 건져내어 달라기 위하여 찾아왔던 것이 아닐까. 온 세상에 형식이 밖에 말할 곳이 없고, 믿을 곳이 없고, 의탁할 곳이 없어, 부모를 찾아오는 모양으로, 형제를 찾아오는 마음으로 형식을 찾아왔음이 아닐까?(39쪽)

또한 형식도 이렇게 그녀의 연인이나 장래의 남편으로서가 아니라 일종의 보호자나 구원자의 책임과 의무를 먼저 느끼고 있다는 것으로 그의 대리부로서의 역할은 짐작할 수 있다. '나는 그를 구원하리라' 또는 '나는 그를 구원할 의무가 있다.' 등등으로 미루어 형식의 대리부로서의 자격과 책임이 이미 주어져 있었던 것으로 나타난다. 더구나 전통적인 여자이기 때문에 그녀는 사회적 변화라는 격동기의 역사에서 밀려나는 주변인일 수밖에 없다.65) 누군가가 정해주지 않을 경우 그녀의 이러한 고착적인 상황은 언제나 계속될 수밖에 없는 것이다. 고착적 성격에서 비롯된 욕망은 늘 대리부인 사람을 원하고 있을 수밖에 없다. 그녀의 행동의 중추와 의식의 기준은 오로지 장래의 남편인 이형식을 만나는 일, 즉 그를 대리부로 삼는 것이다. 그래서 그녀의 독립적이며 작품 전체에서 두드러진 전형성을 갖는다. 또 변두리 인물의 두 형태인 도덕적 인물과 패륜적 인물 중에 그녀는 전자에 해당한다. 이는 그녀가 기생이라는 점에서도 그렇지만 실부와의 위화와 결실로 그녀의 생활이 그렇게 나타나고 있다.

  그동안 칠팔년에 어떤 풍상을 겪었는고. 형식은 남자로되 지난 칠팔
  년의 고생과 눈물로 지냈거든 하물며 연약한 어린 여자로 오죽 아프고

---

65) Leo Lowental, *Literature and The Image of Man*(유종호역, 『문학과 인간상』 이대출판부, 1984) 봉건제의 해체 직후부터 작가들은 사회를 참여자의 관점에서가 아니라 局外者의 유리한 지점으로부터 바라보는 인물에 대한 선호를 발전시켰다. 이들 인물들은 사회 안에서 돌아가는 일로부터 동떨어져 있으면 있을수록 그들의 사회적 실패는 더 큰 것이기 마련이었다. 그러한 결과로 이들은 오염되지 않고 속박 없는 고도의 개인적 특성을 보여주기가 훨씬 쉽게 마련이다. 그것이 무엇이건 그들을 사회 안에서 돌아가는 일에서 동떨어지게 만들었던 조건은 그들을 그들의 내적 본성으로 한결 근접시키는 조건으로 간주된다.(69쪽)
박영채의 경우 이런 상황에 아주 잘 들어맞는다. 사회적 변화가 심대할 때 그녀는 아버지의 收監을 위해서 정신이 없었다(사회 안의 돌아가는 일에서 멀리 만든 조건임). 또 그녀는 기생이란 신분으로 격하됨으로써 보통의 사람처럼 사회적 문제로 고심하지 않았기 때문에 속박이 없는 개인적 특성을 보여주고 있기 때문이다.

쓰라렸을까. 형식은 지난 일을 알고 싶어 우는 영채의 어깨를 흔들며,

"울지 말으시오. 자, 말씀이나 들읍시다. 내, 일어나 앉으세요"

울지 말라하는 형식이도 아니 울 수가 없거든 영채의 우는 것은 마땅
한 일이다. "자, 일어나시오."

"네, 자연히 눈물이 납니다. 그려"

".....”

"선생을 뵈오니 돌아가신 아버님과 오라버님을 함께 뵈온 것 같습니
다."(23쪽)

이렇게 그녀는 형식을 아버지와 오라버니 등과 같은 한 가족으로 생각
하고 있다. 그래서 형식은 그녀의 대리부가 되는 것이다. 즉 연인으로의 이
성적 관계가 소원해지며, 대신 대리부의 관계로 발전되어 가기 때문이다.
그래서 형식은 이미 다른 여인, 선형과의 새로운 관계로의 이행이 시작하
는 중이었다. 고착적 혼동에 빠져 형식을 연인으로 생각하고 그녀는 칠팔
년을 추종하며 살아왔다. 그것이 서사가 진행되면서 그러한 연인의 관계는
점점 끝이 나게 된다. 왜냐하면 그는 연인에게 代理父로 전이되고 있기 때
문이다. 영채에게 있어서 대리부 형식은 이렇게 이중적인 존재로 나타나고
있음을 알 수 있다.

그것이 실부인 박진사와 딸의 진정한 갈등의 양상이다. 작가에 의해서
그러한 갈등이 병욱의 등장까지 유보되고 지체되어 있을 뿐이다. 그러므로
무정의 또 하나의 주제는 아버지 박진사의 영채에 대한 이중적인 인격체에
의해서 드러난다. 즉 전대(前代)는 후대(後代)의 걸림돌임으로 반드시 그것
을 넘어서야 한다는 것을 실부와 딸 영채의 고착적 성격의 신여성에 의한
해방을 통해서 드러낸다.

실부는 신학문을 가르치는 동시에 여전히『소학』,『열녀전』을 배우게
함으로써 여성의 위치를 가르치고 있다. 이는 그의 개화 의식이 어설픈 것
이었다는 것을 함의하고 있다. 아무리 달라졌다고 하더라도 역시 전시대의

父像은 부정적인 존재라는 것을 작가는 반복적으로 보여주고 있다.

이러한 예는 김선영에게도 반복되어 김장로의 개화관 역시 속류적 성향을 띠고 있다는 데에서 찾아질 수 있다. 즉 여성 주인공의 아버지들은 가부장제에서 변함없는 理想父로 나타나지만 이러한 그들의 이상화는 모두 여성을 소외화 시키고 있음을 보여준다. 이러한 것은 정당한 개화 의식을 결핍으로 모두 다 나중에 이상부와의 갈등을 야기시키는 특징을 갖는다.

> 내가 기생이 된 지 이삼삭 후에 옥에 아버지를 찾았더니, 아버지께서 와락 성을 내어, "이년아! 우리 빛난 가문을 더럽히는 년아! 어린 계집이 뉘 꼬임에 들어 벌서 몸을 더럽혔느냐!"하고, 내가 행실이 부정하여 기생이 된 줄로 아시고 마침내 자살까지 하셨거든. 부모조차 이러하거든 하물며 형식이야 어찌 이 말을 신용하랴(37쪽)

이렇게 아버지께 대한 불효는 그녀를 아버지의 거부라는 양상으로 몰아간다. 그녀는 이상적 아버지를 형식으로 대치시키기 때문에 아버지의 거부를 참아 낼 수 있었던 것이다. 아버지와 다르다. 아버지는 소문난 개화인이다. 그는 그러면서도 개화의 가장 중심이 되는 자아의 개별화, 삶의 독자성을 용납하지 않고 있는 것이다. 더구나 자신을 위한 거의 살신적인 희생을 한 딸의 효도를 가문의 명예를 더럽혔다는 이유로 배척하고 절식(絶食)하여 죽고 만다. 그는 양반 의식과 가문 의식이라는 전통의 가치관에 기대어 있는 어설픈 개화인이었다. 자살이란 현재의 삶의 가장 극명한 반항이다.

영채는 아버지의 환치적 인물, 代理父인 이형식을 찾는다(이 몸은 그로부터 선생을 위하여 살았나이다. 부평같이 사방으로 표류하는 동안에 그리고 그리던 선생을 만날 수 있을까 하고). 그러나 형식과의 관계는 깨어지고 그녀는 정작 김병욱을 만나서, 즉 그녀와 疑似父의 관계를 맺게 되는 것이다.

『無情』의 영채에게 이형식은 이중의 존재, 연인이며, 代理的父로 나타나고 있다. 이는 문면상 實際父가 그들에게 부정되지도 무능하지도 않은 상태에서 보여지는 대리부의 또 하나의 유형적 특성이다. 이럴 때 여성 인물들은 혼동과 고착 상태에 빠지게 되는 데 그것은 가치관의 분화가 이루어지지 않았다는 것을 의미하고 있다. 그리고 그러한 고착의 상태에서 벗어났을 때 그들은 비로소 대리부를 설정하게 되는 것이다.

이와 같은 양상은 텍스트이 또 다른 여성 인물인 김선형에게서도 공통적으로 이루어지고 있다. 그리고 그러한 영채와는 달리 실제적 결혼이란 수단을 매개로 성취된다. 변동기의 갈등이 가장 확연하게 드러나는 장소가 가족이고, 그것은 교육관 경제관, 그리고 결혼관이라고 했다. 특히 결혼관은 개화기 세대의 우리 근대소설에 중요한 쟁점으로 거의 모든 작품에서 다양한 변이 요소로 현현되는데 이는 자유연애, 즉 개인주의를 바탕으로 하는 자유주의의 핵심적 징표로서다.

부권제의 가정에서 결혼의 주관자는 당연하게 아버지가 된다. 이는 개인적이라기보다는 집단적이고, 애정이 전제가 되기보다는 가문이 우선된다는 것을 나타내고 있다.

김선형의 경우에 있어서 아버지 김장로의 상은 당시의 여러 상황에 비추어 理想父임에 틀림이 없는 데에도 불구하고 거부된다. 그것은 결혼이란 인생의 지표에서 배우자 선택의 자유라는 권리의 박탈로 인해 서다. 理想父로 나타나는 김장로 역시 선형에 대해서만은 전통에서 단 한 발자국도 물러서지 않고 있다. 이처럼 부권적 윤리라는 제목은 영채에게만 해당되는 것이 아니라 선형과 병욱에게 두루 다 해당된다. 그리고 이것이 바로 무정이 갖는 부정적 거부의 아버지상이다. 비록 갈등은 날카롭게 나타나지 않지만 묵계적인 갈등을 내접화 시키고 있다는 증거이다.

> 생각하지 않던 바를 자녀들이 생각하면 이는 무슨 이단같이 여겨서
> 기어이 박멸하려고 애쓴다.(140)
> 그러나 김장로가 미술을 위하여서 그 그림을 붙인 것은 아니로되 그
> 그림을 보는 자녀들에게 간접으로 미술을 사랑하는 생각이 나게 한다.

> 자기는 그림을 위함이 아니요, 거기 그린 예수의 화상을 위함이언마는
> 그것을 보는 자녀들은 그와 반대로 거기 그린 예수보다 그림 그 물건을
> 재미있게 본다.(140)

자녀와 김장로의 예술에 대한 인식의 차이를 알려주는 대목이다. 자녀라고 했지만 김장로의 자식은 선형 하나만 텍스트에 나타난다. 그러므로 이러한 대목은 김장로와 선형의 대립되는 내밀화된 갈등을 나타내고 있다. 또 선형의 결혼 약속 장면에서도 선형의 의식이 굴러가는 가운데 아직 미결의 상태인 그녀의 의견은 거의 무시되어 나타나 있지를 않다.

> 형식이가 과연 자기의 마음에 드는가, 과연 자기는 형식의 아내가 되
> 고 싶은 생각이 있는가를 생각하여 보았다. 그러나 어떤지를 몰랐다. 형
> 식이가 정다운 듯도 하고 그렇디 아니한 듯도 했다.(141)

이것은 형식과의 약혼 후에 끝없이 그녀를 괴롭히는 생각이었다. 기차에서의 에피소드 장면에서도 마찬가지로 선형은 자문자답한다. 이러한 태도는 다름 아닌 아버지 김장로의 판단이란 믿을 수 없는 것이라는 생각에 기초로 하고 있다. 자신의 의사가 개입되지 않은 결혼이 자유연애를 표방하는 『無情』에서의 역할은 바로 이렇게 實父의 代理父에로의 치환 현상을 보여주기 위한 것이라고 생각한다.

이상부는 현존되는 양상적 존재가 아니라 허용하는 부상, 개인의 자유를 인정해 주는 아버지를 상징한다고 했을 때 여성 인물에게는 단 한 사람도 전적인 수용이 이루어지지 않는다. 전통적인 도덕관과 자유 결혼의 성취라는 근대적 이념의 구현의 원조자로서 아버지가 존재하지 않는다는 것은 이광수의 소설에서 현실의 부재로 해석될 수 있다.66)

---

66) 김윤식 공저, 위의 책. 여기서 이기백, 정명환, 김붕구, 송역의 결론들을 뭉떵 거리
　　면서, 그의 역사의식 결여, 그것은 바로 자기 기만의 결과이며, 그것을 은폐하기 위

그러므로 선형은 남편이라는 대리부를 찾아 다른 세계로 날아가야만 하는 것이다. 이제 그들의 아버지는 남편이다. 이국에서의 그녀를 보호해 주는 인물은 이렇게 이성적 관계인 남편으로 나타나고 있음을 알 수 있다.

2)『濁流』의 잠재적 보호자

채만식은 염상섭과 더불어 식민지 시대의 가장 뛰어난 작가의 한 사람이며, 탁월한 현실 인식으로 식민지 시대의 우리 사회를 날카롭게 보여주었다는 평가를 받고 있다.[67] 이를 위하여 그가 즐겨 쓰는 서사적 전략은 부정적 인물을 앞에 내세우고, 긍적적 인물들을 배면에 내세우거나, 희화화로 얻어지는 아이러니이다.[68]『痴叔』,『太平天下』, 그리고『濁流』를 비롯한 그의 많은 작품들은 바로 그러한 아이러니 효과에 힘입어 크게 성공하고 있는 것이다. 이러한 아이러니를 위해 그는 주로 부정적 인물의 시각을 통해서 긍정적 인물들을 관찰하게 만들고 있다. 그의 작품은 그러므로 사건에 대하는 인물들의 독특한 시각으로 전개되는 것이라 볼 수도 있다.

『탁류』역시 그러한 인물들로 구성되어 있다. 그러나 이 작품은 아이러니에 관한 한 조금 다르게 나타나고 있다는 점을 염두에 두어야 한다.[69] 그

하여 사회적 윤리와 개인적 윤리를 혼동시킨다고 보았다. 마찬가지로 이런 아버지의 전적인 거부 현상은 그의 의식의 뿌리를 보여주고 있다.

67) 김윤식, 김현, 위의 책, 185~189쪽; 홍이섭,「채만식의 탁류」,『창작과 비평』통권 27권; 김치수,「역사적 탁류의 인식」, 위의 책, 1972, 331~338쪽; 신동욱,「채만식의 소설연구」,『동양학』12집, 단국대, 1980; 홍기삼,「채만식연구」,『이병도선생회갑기념논문집』, 이우출판사, 1981; 이재선, 위의 책; 이주형,「채만식 문학과 부정의 논리」, 전광용 외,『한국현대소설사 연구』, 민음사, 1984 등 다수가 있음.
68) 김윤식, 김현, 위의 책, 185쪽.
69) 이재선, 위의 책, 324쪽. 이재선 교수는 이런 특성 때문에 이 작품이 부정적인 평가를 받고 있다고 했다. 그는 식민지 사회의 모순 문제를 겨냥함에 있어서 초반의 도시 형태론을 충분히 살리지 못하고 있으며 중반에 이르러 신문 연재소설로서의 오락성을 顯著化시키고 있다고 보았다.

것은 기법상의 아이러니가 아니고 작품 전편의 줄거리를 통한 의미상의 아이러니의 기법을 사용하고 있기 때문이다. 즉 텍스트는 전도(顚倒)의 역치나, 결말의 각성으로의 아이러니가 아니라 인물들의 전체적 양상을 조망하는 데에서 드러나고 있다는 것이다.70)

　　여러 연구가에 의해서 거의 정설화되어 있다 싶지만 이 작품에 있어서 무엇 보다 중요하게 눈여겨보아야 할 것은 채만식 작품 전체에서 일관되게 관류하고 있는, 작품의 가장 내면에 깔린 것은 식민지의 궁핍화 현상의 역설적, 그리고 총체적인 드러냄이다.71) 작가는 단순하게 재현이나 예시가 아니라 그러한 궁핍화의 원인이 어디에 있는가를 분명하게 상징화하고 있다. 또 그 해결의 전망의 격절한 암담함을 도시 공간이라는 면에서 살피고 있는 것이다.72)

　　　蔡萬植의 관심은 망할 것도 없이 언덕비탈 지역의 궁핍한 주거지대
　　와 거기에 살고 있는 조선 사람들의 생태에 있으며 이들의 삶이 비인간
　　적인 중심지의 삶에 접촉하는 내일 없는 사람들에 의해 어떻게 주름살

---

70) 이는 章 題目 에서도 확실하게 드러난다. 마지막 장의 제목은 序曲으로 되어 있다는 것은 이런 점에서 그 상징하는 바가 클 것이다.

71) 홍이섭, 위의 책. 그는 피식민지민의 생활의 궁핍화, 그 몰락을 고찰하는 작업을 한국문학의 主調의 하나라고 보고, 탁류에서는 특히 몰락해 가는 底邊 인생들의 문제를 다룬 것으로 보고 있다.

72) 김윤식, 「채만식의 문학세계」, 『채만식』, 문학과 지성사, 1984. 그는 이러한 양상을 1, 식민지 교육의 모순 2, 고리대금업 3, 도박과 같은(탁류의 미두장의 미두취인이나, 수형할인 등) 비정상적인 자본의 이동으로 보았다. 이어서 그는 염상섭이 세대론적 입장에서 수직적으로 식민지 현실을 비판하고 채만식은 수평적으로 비판한다고 했다. 이는 가족사 소설의 형태를 이루느냐 그렇지 않으냐 하는 데에 좋은 근거가 되는데 이를테면 『태평천하』에서는 단 하루의 이야기가 서사의 전 내용이라는 데에서 과연 가족사소설이냐에 대한 의문을 제기하게 되는 것이다. 즉 수평적으로 본다는 것은 共詩的으로 본다는 것이데 세대의 역사를 다룬 것이 가족사 소설의 개념이라면 과연 이러한 것이 그러한 하위 장르에 속할 수 있는 가 하는 문제를 제기하기 때문이다.

이 지게 되는가를 제시하려는 데 있다. 그러기 때문에『濁流』는 가난 싸
움 투기 간통 흉계 횡령 탐욕 추행 등 살인의 혼탁한 흐름 속에 휘말려
들어 파멸하는 一家의 운면을 기본 줄거리로 삼고 있는 것이다.73)

이렇게『濁流』는 식민지 사회를 비극적으로 살아가는 일가의 운명을 그
리고 있는데 그 일가는 아버지 정주사를 중심으로, 어머니, 두 딸과 두 아
들로 이루어지고 있다. 이들 중 주로 이야기는 큰딸 초봉의 비극적 운명의
하강곡선을 따라 체념의 플롯 위에 식민지 시대의 궁핍화를 그리고 있다.

요컨대 주인물 초봉의 파멸은 개인적인 것이라기보다는 당대의 민중 대
부분의 가난의 시원이 식민지라는 특별한 현실에서 발생한 사회구조적인
모순에 의한 것이라고 보아야 한다. 더구나 그녀의 비극의 직접적인 원인
은 가족의 안정과 굶주림에서의 탈출이라는 삶의 기초적 본능 욕구의 해소
라는 본질적인 삶의 문제와 그것을 지배하는 현실적인 문제와 아주 밀접하
게 맺어 있기 때문에 식민지 우리 사회 상황의 한 본보기일 수 있다.74)

초봉의 파멸은 바로 아버지 정주사의 무능에서 비롯된다. 무능한 아버
지에 대한 초봉의 갈등은 전혀 보이지 않는다. 즉 실부와의 갈등이 텍스트
내에서 발생하지 않고 있다. 오히려 실부에 대한 반목은 긍정적으로 입상
화되고 있는 둘째 딸 계봉에게서 강하게 나타나고 있을 뿐이다. 실부와의
갈등의 모호한 설정은 반대로 代理父의 양상조차 약하게 만들어야 한다.
그러나 代理父의 현존함은 매우 분명하게 나타난다. 이는 말하자면 작가의
현실 인식의 깊이를 드러내고 있는 것으로 생각된다. 가난과 굶주림의 원
인이 가족의 보호자이며, 경제적 주체인 아버지께 있지 않고 아버지를 무
능하게 만든 사회의 제도적 장치에 있다는 것이 우회적 드러냄이다. 아버

---

73) 이재선, 위의 책, 325쪽.
74) 사실 정주사의 가난은 그릇된 교육제도라고 보는 것이 옳다. 제1장의 인간 기념물
　　에 나타나는 정주사의 몰락은 식민지 제도적 교육의 모순으로 기인한 것이다고 보
　　는 것이 통념화 되어 있다. 그는 더 이상 승진을 할 수 없는 雇員에 불과했으며 분
　　명하지는 않지만 아마 그는 계급 정년에 묶여 강제 퇴임을 당한 것인지도 모른다.

지와의 갈등의 필연적인 상황에도 작가가 고의로 그러한 갈등을 약화시켰다고 하는 것은 두말할 나위 없이 식민지의 한 통제 수단인 검열을 피하기 위한 채만식 특유의 고난도의 수단으로밖에 받아들여지지 않는 것이다.

그렇다고 정주사에 대한 초봉의 거부나 위화가 전혀 없는 것은 아니다. 그것은 심리적 소원화(疎遠化)라는 것으로 나타나고 있는데, 그녀가 아버지를 이해하려 한다는 점이나, 아버지를 불쌍하게 생각한다는 점은 이를 극명하게 보여준다. 처지를 이해한다는 말은 그 처지가 결코 본인의 생각에 우월한 입장이 아니라는 점을 분명하게 해주는 것이며, 불쌍하게 여긴다는 것도 또한 자식이 아버지에 대한 충실한 감정이 아닐 것이기 때문이다. 이런 이유로 정주사와 초봉은 위화되고 있다는 것이 밝혀졌다. 실부와의 위화는 늘 대리부라는 존재의 상정을 요구한다.

『濁流』의 여주인물 초봉의 대리부는 그것이 보두 성적(性的) 관계라는 데에 특징적인 양상을 보이고 있다. 그녀가 성적으로 관계 맺는 작중인물은 박재호, 고태수, 장형보 세 명이다. 이들은 그녀의 남편들이며 동시에 그녀 가족의 부양자가 된다. 즉 가정 경제의 한 부분인 소득을 제공하는 존재로써 가계의 한 부분을 담당하기에 그들은 초봉의 가족들에게 代理父의 역할을 하고 있다고 볼 수 있다. 그러므로 초봉은 혼자이며 혼자가 아닌 기초적 공동체인 가정의 한 일원인 존재, 즉 타인에 의해서 존재 의미가 부여되는 심리적 반인(半人)으로 볼 수 있다.[75]

그러나 다른 어떤 인물들[76] 보다 초봉에게 대리부로서 강하게 기능 하는 인물은 남승재이다. 그는 서사 초반에서부터 대리부로서 분명히 존재하

---

[75] 이는 초봉이 남승재와 연결되었을 때에만 의미를 갖는 존재라고 본 것에 대한 일종의 반론이다. 사실 그러한 성격은 초봉에게 더 강하다. 가족과 연결되었을 때에만 초봉의 희생과 초봉의 의미가 나타난다. 만약 그녀가 가족과 유리되어 진 채 자신만을 위해 살려고 했다면 이 텍스트는 존재하지 못했을 것이다. 또 지금과 같은 성과를 얻지 못했을 것임에 분명하다.

[76] 이를 테면 명님이를 예로 들면 오히려 연령 측에서는 남승재는 명님이에게 더 代理的一父의 역할을 하는 것 같으나 내용상은 그렇지 않게 나타난다.

고 있고, 그것은 마지막에 이르러서도 확인이 된다. 더구나 승재와 계봉과 이 결혼 약속은 초봉에게 이미 연인 관계의 종말을 암시하는 것이다. 또 그 녀도 재호 이후에 승재와의 그것이 실현 불가능하다는 것을 자각하고 있다 는 점에서 그러한 설명이 무리 없이 가능하게 된다고 생각한다. 그럼에도 불구하고 작가에 의해서 이면화되는 모호한 재봉의 승재와의 혼담은 초봉 에 대한 승재의 異性的 관계의 연속성을 여전히 암시하고 있다. 이는 그녀 와 남승재와의 代理父로서의 관계 맺음이 실선적(實線的)인 것이 아니라 점 선적(點線的)으로 자주 단속적인 양상을 보이고 있다는 데에서도 찾아 볼 수 있는 특징이다. 이러한 양상적 단속의 연속되는 사건의 推移는 곧 이러 한 父像이 순수하게 충계화되는 세대와 세대에서 이루어지는 代理的一父 의 관계가 아니라는 것을 말하고 있다. 즉 이성적인 代理父 관계를 드러내 고 있는 것이다.

생활 능력이 없는 아버지 정주사에게는 (이러한 적지 않은 세간살이건 만 정주사는 명색 가장이랍시고 벌어들인다는 것이 가용의 십분의 일도 대 지를 못하는 인물) 가독권의 실질적 상실 현상이 일어나고 있었다.77) 사실 문면상에 나타난 그들의 가족의 생계유지라는 생활의 영위에 직접적으로 수행하는 인물들은 바로 여자들이다. 특히 초봉은 그 생계유지의 한복판에 서 있는 운명적인 인물이고 그럼으로 그녀는 끊임없이 가족의 안정된 생활 을 위해서 자신 스스로가 수입원으로의 아버지가 되어야 했다고 전락한다.

가부장의 가장 주요한 역할이 가정의 안정된 생활 유지라고 보았을 때 정주사는 자식들에게 위화되는 두 개의 자질 "無能" 바로 거기에 해당되는 전형적인 인물상이다. 그러한 무능력한 아버지 대신으로 들어선 인물이 바

---

77) 이는 그가 고향을 떠나 온 것부터가 그렇다. 도시 경제의 흐름은 농경적 경제 순환
    과는 이질적이다. 더구나 농업위주의 생활과 도시 가계의 생활은 질적으로 다르다.
    가부장을 중심으로 한 노동집약적 근로와 임금 생활자나 사업가들의 근로는 별개
    의 것이다. 그가 이주한 것은 바로 부계에서 모계로의 전환을 암시하고 있으며, 그
    의 파멸은 그러한 부권이 깨어지고 있다는 단적이 증거이다.

로 다름 아닌 초봉이다. 초봉은 겨우 3년제 여학교를 마친 후 가난함 때문에 더 이상 진학하지 못하고 아버지 정주사의 친구인 처음 代理的—父인 박제호의 약국에서 취직을 하며 가사를 돕는다. 재호는 자연스럽게 代理的—父가 되는 데 그것은 그가 초봉을 "친구의 딸"이라는 관계망에 세웠기 때문이다. 그래서 그는 초봉에게 일반 점원보다 더 많은 혜택을 주고 있다. 즉 그는 돈이라는 것으로 초봉에게 정주사가 할 수 없는 굶주림을 해소해 주고 있다. 여러 번 나타나는 가불해 가는 돈은 그렇게 보아야 한다.78)

그러나 무엇보다 『濁流』에서 염두에 두어야 할 것은 정주사의 쇠퇴의 원인과 그의 출신적 배경이다. 즉 글께나 배운 사람으로 관공서의 물을 먹었던 경력이 있는 정주사이며, 또 하나 기억해야 하는 점은 그의 출생 계층이 양민 계급이란 점이다. 이들은 개화를 중심으로 이념적 대립을 할 수 있는 인물들도 아니고 또 그러한 것들과 상관없이 소작인으로서 땅에 묻혀 살 수만 있는 인간들이 아니었다. 그들은 위아래 어느 쪽으로도 친화력이 있었기 때문에 그들은—심지어 어머니인 유씨 부인마저—자신들의 미래를—탈향(脫鄕), 미두로의 탐닉, 구멍가게 장사 등을—쉽게 결정할 수 있었다. 만약 염상섭의 인물들이었다면 이런 문제들은 상당한 비중으로 다루어졌을 것이다.79)

---

78) 김치수(「채만식의 『濁流』와 『太平天下』」, 임형택·최원식 편, 『한국근대문학사론』, 한길사, 1982, 520쪽), 여기에서 <近代化>는 돈에 대한 인식이라고 말할 수 있겠는데 (그 이전에는 돈이 아니고 農土와 쌀이었다), 이들의 비극이 모두 그 貨幣와 관련된 것을 감안하면 이 전통사회에서의 <뿌리뽑힌 자들>의 비극의 의미를 파악할 수 있다.

79) 김치수, 위의 책, 520쪽. 정주사는 양반 출신도 지주출신도 아니기 때문에 가장의 식이라는 전통적 구습과 <貨幣爲主>(초봉이의 결혼을 강행시킨 점에서)라는 新惡에 쉽사리 휩쓸릴 수 있었던 것이고, 고태수의 횡령과 그 실패가 그것을 말해주고 있는 것이라 보았는데 적절한 지적이라고 생각한다. 또 이것과 마주 이어서 집필의 동시성으로 불리어지는 『태평천하』를 비교해보면 이러한 것은 더욱 분명해진다고 본다. 태평천하의 윤직원의 행적은 그가 비록 양반, 혹은 중인 행세를 하고 있지만 현재의 자신의 신분과 그것의 점진적 발전을 위해 모든 것 위에 더 가치를 주고 있음에서 알 수 있다.

그러던 것이 한해 두해 지나니까, 아이들은 자라고 학비까지 해서 비
용은 더드는데, 직업을 바꿀 때마다 월급은 줄고, 그러는 동안에 오늘이
어제보다 못한 줄은 모르겠어도 금년이 작년만 못하고, 작년이 재작년
만 못한 것은 완구히 눈에 띄어 살림은 차차 꿀러 들어가기 시작했
다.(21)[80]

　　털보 한서방 혹은 탑삭부리 한서방이 [한참봉]으로 승차한 것도 돈을
그렇게 잡은 덕에 부지중 남이 올려 앉혀 준 첩지 없는 참봉이다.

　　이렇게 겨우 십여 년간에 남은 팔자를 고치리만큼 잘 되었는데 자기
의 몰락된 것을 생각하면 나도 차라리 그때부터 천여 원의 그 밑천으로
장사나 했더라면 하는 후회가 들어 그래 샘이 나고 심정이 상하던 것이
다.(27)

신학문을 하고 관청의 물을 먹었던 정주사의 쇄락과 무지랭이였던 인물
인 한참봉과의 대비에서 유추할 수 있는 것은 배움과 출신 성분의 대사회
적응력과의 무관성이다. 사실 정주사가 별다른 말없이 장사 밑천이라는 말
에 현혹되어 초봉을 결혼시키고자 하는 것도 그러한 맥락에서 찾아보아야
한다. 즉 정주사가 세계를 보는 것은 물리적 가치, 가난에서의 벗어남을 통
한 자신의 아버지로서의 진정한 가치 정립을 위해서 였다. 그러한 父像을
위해서 그는 가장 비윤리적인 父像으로 드러나는 아이러니적인 인물로 희
화화되고 있다고 보여진다. 즉 父權을 세우려다가 그나마 지녔던 자신의 부
권마저 잃어버리는 부권 상실의 이상(理象)을 여실하게 드러내어 주고 있다.

　　초봉이가 고개를 숙인 채 눈물이 좌르르 쏟아진다. 그것은 부친을 가
엾어 하는 눈물이기도 할 것이다. 그러나 노상 그만도 아니다.

　　그는 모친에게서 결혼을 하고 나면 태수가 장사 밑천으로 돈을 몇천
원 대주어서 부친이 장사 같은 것을 하게 한다는 그 말을 듣고는 다시는
더 여부없이 태수한테로 뜻이 기울어져 버렸다.

---

80) 채만식,『탁류』, 문학사상, 1986. 이하 페이지만 본문에 적겠음.

　　.....게다가 또다시 한 가지는 그러한 부친과 이러한 집안을 돕기 위하
　　여 나는 나를 희생한다는 처녀다운 개격 ..... 이렇게나 모두 무엇인지 분
　　간을 못하게 뒤엉켜 가지고 눈물이란 게 흘러내리던 것이다.(169)

　이는 실부의 온전한 소멸을 의미하는 것이며, 초봉이나 특히 계봉에게
代理的—父의 존재 탐구에 열을 올리게 하는 장치가 된다. 이런 점에서 정
주사는 몰락한 계층의 전형이며 타락한 父權의 상징이라고 본 (우찬제, 논
문, 129쪽)견해는 옳다. 또 부권을 상실한 아버지의 상징적 질서—본고에서
는 虛名으로만 존재하는 무기력하지만 계산에 능하고, 화폐를 위해서는 뭐
든지 할 수 있는 속된 부권적 질서——는 비극적 세계를 환기시키기에는 충
분하다고 인정된다. 더구나 그들의 인식이 겨우 다음과 같은 위치에 서 있
으면 더욱 그러한 비극적 세계의 전망은 커지게 되는 것이다. 인신을 매매
하는 것의 위계적 질서란 본질적으로 아무 의미가 없는 것이기 때문이다.
　중인 계급으로서 실부 정주사는 적극적으로 상황에 대처하지 못한다.
그들에게는 최소한의 계급적 기질이 남아 있다. 그러나 그런 계급 의식이
오히려 그들을 더 초라하게 만들고 있는 것이다.

　　그들(초봉의 부모)은 진실로 그러하다. 그들은 딸자식 하나를 희생을
　　시켜서 나머지 권솔들의 목구멍을 도모하겠다는 계책을 적극적으로 세
　　우고 행하고 할 담보는 없다. 가령 돈 있는 사람을 물색해내서 첩으로
　　준다든지, 심하면 기생으로 내앉히거나, 청루에다가 팔거나 한다든지
　　그렇게는 못한다.(151)

　이와 같은 것은 그들이 바로 중인 계급에 속해 있기 때문이다. 그들은 소
위 막되게 살 수가 없는 존재들인 것이다. 그렇기 때문에 그들은 사회의 적
응에 있어서 한참봉이나 박재호보다 못한 무능한 존재들이고, 그러한 무능
이 자식들과의 반목과 갈등을 구조화시키고 있는 것이다.

이런 이유로 초봉은 代理父를 발견하고자 하나 그녀의 심리 저 밑에는 무의식적인 가족주의가 존재하고 있었기 때문에 성취할 수 없다. 그녀의 대리부인 남승재와의 관계가 소원해지고 마침내는 파멸의 길로 들어서고 만다. 그렇기 때문에 그녀의 파멸의 길은 가족주의의 파국으로 보여지며, 가족 해체기의 극명한 현장의 기록기임을 짐작하게 한다.

그녀의 의식 전체를 지배하는 것은 다름 아닌 남승재이다. 그녀는 자신의 과오를 부모에 대하여 미안함을 갖는 것이 아니라 승재에 대해서 같기 때문이다. 중인 계급의 여자로서 그 가족 윤리적 측면에 있어서 가문을 더럽힌 초봉이 실부인 정주사가 아닌 이성적(異性的)인 존재 남승재에게 죄스러움을 느낀다는 것은 바로 승재가 그녀의 代理父라는 단적인 증거가 되고도 남을 것이다. 이와 같이 초봉은 이성적(異性的) 관계라는 수평적인 위치에서 남승재를 대리부로 삼게 된다.

> 생각은 나지만, 지금 이 아이가 승재와 사이에 생긴 아이로, 그래서 송희가 승재더러 아빠 아빠 부르고 예쁜 짓을 하고 하는 재롱을 승재와 마주앉아 보았으면 재미가 있으리라는 공상으로 생각은 돌려앉혀지고 말았던 것이다.(321쪽)

이제 상상을 통해서 나타나는 이성적 대리부 승재와의 관계는 더욱 가까워지는데 이는 그녀가 실제부인 정주사와의 관계에서 더욱 멀어졌기 때문이다. 이러한 것은 그녀가 문면을 통해서 서울에 온 이후로 단 한 번도 자신의 고향인 군산에 가지 않았다는 데에서도 찾아지지만 실부인 정주사의 의식의 변화가 여전하게 그러한 무능한 인간으로 드러나고 있다는 데에서도 그 의의를 인정받을 수 있을 것이다.

> 따라서 어느 사위가 되었든지, 사위 덕은 사위 덕이요, 결국은 초봉이라는 딸을 둔 보람이 난 것이라 하겠다.(375)

　　독서당을 앉히고 십오 년이나 공부를 했다는 것이, 또 신학문(普通學
校卒業)까지 도저하게 하고도 오죽하면 한푼 생화 없이 눈 멀뚱멀뚱 뜨
고 앉아서 처자식을 굶길까 보냐고 의관을 했다면서 치마 두른 여편네
만도 못하다고, 늘 이렇게 오금을 막던 소리다. 그것이 단순한 어린이의
머리에 그대로 소견이 되어, 우리 아버지는 공부를 했어도(좋은 사람이
안되었다고), 그래서 돈도 못 벌고, 그러니까 공부를 잘 한다거나, 좋은
사람이 된다거나 하는 것과 돈을 번다는 것과는 아무 상관도 없는 것이
라고 병주는 알고 있고, 그것밖에는 모르니까 그게 옳던 것이다.(384)

　　이제 금전적으로 안정이 된 상태라 당연하게 옛날로 돌아가 있어야 함
에도 정주사는 한 발자국도 더 나아가지 않는 인물로 나타난다. 위 예문에
서 보이는 것은 아들에 의해서 비춘 父像이다. 아들들의 눈에 비친 父像은
더욱 심각하게 권위가 훼손되는 것이다. 그녀처럼 가족주의적이고 가부장
적인 여자가 부모가 있는 고향을 오지 않았다는 것은 다른 부모의 고향이
생산되었다는 표징이 된다.81) 이런 냉소적 상황은 물론 계봉에게서 보다
더 강렬하게 나타나고 있지만 초봉 역시 정주사와 소원화 내지 분리화가
이미 내재되었다는 것으로 살펴질 수 있다. 초봉에게 있어서 그것은 드러
나지 않고 내재화되는 데 반하여 계봉에게 있어서는 초봉의 집에서 공부를
하라는 부모의 말을 전적으로 거부하고 백화점의 점원으로 나다니며 부모
에 대하여 정면 반항하는 것으로 서사 국면에서 외재화되고 있다.
　　그 후에도 초봉의 승재에 대한 代理父의 갈망은 계속된다. 그는 이상적
인물이고82) 신념적 인물이라는 점에서 이미 초봉에게 대리부의 자격을 충

---

81) 더구나 형보와의 생활은 어떤 면에서 그녀에게는 지옥과 같이 암울한 시기였을 터
　　이고, 그러한 곳에서의 벗어남을 원했을 터인데도 그녀는 군산에 오지 않는다.
82) 김치수외의 많은 사람들이 승재와 계봉을 『탁류』의 인물들 가운데서 유일하게 긍
　　정적인 인간으로 보고 있다. 온건한 사회주의자(이재선), 극히 이상주의적인 작가
　　의 분신(정현기) 진보에의 짙은 신념과 분배의 공정성에 대한 공상적 확신을 지닌
　　사람(김윤식) 정당하게 삶을 대처해 나가는 온건한 사회주의자(김치수) 등의 평가
　　가 있다.

분히 지니고 있지만 이와 같이 초봉을 통해 나타나는 그의 존재의 의의가 더욱 代理的父로서의 그의 현존을 보여주고 있다.

남승재는 정현기의 지적처럼 고립된 주인공인 점이 그렇다.[83] 그가 초봉에게 대한 대리적부의 상보다 더 강렬하게 나타나는 부분은 명실상부한 대리부로서의 명님에 대한 관심이다. 그가 고아라는 (그는 다섯 살 때 고아가 되어 외가 편으로 일가 되는 의사가 거두었다) 사실은 그가 출발 전부터 자기 주의적 세계관을 갖고 있었음을 나타내는 것이다. 그 세계관은 의사가 되어 온갖 세상의 모든 병든 이를 구제하려는 인도적이고 애휼을 베풀려는 정신이다.(130쪽) 이러한 면, 예컨대 인도주의적이고, 이상적인 성격으로 미루어 그는 代理的父의 자격을 갖추고 있다. 그리고 그는 그러한 것을 표방하고 명님이를 돕는다.

> 이 노릇(무료 진료로 야간개업을 실시하는 것)을 승재는 스스로 조그마한 사업으로 여겨 거기서 기쁨과 만족을 느끼되, 무심했지 달리 그것을 평가를 하거나 자성(自省)함이 없었다(131)

무료 진료의 행위에 대해서 기쁨과 만족을 느낀다는 것은 그의 인도주의적 발상에서 나온 소치라고 해도 평가나 자성을 하지 않았다는 점은 그의 개인주의적 발상에서 시작한 것이다. 그가 고아라는 사실은 그에게는 가족주의적, 집단주의적 사고를 공동사회의 인식을 갖게 하지 못했다는 것이다. 그래서 그는 초봉과의 대리부의 관계에서 자꾸 어긋나고 있으며, 그러한 점이 두 사람을 평행적인 관계, 즉 이성적 代理父라는 관계를 설정하게 한다. 그러나 대리부적 관계가 이성애라는 상황으로 발전하기 시작하면 그 대리부는 대리부로서의 자격을 잃게 되는 것이다.

> 그는 비로소 아까 초봉이를 야속해 하던 생각이며, 그의 혼인을 훼방

---

83) 성현경, 위의 책.

하지 못해 초조 불안하던 것이며, 더구나 태수한테 질투와 증오를 갖던 제 자신이 초봉이의 그렇듯 깨끗하고 아름다운 맘씨에 비하여 얼마나 추하고 부그러운 소인의 짓이던고 싶었다.

　　"거룩한 노릇이다!"(203)

　그가 이성적 사랑을 결별한 것은 초봉의 결혼이 애정에 의한 것이 아니라 가족을 살리기로 결심한 타기적(他己的) 사랑임을 알고 그는 감격해서 초봉을 천사로까지 승화시키며(202쪽) 눈물을 흘리게 된다. 다시 초봉과의 관계는 순수하게 돌아가 代理的—父의 상태로 환원되어 가는 것이다. 그러나 이렇게 생각하는 것은 남승재 그 자신뿐이었다. 여전히 초봉은 승재를 영원한 남편으로 여기고 있었다. 그녀가 그와의 관계를 정리하려고 했던 때는 형보와의 동거가 시작되면서 부터이다. 가장 부정적인 인간 형보와의 관계는 그녀를 수성(獸性)만을 지닌 인간으로 전락시키면서 그녀는 승재와의 관계를 끝내야 한다고 결정한다.(488쪽) 물론 그녀가 서울에 온 이후 그와의 실질적인 관계는 없어졌지만 계봉의 편지 속에서 그녀는 여전히 승재를 자신의 理想的인 남성이며, 보호자인 대리부로 간직하고 있었다.

　이런 점은 마지막 장면에서 아주 분명하게 드러난다. 그녀는 자신의 마지막 운명을 남승재에 의해서 결재하고자 한다. 이제 그녀와 둘 사이를 막는 외부적 존재는 없다. 실부와도 이미 끝이 났고, 허명뿐이던 남편이란 모든 남자들과의 관계가 끝이 났다. 이제 그녀는 원래의 초봉으로 돌아온 것이다. 거기서 그녀는 완전히 자유로울 수도 있었다. 또 거기서 그녀는 이성적 대리부인 남승재와의 다른 관계, 완벽한 관계로의 발전을 기약하고 있는 것이다.

　　초봉이는 무엇인지 간절함이 어리어 있는 눈동자로 무엇인지를 승재의 얼굴에서 찾으려는 듯 한참이나 보고 있다가 이윽고 목멘 소리로,
　　"그렇게 할까요? 하라구 하시믄 하겠어요! 징역이라두 살구오겠어!"

이렇듯이 그들의 이성적 대리부 관계는 마지막까지 지속된다. 이같이 개체인 존재인 자신의 운명을 맡기는 행동은 그를 대리부로 삼고 있다는 것을 확인하여 주는 것이다. 더구나 이러한 점이 그녀가 살인이라는 극단적 행위를 함으로써 이제 더 나아갈 길이 없는 상황, 즉 극한 상황에 처해 있는 장면에서 이루어지고 있다는 점이 중요하다. 이 때의 그녀에게 남승재가 나타났다는 것은 다름 아닌 구원자의 기능을 하기 때문이다.

그가 때때로 일상적 굶주림에서 돈을 내어 가족을 굶주림에서 구원했듯이 이제 마지막에 그 형벌을 받아야만 하는 살인자에게 나타나고 있는 양상은 바로 그가 이제부터 그녀를 구원하겠다는, 다시는 걱정하지 말라는 의미였다. 간음하던 여자가 예수께 잡혀 왔을 때, 그가 하는 말처럼 권위 있게 들렸다. "뒷일은 아무것도 염려 마시구, 다녀오십시오!"라는 승재의 마지막 대화는 이제 자신이 그녀의 영원한 보호자, 대리부가 되겠다는 확신에 찬 대담으로 여겨진다.

3) 『人間問題』의 대립자

강경애는84) 여류작가이면서도 여류가 빠지기 쉬운 감상성이나 신변 잡기류의 소재를 과감하게 벗어나서 그녀의 소설 세계를 사회적인 문제에서

---

84) 강경애에 대한 연구는 지금까지 많이 되어오지 않았으나, 근년에 접어들어 활발하게 논의되고 있는 작가가 되었다. 몇 편의 석사논문(도애경, 건국대 석사학위, 1987)을 비롯하여 이상경 등의 논문이 그것이다. 그러나 본 텍스트인 『인간문제』에 대하여는 적잖은 기존논의가 있다. 그 중에서 몇 가지를 소개하면 다음과 같다. 이재선, 「강경애, 극지와 고난의 문학」, 『한국현대소설사』, 홍성상, 1979; 김윤식, 「강경애론, 식민지 공장노동자의 세계」, 『한국근대작론고(속)』, 일지사, 1981; 최래옥, 『한국구비전설의 연구』, 일조각, 1981; 김용희, 「『인간문제』에 나타난 여성의식」, 『이화어문논집』, 1989.

찾고 있는 작가이다.[85] 그러한 그녀의 소설적 세계에 관해서는 "외향적이고 비판적인 이념을 중시하는 리얼리스트"로 규정하고 있는 이재선의 논급에서 잘 드러나고 있다.[86] 나아가 그는 강경애 문학의 주조(主調)를 여성성에 대한 내면적 추구가 아니라, 모순된 사회 구조에서 야기되는 삶의 착종과 참담성에 더 깊은 관련성을 두고 있다고 보았다.

『인간문제』는 일종의 성장적 발달 과정에 있는 두 인물 선비와 첫째라는 주인공들의 성장의 궤도를 보여주고 있는 과정에 삶의 모순과 자본주의의 허전과 그 모순된 상황에서 오는 자본주의의 그릇됨을 통해서 노동자 농민의 각성을 꾀하고 있다. 그런 만큼 그녀의 세계는 이원적 입장에서 확고하게 서 있는 데 그 가장 모범적인 본보기가 바로『인간문제』첫 장의 원소(怨沼)라는 못을 중심으로 한 지주와 소작인들의 묘사에서 드러나 보인다.[87] 이렇게 우뚝함과 낮은, 컴컴한 곳으로 분리되어 있는 것이다. 이는 당대의 작가들의 인식의 틀―특히 프로문학의 이원적인 세계관의 도식성을 ―을 그대로 유지하고 있다는 것을 엿볼 수 있는 중요한 단서로 삼을 수 있다.

말할 것도 없이 주인공은 어두운 농가에 속해 있다. 더구나 강경애 소설의 대부분의 주인공의 아버지들은 그 시작이 지주의 종이었다가 그를 해치고 죽는 경우나(『父子』), 아니면 주인에게 죽음을 당하는(『인간문제』) 존재들로 나타나있다. 이렇게 보자면 강경애 소설의 대부분의 實父들은 한결같이 억압받는 존재들로 자식들에게 있어서 경제적인 측면에서는 당연하

---

85) 『인간문제』는 1934년 8월 1일부터 동아일보에 연재되어 12월 22일까지 계속된 연재소설이다. 삼성판출사(1978년)의 장번호는 이와 같이 연재의 기재되는 순서에 의해서 붙여진 것이다. 이하 인용문은 삼성출판사 것으로 한정하고 쪽수만 붙이겠다.
86) 이재선, 위의 책, 435~437쪽.
87) 이 산등에 올라서면 용연동네는 저렇게 빤히 들여다 볼 수 있다. 저기 우뚝 솟은 저 양기와 집이 바로 이 앞벌 농장 주인인 정덕호 집이며, 그 다음 이편으로 썩 나와서 양철집이 면역소며, 그 다음으로 같은 양철집이 주재소며, 그 주위를 둘러 싸고 컴컴히 돌아앉은 것이 모두 농가이다(14쪽).

게 무능한 존재이며, 이념적인 각성의 관점에서 부정적인 존재들로 나타나고 있다.

그러나 이렇게 무능하고 부정적인 존재들을 보이고 있으나 주인물들의 實際父들은 그 자녀들에게 동시에 언제나 깊은 관계를 지니고 있다. 또 하나 다른 점은 대부분의 부르주아들의 자녀들이 새로운 세계를 알게 되면서 그들의 實父들에 대한 부정적인 태도가 발전되어 소설의 주요 플롯의 되어가는 일련의 카프적 작품들과는 다르게 지주나 공장주의 자녀들은 한결같이 아버지의 영향력에서 기생하는 존재들로 그려지고 있다는 것이다. 특히 본 텍스트인 『인간문제』의 신철은 중산층인 위치에 있음에도 결국은 그 부정적 세계로 다시 편입하여 들어감으로써 동지를 배신하는 행위는 강경애 소설의 핵심이며, 그녀가 보는 세계인식의 테두리가 어떻다는 것을 가장 분명하게 보여주고 있다.

두 주요 인물 선비와 첫째는 동일한 정신적 발달 궤적을 보이고 있다. 이들은 처음으로 代理的父를 굶주림에서 벗어나는 물질적 존재를 찾다가, 그것의 환상이 깨뜨려지자 진정한 존재인 정신적 代理父를 찾는다는 것으로 비슷하며, 또 동일하게 대리부를 잃는다는 것도 그렇다.

선비는 부정적인 지주의 현지 종겸 마름인 민수의 딸이다. 실부 민수는 덕호의 종이었으나 오히려 가난한 빚쟁이를 도와주었다는 이유로 맞고, 그것이 이유가 되어 죽음에 이르게 된다. 그가 죽음에 이르자 선비는 덕호의 집으로 들어가게 되고 그녀 역시 덕호에게 버림을 받기까지 그를 주인 겸 아버지로 삼아 종으로 살아간다. 선비와 실부인 민수와의 위화는 전혀 보이지 않는다. 물론 민수가 긍정적인 입장에서 무산자들의 옹호적인 행위를 했다는 점에서 수용적인 부로서 나타나는데 단지, 그의 죽음이 몰고 온 선비네의 가난함이라는 측면에서 민수는 부정되고 있다. 즉 선비의 실부와의 반목은 가난으로 말미암은 무능과 결핍에서 생가는 것이고, 이념적인 데에까지 나아가지 않고 있으므로 선비에게 있어서 덕호라는 대리부 관계가 생기게 된다.

반면에 첫째는 매우 부정적인 인물이다. 그는 무엇보다 父代 전체에 대한 부정적 태도를 취하고 있다. 그의 실부는 문면에 나타나지 않아서 그의 행방과 생사조차 가늠하기가 어렵지만 그는 가난만을 남겨 놓고 이미 죽었거나, 다른 여타의 작품처럼 주인에 대항하여 쫓기었거나 등의 이유로 그는 이미 결핍된 존재로 나타나 있고, 그러한 모든 것이 원인이 되어 첫째는 전대(前代)의 모든 이들을 인정하지 못하고 있다.

첫째 역시 구걸하여 다니는 이 서방을 삶의 매개로 삼고 있다는 점에서 물질적인 대리부를 두고 있다. 그러나 첫째의 경우 이 서방은 서사 문면에서 애매하게 처리되어지고 있는데 무엇보다 그가 첫째의 어머니와 성적 관계의 모호함이 그것이고, 두 번째는 이서방의 첫째에 대한 모호함이 그렇다.88)

이 두 주인물은 용연 마을을 떠나기까지 두 代理的父에 의하여 육체적인 생명을 지속 유지해 가며 살아가고 있는 것으로 보이는 것은 틀림이 없다. 둘 중에서 첫째의 경우 이서방의 영향력을 빨리 벗어나고 있는 반면에 선비는 덕호에게 정조를 유린당한 후에야 비로소 서울로 가는 것으로 나타나고 있다.

첫째와 이서방의 대리적부의 관계는 그 시작부터 이미 오래갈 수가 없게 설정되어 있다. 이 서방이 목발을 수단으로 삼아 비렁뱅이를 한다는 데에서가 아니라 본질적으로 그가 지닌 장애적 요소와 인물로서의 첫째가 소

---

88) 눈이 실쭉하니 뜬다. 이서방은 놀라 첫째를 바라보며, 아까 싸운 노염이 아직도 남아 있음인가? 그렇지 않으면 이 아이가 무엇 때문에 어머니에 대한 증오심이 이리도 큰가? (19쪽)
첫째의 볼로부터 옮아오는 따뜻한 이 감촉! 그리고 기운있게 내뿜는 그의 숨결, 자기의 살과 피가 섞여 있는들 이에서 더 따구울 수가 있으랴!(21쪽)
그는 무의식간의 첫째의 목을 끌어안으며,
"내 비록 병신이나마 나머지 여생은 너를 위하여 살리라."하고 몇번씩 맹세하였다.
이 두 문면에서 살펴보면 첫째의 여가장인 어머니로 대표되는 전대와의 갈등과 이서방이 첫째에게 느끼는 대리부로서의 정의 깊이를 알 수 있는 데 이는 첫째의 어머니와는 전혀 관계없는 것으로 나타난다.

설의 서사 구조 속에서 지닌 운명에 의해 서다. 첫째는 각성하는 존재로 설정되어 있다. 가난과 그 이유와, 현실의 어려움을 왜 자신들만 당해야 하는 주제와 연결된 인물이기 때문이다.89) 이 서방이 비록 생활을 가능케 해주는 인물이라고 할지라도 첫째의 理想父가 될 수 없다는 것은 그의 설정부터가 그렇다. 그렇기 때문에 이서방과 첫째의 관계는 파국이 예비된 관계이고, 소설의 전략상 신철이 나타날 수밖에 없는 것이다. 첫째가 각성을 위해서는 소위 지도자 격인 대리부가 나타나야 한다. 그러나 그러한 대리부의 존재가 텍스트에서는 보이지 않고, 그럴 수가 없기 때문에 첫째가 필연적으로 배경을 옮아가야 하는 것이다.

이렇게 보았을 때 이 서방은 바로 첫째의 물질적인 대리부로서의 존재가치를 잃게 될 수밖에 없다. 즉 첫째가 이서방의 행동반경에 있을 경우에만 그가 대리부로서의 자격을 갖게 될 수 있다. 그러나 주인물인 첫째가 자신을 떠난다는 것은 그의 소설 내적인 기능이 끝나는 것을 의미한다.

> 이서방은 물끄러미 이것을 바라보며, 가슴이 후련해졌다. 어젯밤 그가 떡자루를 목에 메달고 눈위를 기어 올 때는, 그만 머리가 떨어지는 듯하고 숨이차서, 떡자루를 몇 번이나 내어 버리려다가도, 집에서 첫째와 첫째 어머니가 배를 곯아가며, 이 떡덩이를 눈이 감기도록 기다리고 앉았을 생각을 하고는 가다가 죽더라도 이 자루를 가지고 가야한다 하고 필사의 힘을 다하여 가져온 저 떡! 그들 모자가 그 떡을 저 화롯불에 놓고, 어서 익으면 먹겠다고, 머리를 기웃하여 화로만 들여다보는 저 모양! 이서방은 이제 이 자리에서 숨이 끊어져도 원통한 것이 하나도 없을 것 가았다.(106~107 쪽)

이와 같은 헌신과 희생적인 이 서방은 그러나 첫째의 소설 내의 진정한

---

89) Phallan. J, *Reading Polt reading people*. 펠란은 플롯을 분류하면서 주플롯을 통하여 주제와 밀접한 관계를 지닌 인물의 주제를 드러내기 상태나 행위를 주제적 관계로 보고 그럴 때의 인물을 주제적 인물이라고 본다.

의미인 새로운 세계로의 발전을 위해서 스스로 대리부의 관계를 정리해 사하게 된다. 그것은 첫째가 法이 무엇이냐고 물었을 때에 구체화되기 시작한다. 즉 법이란 추상적 권력에 대하여 아무런 정보를 줄 수 없다는 현실속에서 이 서방은 대리부의 자격을 스스로 포기하고 있다. 그는 첫째에게 용연 마을을 떠나서 대처로 나가라고 권한다. 즉 法이 무엇인지를 알려 줄 수 있는 세계, 마땅히 첫째가 가 있어야 할 장소에 가게 해야만 한다. 그는 그러한 곳에는 자신이 갈 수 없다는 것을 알고 있는 것이다. 법이 무엇이냐고 묻자 아무 말도 못하고 우는 이 서방은 텍스트 내에서는 진정한 대리부가 될 수 없고, 이것은 첫째가 원하는 진정한 대리부는 바로 진실을 말해주는 인물, 생존을 위한 희생이 아니라 현실의 모순을 직시하게 해 줄 존재가 필요하다는 것을 지시하고 있다.

> 이서방과 그의 어머니는 첫째를 대하여 아무 말도 못하면서도, 날이 갈수록 가슴만이 바짝바짝 타들어 왔다.
> 어떤 날 밤에 첫째가 들어왔을 때, 이서방은 그의 곁으로 바짝 앉았다.
> "첫째야! 너 그만 이 동네를 떠나라!"
> 첫째는 철석하며,
> "왜?"
> "왜는 왜! 떠나야 하지, 여기만 사람 사는 데냐….. 말 들으니, 서울이나 평양에는 공장이라는 것이 있어 가지고, 우리 같이 없는 사람들이 그곳에 들어가, 돈받고 일하며 살기 좋다더라. 너도 그런 곳에나 가보렴."
> ……………… …………………
> 공장에서 돈받고 일한다는 말을 들으니 그의 캄캄하던 앞길에는 다시 서광이 환하게 비쳐드는 것을 깨달았다. 그리고 한시라도 이런 곳에 있고 싶지 않았다.(109쪽)

이렇게 용연을 떠나는 것은 다름 아닌 이서방과의 대리부 적인 관계를 끝을 맺게 되었다는 것을 의미한다. 서울에 올라간 다음 첫째가 신철을 만날 때까지의 과정은 문면에서 나타나지 않는다. 단지 그의 짧은 술회를 통해서 사정을 짐작할 수가 있을 뿐이다. 즉 그는 첫 번째 대리부이자 물질적으로 충족시켜 주는 인물인 이 서방을 떠나서부터 정신적인 대리부인 신철을 만날 때까지 의미가 없는 것으로 보인다. 그래서 첫째가 떠나고 난 이후의 서사는 주로 선비를 중심으로 엮어지고 있다.

그러나 여전히 선비에 있어서의 대리부인 덕호와의 불안정한 상태는 나타나고 있다. 그녀는 첫째와는 달리 안정된 생활을 유지할 수 있었다. 비록 종살이 같은 남의 집 살이지만 그녀에게는 현실적으로 세계의 대한 걱정은 없었기 때문이다. 그러한 점에서 선비는 매우 어정쩡한 인물로 설정되어 있다는 것을 알 수 있다. 이러한 어설픈 점이 이 텍스트에서 나중의 선비의 변신과 그녀의 죽음을 매울 돌연하고 비유기적인 것으로 만들면서 텍스트의 긴장을 해소하면서 신파적인 것으로 만들고 있다.

> 어려서부터 그의 어머니가 덕호를 가리켜 큰집 영감님, 큰집 영감님 하고 불렀으므로 그도 항상 큰집 영감님 하고 불러졌다. 그러나 오늘 아침 처음으로 불러 본 아버지! 그는 앞으로 맘먹고 아버지라고 부르리라 굳게 결심하였다.
> "아버지! 나 공부 시켜 주."
> 그는 다시 한번 되풀이하였다. 그때 그는 극도의 감격의 눈물이 글썽글썽해졌다.(113쪽)

선비의 이러한 감격은 곧 이어 벌어지는 정조 상실과 연결되어 있다. 선비는 덕호의 야심을 모르고 그녀는 진실 되게 그와 대리부의 관계를 유지하려고 한다. 그러나 나중 드러난 현실은 그녀를 딸로서가 아니라 새로운 후처, 아들을 낳아 줄 수 있는 존재를 원하고 있다는 것을 자각하고 도망가는 것이다.

『인간문제』는 이처럼 하층 계급의 유린을 철저하게 극에 이르도록 처참하게 묘사하는 데에 그 소설적인 의의가 있다. 여타의 동질적 성향의 소설들이 추구하는 대립적 상황의 이원화된 대치 관계는 보이지 않는 반면에 이 작품에서는 어떻게 더 많은 상처를 받느냐에 모아지고 있는 듯 보인다. 즉 무산자나, 빈농들의 극도의 피폐함을 통한 사회 상황의 고발에 그 초점이 맞춰지고 있다.

선비가 간난이를 만나 노동운동의 맹원이 되기까지 이 작품에서 매우 모호하게 그려지고 있다.[90] 더구나 그러한 모순점들이 첫째에서보다는 선비에게서 나타나는 것은 이 작품의 한 특징으로 보인다. 더구나 선비의 의식의 각성은 주로 덕호로 표상되는 인물들에 한정된 듯이 주로 덕호를 비유하여 나타나고 있음은 이러한 진술을 명백하게 뒷받침하고 있다고 본다.

또 선비는 야학을 통해서 차차로 자각하게 되고, 간난이라는 매개인에 의해서 각성되어 지고 있는 반면에 첫째의 경우에는 분명하게 신철이 그 대리부로 나타나고 있다. 또 선비는 첫째를 통해서 자신의 원한을 풀어 줄 수 있는 것으로 믿고 있었기 때문에 폐쇄적 사회의식을 지니고 있다는 것이 분명하지만 첫째의 사회화 자각은 개인적인 것이 아니라는 데에서 보다 중요하다. 그럼에도 불구하고 오히려 간난과 선비의 이야기에 대한 복자나 검열이 심했던 것은 당시의 노동 운동이 남자들에 의해 주도되었지만 노동 집약적 공업으로 말미암아 남자 공원보다는 여공들의 투쟁이 훨씬 많았던 것으로 이해될 수 있을 것이다.

첫째는 신철을 대리부로 삼는다. 부두에서 신철을 만나고 그것이 기회가 되어 신철에게 많은 것을 배우면서 그를 진정한 자신의 각성자, 대리적 부로 삼게 된다. 그래서 그는 한편으로는 동지로서, 한편으로는 선생으로 존경한다.[91]그러기 때문에 자신보다도 신철을 더 걱정을 하는 것이며 그

---

90) 작품의 군데군데는 지나치게 많은 검열로 인하여 의미 연결이 되지 않을 정도이며 어떤 것은 하루 연재분 전체가 빠져있기도 한다. 이러한 맥락에서 두 인물들이 용연에서 떠난 다음의 내용의 모호함이나 불일치는 작가의 실수나 미숙이라기 보다는 당대의 역사적 현실에서 기인한 것으로 보인다.

가 잡혀가자 비로소 그는 신철을 父代의 존재로 간주하고 있음을 알 수 있
게 한다.

> 첫째는 신철이가 잡혔다니 앞이 아뜩하였다. 물론 신철이가 아니라
> 도 자기들의 배후에는 자기가 알지 못하는 수많은 동무들이 있을 것을
> 번히 아나, 그러나 신철의 지도를 받아 오던 첫째는 마치 어린애가 어머
> 니를 떨어진 듯한 그러한 형용할 수 없는 감정에 안타까웠다.(206쪽)

전대의 존재로까지 소급되는 대리부인 신철의 마지막에서의 변질은 강
경애의 의식의 치밀성을 보여주고 있다. 그것은 무엇보다 지식인들의 노동
운동이란 허상에 불과하다는 것을 뚜렷하게 보여주는 단적인 징표다. 또
대리부로서의 부상들이 전적으로 긍정적인 인물로 입상화 되는 것이 아니
라는 것을 묵시적으로 나타낸다.

『인간문제』에서의 대리적 부들은 주인물들에 의해서 결별되는 것이 아
니라 대리적 부에 의해서 주인물들이 버림을 받는 것을 보여주고 있다. 이
는 전술한 바와 같이 작가의 현실 인식과 특히 지식인들의 농민 운동과 노
동운동에의 한계성을 보여주기 위한 의도 때문으로 살펴진다.

단순한 생계의 문제에서부터 현실의 모순과 그 실천적인 극복에서부터
온 정신적인 결핍에 대한 충족시켜 줄 수 있는 존재로서의 대리부는 사실
상 존재하지 않는다는 것이 텍스트를 통해서 보여주고 있는 것이다. 즉 현
실에의 비극적인 현상과 미래에 대한 어느 누구에 의해서도 이루어 질 수
없는 암담한 전망의 드러냄을 작가는 물질적 대리부와 정신적 대리부의 변
질을 통하여 나타내고 있다.

---

91) 만일에 신철이 같은 중요 인물이 붙들리게 되면 바야흐로 계급의식에 눈뜨려던 인
천의 수많은 노동자들의 앞길은 암흑천지로 변할 것 같았다(195쪽). 그는 신철을
중요한 인물로 여기고 있는데 그러한 진술은 매우 여러 번 나타나고 있음으로 미루
어 신철에 대한 첫째의 신뢰를 알 수 있을 것이다.

▓ 소결 ▓

　이상 본장에서 살펴본 實際父의 무능이나 결핍으로부터 설정되는 일차적으로 생리적 본능을 충족시켜주는 역할로서의 대리부의 유형은 모두 주인물인 여자들에게 나타난 이상적(異性的) 존재인 대리부이거나, 또는 이성적 관계가 전제되어 있는 특성을 보이고 있다. 이들은 궁핍의 원인 추구나 그것의 사회적 규명에도 시선을 던지고 있지만 시급한 삶의 문제에 깊이 관련하고 있다. 그래서 소설 문면에서 나타나는 것은 무엇보다 가계를 돕거나, 그들을 보호하고 있는 보호자나 구원자의 양상을 또 하나의 공통적 특성으로 삼고 있다고 볼 수 있다.

　먼저, 이광수의 無情에 나타나는 대리부 이형식은 영채에게는 영원 속의 연인으로서의 代理父의 존재로 나타나고, 선형에게는 남편으로서 유학길에 그녀를 보호할 실제적 대리부로 나타나고 있다. 여성 인물 모두는 실부와 갈등을 일으키는 데 영채는 실제부의 이중성을 몰랐다는 데에서, 선형에게는 아버지 김장로의 얼치기 개화꾼으로서 위화된 양상을 보여주고 있다. 또 영채는 병욱이라는 제 삼의 인물을 만나서 대리부와의 관계가 끝이 나는 데 반하여, 선형은 실부와의 갈등의 해소를 위해서 형식과 실제적인 이성관계, 부부가 된다는 차이점을 보인다. 또 병욱의 등장은 영채에게 사상의 변화를 가져오고 있지마는 그녀 역시 오갈 데 없는 쫓기는 기생인 영채를 돌보아주고 경제적인 보호자라는 입장에서 동일한 역할을 하고 있다고 보여진다.

　탁류의 代理父 역시 이성적 관계로 맺어지고 있다. 즉 남승재는 초봉에 대하여 대리부로 나타나고 있다. 이때의 대리부의 기능은 보호자이며, 동시에 구원자이다. 남승재는 굶주림과 비극적 상황에서 언제나 나타나는 구원자의 형상을 하고 있다. 그는 초봉의 전의식을 지배하며 늘 그녀가 필요할 경우에는 언제나 보호해 주며 그 어려움 상황에서 벗어나게 해주는 존재로 나타난다.

그러나 승재의 대리부의 관계 맺기는 단속적(斷續的)이다. 그는 어려운 상황에서만 나타나는 구세군적인 존재이기 때문에 보통은 초봉의 의식 속에 내재해 있는 상상적 존재이다.

『인간문제』 역시 주인공 선비의 일차적인 대리부인 덕호나 첫째의 대리부인 이 서방 이 두 사람은 모두 일차적으로 생계문제를 해결해 주는 존재들일 뿐이다. 그리고 이들 역시 성적인 욕구에 의한 계산적인 덕호의 선비에 대한 것과 이서방과 첫째모의 관계는 그것의 도덕성의 바탕에서 긍정과 부정으로 나뉠 뿐 둘 다 같다고 할 수 있다. 일차적인 생계문제의 해결을 위한 대리부를 바로 물질적 결핍의 물질적 충족형으로 유형화 할 수 있다. 그리고 이들은 대개의 우리 근대소설의 특징적 양상인 성적 교환을 통한 생활의 영위라는 현상의 한줄기를 예리하게 보여주고 있다.

이들 理性的 관계의 代理父는 이처럼 일차적 삶의 구원자적이며, 보호자인 존재들이다. 그것은 식민 사회의 주체와 정체를 동시에 상실한 비극적 상황을 가장 날카롭게 제시하고 있다. 또 이러한 대리부들을 통해서 당대의 빈궁과 그것에 대처했던 인물들의 투쟁양상을 집적할 수 있는 것이 바로 이러한 대리부의 존재들이라 할 수 있을 것이다.

3. 정신적 결핍의 이념적 충족형

1)『萬歲前』의 형제적 가권 옹호자

『만세전』[92]은 식민지 시대의 우리 현실을 가장 탁월하게 그려낸 작품

---

92) 텍스트로 삼은 본은 어문각본 1976년刊이다. 이하쪽수만 표시한다.

중의 하나로 인정되고 있다 환언하자면 이 작품은 작가에 의해 식민지 시대의 우리 민족의 비극적 위상과 그 현실적 주소를 명확하게 자각하고 쓰여진 작품이다.[93] 당시의 식민지 지배하의 우리 민족의 불행한 처지를 묘지로 은유화하고[94] 그것의 처참한 상황들을 그 동안의 관념적이고 추상적인 논술에서 벗어나 구체적으로 묘사했다는 데 이 작품의 문학적 가치가 충분하다는 평가를 받아왔다.[95]

동경과 서울이라는 서로 다른 공간의 좌표 원점을 축으로 해서 지배국과 식민지의 암울하고 냉혹한 사회 상황의 본원적인 대립의 문제를 날카롭게 제시하고[96]있는『만세전』은 우리 민족의 삶의 현장을 묘지(necropolis)로 보고 거기에서 탈출을 해야한다고 상징적으로 말하고 있는 것이다. [97]이렇게 사회적 상황을 이미 무덤화가 되어 있는 현실로 본다면, 정작 서사 문면의 갈등으로 나타나는 선영(先塋)의 여러 가지 문제는 작품내의 구체적 현장으로서의 무덤은 세대와 세대 간의 단절의 내면적 대립을 효과적으로 입상화하기 위한 전략으로 보여진다. 이럴 경우 이미 죽어버린 세대에서의 탈출이라는 것은 앞 세대를 전적으로 거부하고 있다는 상징적인 표현이다.

---

93) 김우창,「일제하의 작가의 상황」, 위의 책, 13쪽. 현대 한국문학의 발생과 전개를 이야기할 때, 삶의 가장 큰 테두리가 되는 것은 식민지라는 상황이다. 우리는 이 테두리를, 일제하에 쓰인 문학을 평가하는데 있어서 늘 기억해야 한다는 말은 공감이 되는 말이다. 다시 말하자면 이는 우리 근대문학은 식민지 지배하에 생산된 작품이기 때문에 그 시대의 특징적 양상이 내재되어 있어야 한다는 것이다. 견지에서『만세전』의 문학적 가치는 더욱 공고해지고 있다.

94) 이재선, 위의 책, 354쪽.

95) 김현, 김윤식, 위의 책, 158~9쪽; 신동욱, 김동욱 · 이재선 공저,『한국소설사』, 현대문학, 1990, 402~403쪽; 김윤식,『염상섭연구』, 서울대출판부, 1987; 김우창, 위의 책,「비범한 삶과 나날의 삶」,『염상섭전집』별권, 민음사, 1987; 이재선,「일제의 검열과 만세전의 개작」, 위의 책, 문학사상 84권, 79.11; 조남현,「염상섭소설의 문학사적 자리매김을 위한 試論」,『전집』별권.

96) 이재선, 위의 책, 278쪽.

97) 이때 그 탈출의 성과에 대해서는 다양한 논의가 있을 수 있고, 그렇게 다양하게 살펴지고 왔다(김종균 등).

묘지는 죽은 사람을 넣어두는 집이다. 소설 내에 드러나는 죽은 사람은 바로 전시대의 조상들이며, 또 죽어 가는, 즉 묘지로 향하여 걸어가는 것은 주인물 이인화의 아내이다. 즉 조국을 빼앗긴 조국의 암담한 미래 전망을 바라 볼 수밖에 없는 '인화'를 중심으로 한 당대의 젊은이들의 아버지 모두가 바로 묘지에 누운 사자(死者)이며, 만세 이후 상실감으로 자포자기하는 우리 민족 전체를 가리킨다. 아내가 동시대의 현상을 파악하지 못하고 그저 근대화니 독립이니 하고 날뛰는 즉 <혼란속의 패턴>98) 속에 헤매는 수평적 존재로 죽어가는 사람들을 은유화 한다면, 先을 중건하려는 아버지는 아직도 자신들의 여지가 있다고 믿고 있는 어리석은 기성들, 무모하게 과거를 회복하려는 행위를 부정적인 양태를 비유화하고 있는 것이다.

이러한 비유적인 상황들이 탁월한 작가의 기교에——서술 기법상 관찰자의 이동 시점과 조망법적인 기법 등——에 의해, 즉 이러한 두 죽음들의 의미를 선적인 여로(旅路) 공간의 확장을 통하여 살피고 보여주고 있는 것이다. 이러한 기법은 가치중립적이어야 더 큰 효과를 얻을 수 있기 때문에 작가 염상섭은 철저하게 가치중립적인 위치에서 사실주의적으로 소설을 쓰고 있다는 주장은 매우 적절한 지적으로 생각된다.99)

『만세전』의 실제부는 무능해서도 부정해서도 아니고, 이 두 요소를 각각 반 정도를 소유하고 있는 아버지이다. 그는 전통적인 부가장적 권위가 제거된 목소리만 남은 아버지이다. 그것은 무엇보다 가정의 경제적 사정에

---

98) 조남현, 위의 책, 75쪽.
99) 이재선, 위의 책, 282쪽. 그는 염상섭의 이러한 것을 중간적 의식이라고 부른다; 조남현, 위의 책, 어째서 염상섭은 그 자신이 일찍이 표방한 자연주의 정신과 수법에 등을 돌렸다는 말을 들을 정도로 작중인물에 대한 기본적인 好惡의 감정이 온통 중발된 또 작중 사건에 대한 의미화 충동이나 천착욕구가 거의 엿보이지 않은 작품들을 쓰게 된 것일까? 라는 말이 지시하는 의미 역시 위의 논지의 같은 맥락이다; 김경수, 위의 책 논문, 83쪽. 그(이인화)와 같은 인물화는 상층하는 두 개의 가치관이 공존하고, 그럼으로써 국가적 차원에서 자기정체성을 확인한 근거를 확실히 마련하지 못한 인물들의 갈등과 그로 인한 심리적 의식, 혹은 파행적 행동양식이라 할 수 있다는 논의도 이러한 맥락이라고 보여진다.

의한 소득의 획득, 즉 가사의 경영에 사용하는 재화를 얻고자하는 데에서 실패해버린 존재로 나타난다. 즉, 실부는 가독권을 박탈당한 패배자이다. 그는 자신에게 남겨진 재산을 탕진해 버린, 가족을 궁핍 속에 내던져 버린 무능한 아버지가 되어 있다. 그러나 그가 적어도 무능하다고 볼 수 없는 것은 그의 원대한 포부 때문이었다. 그가 돈을 '흐지부지 축을 낸 것은' 모두가 다 더 나은 집안을 이루어 보고자 했던 생각에서 저지른 잘못이기 때문이다.

비록 전대(前代)의 아버지들은 이러한 가산의 몰락을 가져왔다고 할지라도 적어도 理想的—父로서는 부적격자였지만 아버지란 현실적 이름이 주는 의미에서의 名目的 권위는 남아 있을 수 있었다. 그러나 당대의 현실, 즉 근대화가 이루어지는 시기에 있어서 입장출상을 바라는 아버지는 자식들에게 부정될 수밖에 없는 존재들이다. 문면에 나타나는 여러 에피소드들은 어떻게 하면 재화를 얻을 수 있는가 하는, 구체적이고 실제적이다. 이런 상황에서도 아버지는 그러한 실제성은 없고, 막연한 뜬구름 같은 것에만 집착하고 있다.

더구나 『萬歲前』에 와서는 그것마저도 이미 주권의 상실이라는 국가 소멸과 동시에 사라져 버린 것이다. 그런 아버지에게 남겨진 것은 사랑(舍廊)의 책상물림의 자리이며, 공허한 정치판의 기웃거리는 등 열패적 인식에의 자기 학대뿐이다. 국가가 소멸되어진 나라의 정치란 무의미한 공상적 소일거리에 불과하다. 그런 소일거리에 實父의 정력적인 노력의 경주는 도로(徒勞)의 현실적 의미를 제시하고 있다고 본다. 그 실제적 예가 바로 동우회의 일이다. 이는 實際父가 하는 유일한 정치 형태의 놀이판이며 옛날의, 실제적인 부권을 지닌 자신에 대한 존재 확인의 장소이다. 그러나 여기에서조차도 아버지란 고작 김의관이라는 오갈 데 없는 협잡성 인물에게 이용당하는 아주 부정적인 존재로 나타나고 있다.

동우회라는 것은 일선인이 同化를 포방하고 귀족 떨거지들을 중심으

로 하여 파고다공원 패보다는 조금 낮은 협잡배들이 모여서 바둑 장기
로 세월을 보내고 저녁 때면 술추렴이나 다니는 회이다. 회의 유일한 사
업은 기생의 연주회의 후원이나 소위 지명지사가 죽으면 호상차지나
하는 것이다.(231)

　　이러한 아버지의 변화된 원인은 무엇보다 먼저 사회적인 입장에서 살펴
보아야 한다. 이 시기는 이미 3·1운동이 실패로 돌아가고 경제적 침탈은
기왕에 성공적으로 끝이 나고 말았던 때이다. 또 만세 이후의 사회적 분위
기는 평온을 가장한 위급의 상황이었기 때문에 암울한 기운이 덮고 있었
다. 이인화가 정자에게 보내는 편지에서 술회하고 있는 내용은 단적으로
그것을 보여주고 있다. (지금 내 주위는 마치 공동묘지 같습니다. 생활력을
잃은 백의의 백성과 백주에 횡행하는 이매망량 같은 존재가 뒤덮은 이 무
덤속에 들어앉은)그의 이러한 고백 가운데서 생활력 잃은 백의의 백성은
이념도 경제력도 모두 상실된 아버지로 나타나고 있다.
　　산업사회의 가부장제의 가독권은 필경은 경제적 바탕을 기반으로 성립
되는 것이다. 그것을 아들에게 이미 넘길 수밖에 없었던 실제 아버지는 더
이상을 아버지로서의 권위를 지닐 수가 없었다. 즉 실제부는 과거의 전과
에 연루되어 자식에게 부정되고 거부되어 그 가독권을 넘길 수밖에 없게
되었다. 사회경제적 논리에서 보면 가정의 실제 운영자는 소득과 지출을
하는 인물을 가리킨다. 문제는 그러한 경제권이 아들에게 넘겨줘야 하는
현실적 결과에 있다.
　　가독권을 상실한 아버지의 위상은 호상(護喪)이나 기생의 후원자로 전락
이 되어 버렸다. 이러한 아버지 위상의 변화는 모든 실권을 잃은 것의 대상
화로서 나타나고 있다. 즉 아버지라는 부권적 사회에서 권위적인 위상은
사라지고 父라는 허명만이 남아 있음을 보게 된다. 전대의 적어도 개화니
수구니 하는 추상적인 관념론적 갈등 안에서는 자신의 위치를 확보할 수
있었을 것이다. 그리고 결혼을 매개로 전개되는 보수와 진보의 갈등에서도

實父의 목소리는 있었을 것이다.

그러나 『만세전』에서는 이미 결혼을 해 버린 작중인물들인 아들이라고 설정되어 있음으로 아버지의 역할은 어디에도 끼어들 틈이 없게 된다. 아버지는 살아 있으나 이미 그 기능이 정지되어 소멸되어 가고 있는 존재로 나타나고 있다.(부어라! 마셔라! 그리고 잊어버려라! 이것만이 그들의 인생관인지 모르겠다)100)로 표상되는 아버지 세대들의 허무와 퇴폐는 마침내 존재의 소멸로 나타나게 되는 것이다.

수평적 관계로서의 代理父인 형이 가독권을 쥐고 있다는 것은 그가 수입과 지출이라는 가계 경제의 주체라는 점에서 드러난다. 경제적 주체가 누구냐이냐는 근대 사회의 헤게모니의 향방을 살피는데 가장 긴요한 척도이다. 그것을 주관하는 사람이 사실상 가부장인 것이다. 이러한 점은 모가부장제 (momismus)소설의 항상적 특징은 경제 주관자가 바로 여성이며 그것이 보통 어머니라는 사실로 유추할 수 있을 것이다. 『만세전』에서 형은 그것을 소지한 자이다. 그래서 그는 은연중의 그러한 자신의 위치를 드러내고 있다.

> "무슨 급한 볼일이 있깅 돈을 들여가며 노중에서 묵었단 말이냐?
> 벌써부터 형님의 말소리는 차차 거칠어 갔다.
> "별로 볼일는 없지만, 몸도 아프고 완행이 되어서 여간 지리하여야지요?"
> "웬만하면 그대루 내친 길에 올 게지. 너는 그저 그게 병통야."
> 하며 형님은 잠깐 눈살을 찌푸리는 듯하였다.101)

이렇게 시작하는 아버지의 자격으로서의 형은 자신을 과시하고 있다. 이러한 예들은 이미 現實父라는 존재의 거부 내지 소거를 암시해 준다. 이러한 아버지 소거의 양상은 그의 초기 삼부작 중의 하나인 『除夜』에서는

---

100) 만세전, 234쪽.
101) 만세전, 209쪽.

더 분명하게 나타나고 있는데[102] 이런 문면들의 내적 의미는 아버지가 존재하기는 하지만 권위의 상실이 현저할 때 나타나게 된다. 위 예문은『은세계』의 옥년이 옥남에게 하는 말투와 비슷하며, 도『무정』의 병욱이 기차에서 처음 만난 영채에게 인간의 존재란 개체라고 설득하는 행위와 같은 것이다.[103]

　實際父의 부정화가 초래하는 현실적 상태는 代理父를 만들어 내고 있다. 『만세전』에서도 그와 같은 존재가 나타나는데 이러한 역할을 하는 사람이 바로 소설내에서 인물의 형이나 자매 등으로 나타나는 현상을 형제에 의한 擬似父관계의 성립, 즉 형제적 부(sibiling father)의 관계로 볼 수 있다. 특히 아버지의 존재가 분명하게 살아있음에도 불구하고 발생하는 이런 결과는 바로 실제 아버지의 존재론 거세이며, 이럴 때 형은 아버지의 환치(換置)된 존재이다.[104]

　『만세전』의 실제부는 바로 이러한 경제적 금치산자에 해당되고 그것은

---

102) 何如間 나는 그의 딸이란 事實을 니즈시면 아니되겠습니다. 果然 나는, 肉의 磐石 우세 선 父親과, 破倫的 더구나 性的 密行에 對하야 怪異한 興味와 습성을 가진 母親사이에서 비저만든, 不義의 象徵입니다. 肉의 詛呪바든 因果의 子입니다. 아―나는 私生兒입니다.――마즈막 죄를 또 한번 지을 作定하고 한마듸 외침니다. 나는 姦夫姦夫가 만들어노은 慘酷한 고기성어리라고.(제야,『염상섭전집』2권, 69쪽). 부모를 간부라고 고백하고 있는 그녀에게는 자식도 肉塊이지만 부모 역시 그렇게 전락시키는 현상이 나타나는데 이는 그의 초기작 대부분에서 보여지는 공통점이다. 성적 국면에서만 살펴보아서 그런다고 하겠으나(이는 김우창과 김종균의 전게서 참조) 부모와 자신을 동시에 비인화시키는 주인물들의 시각은 父子의 관계를 살피는 데에 퍽 시사적이다.

103)『은세계』, 199쪽. 옥순: 오냐, 기특한 말이다. 네 마음이 그러할수록 죽지말고 살았다가 나라를 붙들 도리를 하여보아라.와 비교해보면 그러한 양상들이 더욱 두드러지는 것을 느낄 수 있을 것이다.

104) 이럴 때 兄弟―姉妹 형태의 父(Sibiling ― Father)의 관계 역시 충분하게 가능하다. 實際父의 부재나 소멸적 상황에서 형과 아우 등은 언제나 疑似父적 관계를 형성할 수 있다. 원래 父子관계는 二價的 관계임으로 수평적 형제관계는 수직화 될 수 없는 것으로 보이기도 하지만 가독권을 소유한 형은 아버지를 대신할 수 있다는 것이 최근까지의 우리의 법적 근거였다.

가족내에서의 위상의 금치산자로 전락된다. 이리하여 그는 파락호이며, 허풍선이로 망국의 정치판에서의 직권을 꿈꾸는 사람으로 풍자된다.(중추원 부찬의는 벌써 철 겨운 지가 언젠데? 설령 그게 된다기루 그건 왜 하지 못해 애를 쓰신답니까? 참 딱한 일이야. 등등으로)그래서 그는 여러 이유로 모든 이들에게 동정을 받게 되는 존재로까지 전락될 뿐이다.

거기에 비해서 이제 가독권을 넘겨받은 형은 명실공히 代理父로서 모든 것을 지휘하고 통솔하게 된다. 물론 주인공인 이인화의 행동 역시 예외없이 지배를 받는다. 그러나 언제나 實父와의 갈등으로 인한 理想父의 설정이 대리부를 낳듯이 형과 아버지의 갈등은 이인화와 아버지와의 갈등과는 다르다. 대리적부인 형은 가계를 유지하려는 입장에서 아버지와의 위화와 갈등으로 빚는다. 즉 이는 현실적 적응이라는 입장에서의 능력에 따른 것일 뿐이다. 갈등이나 위화의 가치에 대한 측정이 아니라는 점은 매우 중요하다. 그것은 이인화와 아버지, 형과 아버지라는 삼각형의 구도에서 진실로 부정되고 있는 것이 누구인가를 밝혀주기 때문이다.

이 형님이라는 사람은 한학으로 다져 만든 촌 생원님이나 우리집에는 없으면 안될 사람이다. 부친이, 합방 전후에 거진 정치열, 명예광에 달떠서 경향으로 동분서주하며 넉넉치 않는 가산을 흐지부지 축을 내논 분수로 보아서는 지금쯤 내가 유학을 하기는 고사하고 밥을 굶은지가 벌써 오랜 일이었겠지마는, 얼마 아니 남은 것을 이 해여님이 붙들고 앉아서 바자위게 꾸려나가기 때문에 이만치라도 부지를 하게 돈 것이다. 다른 것은 그만 두고라도 보통학교 훈도쯤으로 이천여 원 돈이나 모은 것을 보면 규모가 얼마나 째인 사람인가를 상상하기에 어렵지 않을 것이다. 그러나 나로서는 존경하면서도 성미가 맞을 수는 없었다. 생각하면 우리 삼부자같이 극단으로 다른 길을 제각기 걸어나가는 사람들은 없다. 세상에는 정치밖에 없다는 부친의 피를 받았으면서 보수적 전형적 형님과 無理想한 感傷的 유탕적 기분이 농후한 내가 태어났다는 것이 세상도 고르지 못한 아이러니다.105)

예문에서 살펴지듯이 인화에 의한 형과 아버지의 가치의 매김은 구체적으로 드러나지 않고 있다. 오히려 삼부자의 각기 다른 성향과 그것으로 인한 아이러니만이 나타나고 있다.

실제부의 실패는 형에게 실적(實的) 의미로의 가독권을 소유하게 만들고 있다.106) 즉 대리부가 되어 있는 것이다. 인화나 대리부인 형의 실부에 대한 진정한 否定의 원인은 다름 아닌 세계에 대한 인식의 부족이다. 實際父가 정치에 나섰다는 것은 개화니 수구니 하는 관념론의 세계에서 정작 그 현장에 뛰어 들어갔다는 것을 증거해 주는 것이다. 아버지의 실패는 세상을 읽어내지 못하고 있다는 데에서 나타난다. 당대의 현실, 열강의 각축과 일본의 적극적인 개입으로 국가의 존폐가 달려있는 상황에 정치로의 투신은 차라리 망명보다도 더 부정적인 대응책이었다. 그러나 실부인 아버지는 그것을 지니고 있지 못했다는 것을 강조하고 있는 것이다. 결론적으로 實父는 조국의 상실과 그것에의 부적응, 즉 이념의 상실이 아버지를 소멸의 상태로 삼투하고 만다.107)

작가에 의해서 부정화된 아버지의 상이 이렇다면, 긍정화되는 이상적 아버지상은 무엇인가. 바로 代理父인 형의 상인가하는 것에는 재론의 여지가 있다. 왜냐하면 代理的 父로 관계를 맺은 형의 형상도 거의 아버지의 다른 한 편을—즉 아버지가 결핍된 부분의 모습이나 또는 아버지를 잇는 정신적 양태를— 보여주고 있다. 이런 모습은 전통적인 가치 척도를 나타내는 부분에서 더욱 분명하게 나타나고 있다. 그러므로 그도 역시 理想的一父

---

105) 만세전, 209쪽.

106) 본고에서는 家權과 가독권을 다르게 사용한다. 가권이란 가정의 모든 일을 결정하는 것을 말하고 가독권을 가정의 씀씀이에 대한 권력을 말한다. 그러므로 대리부인 형은 가독권을 관장하고 있지만, 가권은 없다. 실부인 아버지는 가권은 지니고 있지만 가독권은 없다고 본다.

107) 이재선, 위의 책, 283쪽. 그는 소학교 교원으로서 칼을 차고 출세와 탐욕으로 처신하는 형, 한때는 바른 정신과 행동으로 현실에 임했지만, 회유 정책에 휘말려 탐욕스런 친일 협잡꾼으로 전락해버린 김의관에 이끌려 정치적인 허영에 들떠 있는 아버지, 라고 밝히고 있다.

가 아니라는 것을 보여주고 있는 것이다. 이런 양가치의 균등한 부정화(否定化)는 작가의 의식적인 주제의 표출로 볼 수 있다.

주인공 '나'의 유탕적인 점과 형의 전형적인 점은 극단의 성격을 보여주는 것이며, 비이상적인 나와 보수적으로 표현되는 형의 성격 사이에는 현실에의 접근에 대한 원근감이라는 가늠대가 은현되고 있음을 알 수 있다. 예컨대 현실에의 친화력을 지닌 형과 그것에 소원(疏遠)한 그의 성격은 같은 부친이라는 동류항이 있다손 치더라도 전혀 별개의 것으로 살펴진다는 것이다. 그것은 오히려 주인공 그에게 이상적 부를 소원하는 심정이 강하다는 말이고 代理父인 형은 理想的一父의 존재 가치를 상실한지가 오래된 인물로 보여진다는 것이다.

이러한 현상, 곧 實際父와 代理父 둘 다에 대한 주인물 이인화의 부정은 문면에서는 그가 다시 내지로 돌아가는 것으로 나타나고 있다. 이러한 사실은 현실에서 이상적 부의 획득은 불가능하다는 것과, 대리부 역시 부정적인 요소를 지님으로 결코 이상적 부가 될 수 없는 것이라고 본다.108)

그의 일본으로의 회귀는 우리에게 있어 근대화 또는 근대화 또는 근대의식이 발아가 어렵다는 작가의 의식 투영이라는 것으로 살펴질 수 있다.109) 또 代理父인 형의 진정한 가치가 아버지의 그것과 비슷하다는 동가치적인 양상은 우리가 현실적 대응방법이 부족하다는 것을 암시하고 있다고 보여진다. 즉 형은 일본에 기대어—그는 소학교 훈도이다—있기 때문에 부정적이다. 그래서 그는 대리부이면서도 전체적인 가권을 쥐지 못하고 오

---

108) 김우창, 위의 책, 115쪽. 그러나 더 흥미로운 것은 형의 보수성이 옛 것을 참다운 의미에서 보존하겠다는 보수가 아니오(전통적 의미로), 동생의 새로운 윤리가 무조건 새것으로 헌 것을 대치하자는 것이 아니라는 것이다. 이를 아버지상의 입장에서 살펴보면 참다운 부상, 이상적 부상으로 회귀가 아니라는 것이며, 이인화 역시 이상적 부를 더 찾겠다는 것이 아니오 새로운 아버지상을 만들겠다는 것으로 생각할 수 있다. 즉 대리적 부로서의 형의 임무는 그의 물질적인 만족을 위한 존재라는 것을 의미하고 있다.
109) 김윤식, 『염상섭 연구』, 213쪽.

로지 가정 경제를 지휘하는 영세한 대리부인 것이다. 그래서 수평적 관계의 대리부는 가정의 운영이라는 입자에서만 대리부가 되는 공통적 양상을 보이고 있다.

이인화가 아내의 죽음 이후에 서울을 떠나 다시 일본으로 향하는 것으로 나타나는 회귀의 과정이『만세전』의 결점으로 비추는 것으로 나타나는 것은 바로 이렇게 전통적 實際父의 어리석은 행동으로의 현실 대응과, 일본에 기대인 代理父의 허망함에 대한 통렬한 비판이라고 보여진다. 이러한 점을 고려하지 않고 이 텍스트에서 이인화의 일본으로의 귀환을 소설적인 결함으로 보는 것은 잘못되어진 해석이라고 생각한다.

2)『故鄕』의 상동적 지지자

이기영은 우리 경향 문학이 내세우는 최고의 작가라는 것은 거의 정설로 굳어있는 것으로 보인다.110)그리고『고향』은 그의 대표적 장편소설일 뿐 아니라 한국현대소설사에 있어서 프로레타리아의 미적 요구에 부응한 최대의 작품의 하나(이재선, 전게재), 또 일제 강점기에 쓰여진 카프계의 작품의 최고의 수준(김윤식,『한국 현대 현실주의 소설 연구』, 문학과 지성사, 1990), 경향소설 제일 큰 기념비적 작품(김태준,『조선소설사』, 학예사, 1939, 217쪽), 일제하 이기영 자신의 작품 중에서 정점을 차지하며, 그리고 일제하의 농민소설의 가장 뛰어난 작품으로(김재용,『일제하의 농촌의 황

---

110) 조연현,『한국현대문학사』, 성문사, 1960, 417~418쪽. 그러면서도 이기영은 프로문학계의 대표적인 작가였다. 그가 프로문학계의 대표적인 작가라는 것은 전술한 바와 같이 프로문학의 공시적인 기계적인 경향이 가장 현저했던 것이 그 하나이며,...... 그럼에도 불구하고 다른 프로문학계의 작가들보다는 그래도 그 기계적인 공식적인 경향의 졸열성이 덜했다는 것이다....(기계적 공식성이)『鼠火』에서의 리얼리티의 강도에 의해서 어느 정도 가시어지고,『故鄕』에서는 그의 다른 작품에서는 전혀 볼 수 없었던 서정적인 요소에 의하여 감퇴되어 졌음을 말하고 있는 것이다; 이재선,「反抗의 詩學과 想像力의 제한」,『세계의 문학』50권, 1989.

폐화와 농민의 주체적 각성』, 풀빛, 1989) 등과 같은 양적 질적으로 상당한 찬사를 받았던 작품이다.

그러나 이러한 찬사에도 불구하고 그것은 다양한 결점 역시 포함하고 있다. 특히 지금까지의 연구가들에 의해서 드러난 제일 큰 텍스트 내에서의 잘못은 바로 주인공인 안승학의 딸 안갑숙의 변화된 모습으로의 등장이다. 그녀의 돌연한 변화가 소설 내에서의 리얼리티를 감소시키고 있으며, 또 작품 결말의 어설픈 승리도 이와 같은 연결고리에서 그 미숙성을 찾아볼 수 있는 것이다.

실제부 안승학은 우리 소설에서 흔히 볼 수 없는 부정적인 존재다. 그는 경제적 사회적 무능력에서 딸 갑숙에게 소원화 되는 것이 아니고, 그의 부정적인 행위로 인한 딸의 의도적인 가출로 인해서 이미 결핍된 아버지가 되며 부정된 실제부가 된다.

실제부 안승학은 전형적인 악인형 인물로『太平天下』의 윤두섭과 함께 우리 근대소설의 가장 부정적인 인물로 나타나고 있다. 이러한 관점에서 그는 충분히 인물론적 관심을 끌 수 있다.

남주인공 김희준의 경우 그의 실제부는 이미 이념적인 면에서는 결선(缺先)된 존재로 나타나고 있다. 그들은 현실이란 것을 인식하지 못하는 존재들로 나타나고 있기 때문이다. 이념적 代理父의 존재가 나타나기 위해서는 인물들의 父가 부정적이거나 대립직인 실제부로 나타나야 하는데『故鄕』의 김희준의 부모는 그러한 인물들이 되지 못하기 때문이다. 이는『鼠火』의 부와 비교해보면 그 차이가 특징적으로 드러난다.111)

그러나 안승학은 다르다. 그는 화폐적인 축적의 의미와 그것의 존재 가치를 아는 물화된 존재인 것이다. 그리고 무엇보다 재화의 획득을 위해서는 어떠한 일도 마다하지 않는 전적으로 물신화된 부정적인 인물형이

---

111) 서경석, 김윤식·정호웅 공저, 「리얼리즘 소설의 형성」, 『한국 리얼리즘 소설연구』, 179쪽.

다.112) 그는 이와 같은 행동으로 이념적으로 자식들에 부정되고 소결되는 것이다.

『故鄕』은 그 소설적 지정학을 농촌으로 설정하고 있다. 또 고향은 소설 내부에 있어서 이중의 상징적 공간으로 나타나고 있다. 하나는 식민지배하의 고통의 장소로서 그렇고 다른 하나는 자본주의의 모순에 빠져 허덕이는 농민들의 가난의 원인을 계급주의적 시각으로 살필 수 있는 자료적 공간으로 설정되어 있다. 이러한 이중적 상징을 가능하게 하기 위해서는 내부적 필연성이 주어져야 하는데 보통 그것은 다음과 같이 이항 대립적인 관계로 나타난다. 빈부, 지주와 소작, 빈궁과 풍요 등이 바로 그렇게 대립되어 있는 세목화된 요소들이다.

즉 안승학 : 권필상 = 안갑숙 : (   )라는 꼴로 드러나게 된다. 즉 부자 : 부녀의 대립으로 구성되어 나아가야 하는데 텍스트는 안승학과 갑숙의 대립까지는 갔으나 궐필상 : 권경호의 대립으로 나아가지 못하고 있다. 이러한 것은 프로문학의 정형적 구성으로 말미암은 것으로 보이기도 한다. 그러나 본고에서 논의하고자 하는 代理父的 유형화에는 오히려 그 형태가 분명하게 나타나고 있음을 알 수 있다.

안갑숙은 아버지와는 대립적인 존재, 이념적으로 이미 성취된 삶을 살고 있는 무장된 사회주의 일군으로 나타나기 때문에 그 아버지와의 갈등은 필연적이다. 또 그녀는 자연스럽게 김희준과 동류로서 동지적 관계를 성립

---

112) 우리 근대소설의 보통 경우에도 아내와 딸의 性的 商品化는 자주 등장하는 모티프처럼 되어 있다. 그러나 여느 작품에서의 이런 상황은 가난이 극도로 생존권을 압박할 때에만 발생하는 사건이다. 즉 현진건, 나도향, 김유정 등등의 작품은 그렇게 할 만한 현실적인 문제 때문에 성의 賣買가 이루어진다. 그러나 안승학은 이미 치부를 한 다음에도 갑숙을 이용하여 돈을 얻어내려는 계략을 꾸민다. 더구나 부정적인 것은 그가 이미 법률과 정보의 先取라는 근대화된 방법을 동원하여 타인을 위협하거나 공갈을 한다는 것이다. 이러한 것은 그가 마름이 되기 전의 電報라는 제도적 장치를 이용하여 마을 사람들을 경악시키는 삽화로도 충분히 해설될 수 있다.

하고 있다. 물론 이들의 이러한 관계가 텍스트의 처음에는 전혀 보이지 않다가 마지막에 가서야 이루어지는 데 이는 작가 이기영의 서사적 전략인지도 모르지만, 소설을 설명할 수 있는 것은 소설뿐이라고 했을 때 이는 치명적인 작품의 결함이라고 보여진다. 여기에 대해서 전에도 지적하고 있다시피 갑숙의 불명료한 인물설정과 그 기능이 이 작품의 구조를 약화시키고 있다는 논자들의 연구의 정당성을 확연하게 보여준다. 즉 작품을 써내려가면서 갑자기 선회해서 작품의 밀도가 조금은 쳐진다는 민병휘나 한형구의 지적은 날카롭다고 할 수 있다.

문제는 안갑숙이 아니라 김희준이다. 그는 일종의 공동원적 代理父[113]로서 존재한다. 그러므로 그는 자연스럽게 부자의 갈등이나 代理父를 만들지 못하게 되며, 오히려 대리부가 되고 있음을 알 수 있다.[114] 그러나 그의 대리부로서의 결격 사유는 여러 곳에서 나타나고 있다.

아비란 자식이라는 존재가 있어야 비로소 힘과 권위를 갖게 된다.[115] 그런데 김희준을 대리부로 삼을 만한 소설내적 인물이 없다는 것이 그를 공동원적 대리부의 위상에서도 약화시키고 있다.[116] 왜냐하면 비록 소략하

---

113) 본고의 2-1-4의 정도령의 존재론적 의미와 같이 그는 마을 전체의 아버지 적인 존재로 나타난다. 이는 여러 연구가들에 의해서 살펴진 부락 공동체로서의 두레의 연구나, 집단적인 행위로 자신들의 이익을 쟁취하려는 최소한의 의식의 변모를 통해서 충분히 설명되어 지고 있다.

114) 서경석, 위의 책, 179쪽. 서경석은 김희준이 완결된 인물이 지니는 추상성에 서 벗어나고 있다고 보고 있다. 과거의 경향소설의 주인공들이 대개 투사형의 지식인으로서 완결적인 성격의 소유자였다면 김희준은 이러한 측면들이 거세되어 나간, 관념에서 벗어난 구체적 인물이다고 본다. 그리고 이런 견해는 대리부의 변이 양상을 보여줌으로써 그 유형화의 정당성을 입증하고 있다.

115) 어떠한 아비든지 아버지라는 이름(in-the-name-of-the-father)은 일종의 질서 체계를 지니고 있다고 보는 라깡의 견해 역시 이런 의미에서 말해지는 것이다.

116) 한형구(김윤식, 정호웅 공저, 위의 책, 160쪽).
한형구는 이러한 것을 두레로 나타나는 공동체주의 양상이라고 본다. 또 그는 이주형(『1930년대 한국 장편소설 연구』, 서울대 대학원 박사학위논문, 1983, 107쪽)을 원용하여 『故鄉』의 사건들이 주인공과 무관하게 집적되고 있다고 보며, 이

게 되고 말았지만 『鼠火』의 정광조는 진정으로 돌쇠의 마음을 움직이고, 마을전체에 영향력이 있는 전형적인 매개적인 인물로 나타나기 때문이다. 영웅적 형상화의 실패로 말미암아 그는 오히려 진정성 있는 인물—즉 리얼리티가 있는 현실적 존재—로 나타나고 있다.117)

> 원터의 젊은 사람들은 차차 부조(父祖) 전래의 구습을 버리게 되었다. 그들은 희준의 지도를 받아서 첫째 술을 과음하는 버릇을 고치게 되었다. 술과 기타 음식을 일정하게 제한을 해서 먹고 매사에 서로 불공평한 일이 없게했다.(439)118)

김희준을 중심으로 한 원터의 젊은이들의 정신적인 충일한은 점차 증가하고 있음으로 김희준의 애매한 代理父의 역할은 계속된다. 그러나 김희준이 그들의 수직적인 관계를 없애버린 것은 그것의 부정적인 행동이었지 사실은 그들의 관계가 아니었다. 그래서 김희준은 언제나 흔들리게 되는 것이다.

러한 이유로 작품이 구체적 형상성을 획득하기 위한 서사적 장치에 의한 것이라고 본다.
117) 이재선, 전게재.
그는 이러한 인물을 러시아 문학연구에서 이용한 肯定的 人物(positive hero)이라는 용어를 차용해서 살피고 있다. 긍정적 인물이란 사회주의 제도하의 나라에서 문학의 기능이나 문학과 사회와의 관계, 작가의 사회적 의무같은 것을 논할 때 흔히 초점이 되는 인물로 한마디로 공동 내에서의 덕성적 인물을 말한다. 이렇다고 보면 과연 김희준이 덕성적 인물인가에 대한 논의가 우선적으로 있어야 한다. 그는 아내와 음전 사이, 자신과 옥희 사이를 한없이 방황하고 있는 존재로 드러나고 있기 때문에 덕성적이라는 어휘를 대입하는 것이 어렵게 보인다. 그러나 이 용어가 사회주의적 인물을 지칭하는 명사로 轉用되어 사용될 때 그는 부르주아 사회에 대항하여 싸우는 혁명론자의 像으로 형상된다.
Rufus W.Mathewson Tr, *The Positive Hero in Russian Literature*, Stanford U.P., 1975, pp.2~3.
118) 텍스트는 풀빛에서 나온 1989년 판을 중심으로 함. 이하 쪽수로만 표시함.

아니 아니게 아닐 저기 생각에는 그들이 엔간히 자각시킨 줄만 알았
는데 — 농민의 생활과 이익을 위해서는 엔간히 그들이 나아갈 방향을
짐작한 줄 알았는 데 — 급기야 일자리에 내세워 놓고 보니 그것은 허수
아비같이 너무도 무력하다는 것이 차라리 놀랄만한 일이었다.
지금은 야학도 하지 못하기 때문에 그들을 한자리에 앉혀놓고 격려
할 기회도 없다.(513)

이렇게 해서 희준의 공동원의 대리부로서의 기능은 약화내지 소멸화되
고 만다. 거기에 대하여 안갑숙의 이념적 충족형의 대리부는 놀랄 만큼 강
하게 나타나고 있다. 그것은 실제부의 반감과 위선의 크기에 비례해서 대
리부의 추구력이 강력해지고 있다는 것을 반증한다.

우리의 근대가 바라지 않은 방향으로 가게된 것은 이미 주지의 사실이
다. 그 바람직하지 못한 현실에 대해서 당대인들의 절망이 클수록 그것을
자각하려는 노력 또한 커지게 되는 것은 지극히 자명한 일이다. 우리 근대
소설의 유학생은 그러한 것을 위해서 자신을 바친다는 심정적인 순교자들
이며, 동시에 계몽자이기도 했다.

김희준 역시 그렇다. 그는 그렇게 해서 동경으로 유학을 갔다 온 인물이
다. 그러나 그가 돌아왔을 때, 그는 전혀 유명한 자이거나 훌륭하게 보일
자격이 없는 초라한 행색으로 나타난다. 아무도 그를 돌아보지 않는다. 다
만 자가하려는 존재, 심정적인 응원자를 찾고 있던 사람에게만 그는 능력
있고, 계몽적인 존재가 된다.[119]

계몽적인 교화적 인물들은 늘 변화하는 인간상을 위하여 존재하는 기능
적인 인물상들이다. 그들의 일은 주인공이나 추종자들을 현재의 상태에서
더 나은 곳으로라는 긍정적 방향으로의 인도, 즉 바람직한 사회화 과정을

---

119) 김재용, 위의 책, 573쪽. 농민들 중에서 늙은 세대의 한 사람인 김선달과 젊은 사
람세대의 한 사람인 인동의 참여는 그러므로 이런 양상을 단적으로 보여주는 인
물들이다. 이런 관계(누군가를 만나서 그와의 상호 관계 속에서 이루어지는 삶의
방향성)는 그것의 범위가 축소되더라도 시사하는 바가 크다고 볼 수 있다.

인도한다. 이럴 때 소설이란 중요한 도구이다. 왜냐하면 소설이란 작가의 가치관이 소설의 미학이 되는 유일한 문예 장르이기 때문이다.[120] 그러므로 희준은 작품 내에서 미학의 자리에 갈 수 있게 된다. 그러므로 그는 행위에 대한 가치를 인정받게 되는 것이다.

안갑숙은 그렇지 않다. 그녀는 마이너스적인 자리에서 출발하여 프러스적인 방향으로 나아가는 서사적 추동적인 인물이다. 『故鄕』은 김희준을 중심으로 전개되는 이야기로 보면 갑숙의 변화와 이에 대한 부정적인 평가는 충분히 그럴 수가 있다.[121] 그러나 그것이 본고에 의하면 정정되어야 한다고 본다.

안갑숙의 대리부로서 설정되는 김희준을 살피면 문제는 다르게 된다. 즉 안갑숙은 전대(前代)의 부정적인 삶들을 총체적으로 공격하기 위한 일종의 필연적인 작중 인물이라고 보아야 한다. 그녀가 없었다면 본 소설의 구조는 상당 부분 약화되었을 것이다. 앞 문단에서도 언급되었지만 이 텍스트는 김희준을 중심으로 전개되는 것이 아니라 오히려 안승학과 그의 집안을 중심으로 전개되는 가정소설이라고 할 수 있을 정도다. 그 예는 다음에서도 찾아 볼 수 있다. 즉 안승학의 마름되기 이전의 상태는 갈등을 일으킬 아무런 조건을 제기하지 못한다. 또 안갑숙의 가출이 없었다면 단체 쟁의의 해결은 없었고, 나타나지도 않는다. 경호와 갑숙의 로만스가 준비되지 않았더라면 권상철과 안승학의 갈등도 없었을 것이다. 오히려 이처럼 『고향』은 안승학을 중심으로 전개되는 가족적인 이야기 속에 동리와 그들과

---

120) G. Lukacs, *Der Theorie des Roman*, p.16.
121) 민병휘, 「춘원의 '흙'과 민촌의 '故鄕'」, 조선문단 23호, 1935.5. 민병휘는 그녀의 존재와 그녀의 행동에 핍진성이 부족한 점을 들어 "관념의 화신"으로 보고 그 소설인물로서의 생경함을 고향의 약점으로 지적하고 있다; 한형구는 안갑숙을 자신(이기영)의 작품에 노동자적 현실의 삽입의지에서 나온 억지적인 인물로 보고 노동자적 계급의식을 삼투, 투영시켜야만 된다는 整論性 이론의 요구를 무시할 수 없었기 때문에 만들어진, 소설 내적 인물이라고 보고 역시 민병휘와 같은 입장에서 부정적인 요소로 살피고 있다.

의 갈등이 삽입되는 이야기로 해석될 수가 충분히 있다고 본다.

실제부 안승학이 자녀들에게 부정화되는 것은 그의 蓄財와 생활의 이기성과 착취적인 행동 때문이다. 그렇기 때문에 갑숙은 이상적인 부를 찾게되는 데 그런 상태는 그녀가 집을 나서려는 데에서 찾아 볼 수가 있다. 다른 소설들과 달리 갑숙을 중심으로 한 가족들에게는 궁핍의 요소는 작용되지 않는다. 그러므로 당연하게 이념적 갈등으로 代理父를 찾게 된다. 그러한 대리부가 바로 김희준이었다. 그러나 처음에는 갑숙은 그를 代理父로삼지 못한다. 왜냐면 그녀와 아버지의 위화가 생기게 되는 것은 그녀의 가출 직후이기 때문이다. 단지 그녀가 實父인 안승학을 위악한 인물로 보고있는 것은 사실이지만 그것이 경호와의 관계에서 노정이 되기 이전에는 잠재되어 있기 때문이다. 즉 애정이라는 기폭제가 그녀로 하여금 삶과 현실을 다시 보게 하는 일이 먼저 일어나고 있기 때문이다.

안승학은 오슬로모프형의 전형적인 부정형 인간이다.[122] 실제로 그는부의 축재로부터 나중의 행동에 이르기까지 전통적인 악인형의 인물로 고착적인 면을 보이고 있다. 무엇보다 그는 致富에 이르는 것이, 즉 자본주의의 상징물인 돈을 소유하는 것이나 권력을 선점하는 것이야말로 중요한 것이라는 주장에서 나타난다.

> 그래 그(안승학)는 아들 딸에게도 사람은 돈을 벌어야 된다고 훈계를했다.
> "너희도 돈을 벌어야 하느니라. 사회니 뭐니하고 떠들어도 결국 돈가진 놈의 노름이야. 다 소용없어! 그저, 돈이나. 애비가 오늘날 이만한지위를 얻은 것도 무엇 때문인줄 아니? 돈 때문이야, 지금이라도 돈 한가지만 없어봐라. 다시 쪽박을 찰테니, 흥!"(94쪽)

---

122) 오슬로모프주의란 寄生蟲的인 地主이 生活 태도를 지칭하는 인물들을 말한다. 그들은 소작인들의 노동을 희생 삼아 자신들의 이윤을 극대화시키는 자본주의의 부정적 존재들이다.

그는 돈을 거의 사고 판단의 중심에 놓고 있다. 돈이 즉 생활의 힘이다. 돈이 없으면 인간의 삶이 위태롭다고 하는 데에까지 이를 정도로 그는 돈의 자장과 그것이 주는 힘의 원천을 알고 있는 것이다. 더구나 그는 돈이야말로 수단이라는 것을 넘어서 목적이 된다는 사실을 누구보다 더 명백하게 인식하고 있는 것이다.

문제는 그가 돈을 목적으로 삼았다는 데에 있는 것이 아니라 오히려 그것이 그 자신만을 위하는 데에 있는 그가 자신을 중시하는 것은 텍스트를 통해 여러 군데에 걸쳐서 반복되고 있다.

> 갑성이가 울며불며 모친의 자살미수한 말을 해가며 폭백을 하는 바람에 승학이도 어이가 없어서 기가 쏙 들어갔다.
> "저런 고약한 놈을 보아, 이놈아 애비는 남자니까 괜찮지만 계집애는 그렇지 못한게야."
> 이 말에 상모자는 기가 막혀서 웃었다.
> 그러나 승학은 한바탕 야단치러 올라왔다가 도리어 아들들에게 코가 납작하도록 몰려세우기만 하였다.(323쪽)

돈과 자신의 행위에 대한 무조건적인 타당성이 근대 산업사회의 급진적인 부자인, 파프뷰느(parvenu)의 속물을 보여주고 있다. 이러한 그의 행동이 마침내 자식들로 하여금 아버지를 버리게 하는 것이다. 더구나 그녀는 물질적인 부족에서 아버지를 도태시키는 것이 아니라는 점에서 그녀의 의식 내부에서 아비 살해는 정신적, 즉 이념적인 결핍에서 오는 것이라는 것을 확인 할 수 있다.

> 우선 갑숙이 자신을 두고 보더라도 그는 물질적 생활에는 그다지 부자유가 없는 이상 남보기에는 자유롭고 행복할 것 같지만 실상은 그렇지 못한다.
> 그는 처녀의 순진한 마음으로 무지개와 같은 고운 행복을 손짓해 불

러 보았다. 그러나 그에게 부딪힌 현실은 봉건적 사상과 낡은 습관과 타락한 금수 철학이 그의 몸을 싸늘하게 결박하고 있지 않은가?

그러다면 이 시대는 자유를 누리려 할 것이 아니라 먼저 부자유와 싸워야 할 것이다..... 그렇다면 연애니 가정이니 하는 것은 도무지 문제 이외가 아닌가?(303쪽)

갑숙이 처음으로 느낀 것이 바로 이념과 정신의 자유를 위한 무엇인가에 대한 추구이다. 지금까지의 보여주던 가난과 궁핍에서의 억눌림이나, 부자유가 아니라 낡은 사고나 그릇된 습관이나, 금수 철학이라고 표현되었지만 그것이 소아적인 개인주의, 호가호위하는 존재들의 횡포와 수탈의 그 싸늘한 현실에 대해서, 그 결박을 풀어헤치고 나아가야 한다는 것을 그녀는 집을 나서기 전부터 이미 분명하게 깨닫고 있는 것을 알 수 있다

바로 이와같은 부분에서 안갑숙의 돌연한 결말 부분의 출현은 이미 복선적으로 깔려있다고 보여지는 것이다. 그리고 그녀가 그러한 결정을 했을 때, 비로서, 그러한 자각을 가능케 해주었던 장본인 김희준에 대하여 그녀는 代理的一父로 받아들이려는 준비를 하게된다.(그 때 비로소 갑숙이는 소학생이 선생에게 경례를 하듯이 그에게 공손히 고개를 숙이었다)에서 보이듯이 이미 그녀는 연인적인 관계를 스스로 깨뜨리고 진정한 대리부로서의 가능성을 보여주고 있다.

그제야 실부와의 알 수 없이 흐르고 있던 이상한 거부감의 실체를 깨닫게 된 이후 그녀는 집을 나설 것을 각오한다. 그러므로 그녀의 가출은 두 말할 나위없이 바로 실제부와의 갈등으로 인한 파국의 극한치(極限値)를 보여주고 있다. 그러한 소설적 장치가 경호와의 연애사건인데 이는 여자에게 가장 중요한 이슈인 자유결혼과 그것에의 실패보다 더한 것이 바로 인간의 본연적인 자유와 악한 부모에게 대한 투쟁가의 결연한 의지의 구현이라는 프로문학의 정론적인 주장을 형상화 한 것이라고 보여진다.

더구나 그녀가 집을 떠나서 노동자의 세계로 의도적인 하강을 했다는

점에서 갑숙의 소설내적인 중요성이 더욱 강조된다. 또 이러한 위치에 내려 갈수록 그녀의 代理父인 김희준과의 거리가 좁혀지고 있다는 점은 매우 중요하다. 이름을 바꾸는 것은 성을 바꾸는 것이고, 그것은 새로운 탄생을 의미한다고 볼 수 있다. 지금까지의 존재에서 새로운 존재로의 탄생은 세계관의 뒤바뀌짐을 나타내고 있는 것이다.123)

갑숙에서 옥희로의 옮겨감은 이렇게 다양한 의미로 전이될 수 있다. 이제 그녀는 악덕한 부르쥬아 안승학의 딸이 아니라 새로운 인간인, 민중이라는 이름, 인민이라는 노동자의 보통 명사로 호명되어지는 것이다.124)

> "우리 아버지란 양반은 족히 그럴 것이어요. 그는 이욕이나 지위나 자기 명예를 위해서는 처자도 모르고 친구간의 의리도 모른는 이여요. 돈을 위해서는 무슨 짓이라도 하는 비열한 성격을 가졌어요. 그러기에 저고 이렇게 집을 나온 것이 아니예요?"
> 옥희는 다시 코가 메고 눈물이 괴었다.(521쪽)

아버지를 이렇게 까지 폄하시키고 있는 것은 그녀가 이제 정신적인 대리부를 얻었다는 것을 의미한다. 그리고 그 상대는 다름 아닌 김희준이다. 그러나 김희준은 전장에서 살펴보았듯이 부정적인 면이 강하므로 대리부의 역할로서의 부족함을 살필 수 있었다. 그래서 늘 그는 대리부적 요소를 잃곤 한다. 그래서 특징적으로 김희준은 안갑숙을 또 그의 동반자적인 동료로 수용하고 있다는 것이다.

---

123) 기독교인들의 세례나, 세례명은 이러한 입장에서 설명되어 지기도 하지만 또 이제까지의 삶에서 새로운 삶으로 가는 도정에 들어섰다는, 즉 기독교적 용어로 重生했다는 것을 의미한다. 이제는 하나님의 자식으로 호적이 옮겼다는 것으로도 해석되어지고 있다는 사실은 퍽 시사적이다.

124) 물론, 경호는 물론이고, 인순이나 방개도 모를 정도로 완벽하게 자신을 감추었다는 것은 소설의 리얼리티를 떨어뜨리기에 분명한 사실이다. 그러나 작가의 의도적인 전술에 의해서 그녀의 효과적으로 감추어져야 했다는 것이 더 자연스럽게 설명될 수 있다고 믿는다.

　　"옥희씨! 지금부터 나를 동무라고 불러주서요! 나는 옥희 씨를 같은
　　동무로 사랑합니다..... 인간의 감정 중에 제일 큰 것은 사랑인 줄 알어
　　요..... 그리고 부부간의 사랑 자손간의 사랑이란 것도 이 동지애의 결합
　　이요 결정이 아닐까요!(547쪽)

　이렇게 동무로서 동반으로서 애정까지를 수수하는 존재로 자신을 낮추
는 희준으로 인하여 갑숙의 代理的 父는 다양하게 변하게 된다. 즉 대리부
의 관계의 설정이 그녀가 적극적인 노동운동가가 되어서 그들과 한편에 서
있을 때에는 사라지게 되는 것이다. 거기에는 동지만이 남는다.

　문제는 김희준의 代理父로서의 역할이 아니라 그 기능에 있다. 아니 안
갑숙이 그들의 물질적 궁핍을 도와주는 데에 있는 것이 아니라 민중들에게
의 동조라는 것을 유인하는 김희준에게 있다. 그녀가 실부인 안승학을 진
정으로 반발하게 된 것은 바로 이렇게 며칠간의 굶주림과 죽음을 불사한
마을 사람들의 생계와 생명을 위해서 실부의 가장 큰 약점인 비밀을 폭로
하는 데에 있었다. 이러한 행동은 그녀가 실제부인 안승학을 버리고 이제
진정한 자신의 아버지인 존재들, 즉 민중의 편에 섰을 때에야 가능했던 것
이다. 그녀의 대리적이며 이상적 부는 다름아닌 민중들, 그것도 가난한 민
중들이었다.

　반대로 실부인 안승학은 마을 사람들에게 자신의 위세에, 자신의 명예
에 흠이 될 것을 막기 위해서 그들의 요구 조건을 들어주고 있다. 끝까지
안승학은 자신의 태도를 버리지 않는다. 그가 그들에게 항복을 한 것은 사
실은 그들의 요구와 그들의 투쟁 방법에 억눌러서가 아니라 자신의 체면,
가문의 체통이라는 구시대적인 사유방식에 얽매인 행동에 의해서다.

　그와 달리 갑숙은 비로소 진정한 자유를 느끼고 있다. 그녀가 고난 받는
농민들에게 가까워지고 그들에게 다가갔을 때에야 자신이 해야 할 일을 발
견할 수가 있었다.

"아니지요, 조금도…… 당신은 아까 내 한몸을 위해서 사는 것은 하잘
것 없는 고통이라고 하시지 않았나요? 그럼 당신은 아버지를 위해서 살
아주셔요! 당신 아버지와 같은 모든 농민과 노동자를 위해서…… 참으로
로빈손 크로소와 같은 열정으로 미개한 인간을 개척해 주세요…… 그래
도 당신은 외롭다 하시겠습니까?" (468쪽)

이렇게 집단적 사고방식, 대승적 행위를 갖는 아버지가 바로 안갑숙 그
녀의 이상적부이며 그 이상부의 소설적 인물이 바로 대리부인 김희준이었
다. 그러나 그 김희준은 더 넓게 농민이나 노동자로 화하게 된다. 프로문학
의 진정한 목적이 바로 이러한 것의 드러냄에 있었다고 보면 이 작품은 분
명하게 성공하고 있는 것으로 보여지고 있다. 그리고 갑숙의 대리부는 그의
기능에서 성공적이었다. 김희준은 그녀를 완벽하게 교화시키고 있으며, 오
히려 그 자신도 교화를 받아서 대승적인 세계로 향해가고 있기 때문이다.

3)『三代』의 정신적 동조자

문학의 인간상이 개인으로서 변화하는 사회 속에서 어떻게 개인을 조정
해 나가느냐에 따라서 세계에 대한 어떤 작가의 인식의 변화를 짐작할 수
가 있게 한다면 모든 소설의 인물들이란 작가가 보는 세계내적 존재들의
삶의 대응적 양상을 의미하고 있는 중요한 요소들 일 것이다.

『三代』는 식민지 시대의 우리 현실을 대변하는 인물들의 각축장이라고
할 만큼 많고 다양한 작중인물들이 등장하여 자기 입장에서 현실에 대한
관념을 토로하고 있다. 본고에서는 그들 중 代理父의 모습이 가장 잘 보여
주는 조덕기를 중심으로 한다. 삼대의 조부손 세 대의 경제적 환경은 넉넉
함으로 대다수의 소설에 나타난 궁핍의 문제가 전면화되지 않고 대신으로
조덕기의 의식을 통한 정신적 결핍이 주로 대상화 된다.

『삼대』의 주인물 조덕기는 가족 3대의 가장 하부인 인물로서 위 두 세

대의 극단적인 정신의 대립을 조정하는 변증법적 인물이다.125) 또 그러한 변증법적이 변화하는 인간상임으로 자신을 변화시켜주는 대리부를 찾고 그것을 변화의 기점으로 삼고 있다. 그는 아버지 조상훈과 할아버지 조의관의 대립되는 이념의 간극을 비교적 잘 메워 나가는 개량주의자(김윤식/김현, 한국문학사, 민음사, 160쪽)의 면모를 아주 성공적으로 보여주고 있다. 이런 그의 작품내적 성격으로 지금까지의 연구 중에서 거의 대부분에게 긍정적인 인물로 나타나고 있다.126) 그리고 텍스트 내에서 가장 많은 활동을 보여주고 있기도 한다.

이러한 그의 정신적 결핍의 중요한 요인은 그가 두세대의 대립된 관계구조 속에서 그들을 매개하는 인물이라는 것에서도 드러난다. 그는 실부인 아버지 조상훈에게도 조부 조의관에게도 반드시 필요한 존재이며, 중립적인 인물로서 두 인물들의 갈등과 위화를 조장해주고 있기 때문이다. 더구나 그는 두 인물로 대변되는 두 세계—전통적 봉건주의와 거기에 대항한 아버지의 현실주의—의 간격이 넓어질수록 더욱 필요한 존재이다. 이는 실제로 조의관이 조상훈에게 할 말을 덕기를 통해서 알리게 하는 방식으로 텍스트에 나타나 있다는 것으로도 충분히 이해가 가능한 것이다.

---

125) 이재선, 위의 책, 478쪽.

126) 신동욱,『한국현대문학론』, 박영사, 1972년, 93쪽. 신동욱은 그렇게 보고 있지 않다. 그에 의하면 이는 부정적인 시각을 가지고 보고 있다. 그러나 그것은 김병화나 피혁 등으로 나타나는 개혁주의자들과의 비교에서 그렇다는 것이지, 조—부—손 삼대만을 떼어놓고 보는 견해는 아니다; 김병익, 「갈등의 사회학」,『현대 한국 문학의 이론』, 민음사, 1974, 317쪽. 김병익은 조덕기를 점진적 진보주의자, 또는 온건한 자유주의자로 보고 있다; 김윤식, 위의 책, 574쪽. 김윤식은 성격론적 입장에서 조덕기를 관찰하면서 그를 허위의식의 미정형의 인물로 간주한다; 정호웅, 위의 책, 156쪽. 조의관의 전통 보수적 현실주의에서 조덕기 역시 한 발자국도 벗어나지 못한 인물로 본다; 김태현, 「관찰과 인식」,『염상섭전집』4권, 429쪽. 그는 조덕기의 집안에서의 태도에서 잘 보이듯 중산층적 세계관과 상당한 친화성을 지니고 있는 사람이라고 보았다. 즉 중산층의 안정된 현실감각으로 상고하고 있다.

여기서 더 중요한 것으로 소위 심퍼다이저의 성격을 지닌 존재가 바로 조덕기라는 것이다. 심퍼다이저(Sympathizer)란 동조자 또는 동반자라는 의미의 일군의 협력자 내지는 협력을 전제로 하는 인물들을 가리킨다. 특히 이러한 성격의 인물로 조덕기를 설정했다는 점에서 다음 장에서 살펴 볼 조덕기의 이중의 대리부인 양상을 짐작할 수 있을 것이다. 그는 정신적 결핍에 대한 두 가지의 위로자를 찾는 데 처음이 정신적 결핍에 대한 정신적인 위로자와 물질적인 위로자로서 대리부들이다. 전자는 병화로서 대표되고 후자는 조부 조의관으로서 나타나고 있다. 이들 사이의 간세대적인 인물 아버지 조상훈이 있고 그는 실제적인 부친으로 덕기에게 위화되는 현상을 통해 부정적으로 작용한다.

> 祖父는 萬歲 전 사람이요, 父親은 만세 후의 허탈 상태에서 自墮落한 생활에 헤메던 無理想 무해결인 자연주의문학의 본질과 같이 현실폭로를 상징한 부정적인 인물이며, 孫子의 대에 와서 비로소 새 길을 찾아들려고 허덕이다가 손에 잡힌 것이, 그 소위 심퍼다이저라고 하는, 즉 좌익에의 동조자 혹은 동정자라는 것이다.[127]

위에서 알 수 있듯이 그의 이러한 이중적 성격은 전체의 문면에서 드러난다. 그래서 그는 대리부도 이중적이지만 그 이중적 대리부의 각자에서도 역시 이중적인 대리부를 갖는다. 즉 그는 필순의 부친을 그의 대리부로 갖는 반면에 친구인 병화를 그러한 존재, 즉 자신이 동조할 수 있는 세계, 곧 현실에서 괴리되고 있는 자신의 정신적 결핍을 충족시킬 수 있는 자라고 믿기 때문이다. 병화나 필순의 부친 이 둘은 당금의 사회의 현실을 바꾸고자 하는 열망하는 자들이라는 공통적인 성향을 지니고 있고 또한 이것으로 이 두 인물이 동시에 대리적인 부가 될 수 있는 지평을 열어주고 있다. 또 하나 이 둘은 경제적 곤핍에 당면하고 있는 그것으로 인해 현실 대응 방법

---

127) 염상섭, 「橫步文壇回想記」, 사상계 1962.12, 260쪽.

이 달라지고 있다는 데에서 이중의 대리부를 설정한 이유가 분명해진다. 이렇게 이들은 일종의 기능을 달리하는 존재이면서 동일의 측면을 지닌 도플갱어(doppleganger)로도 볼 수 있다. 문면을 통해서 덕기에게 그러한 양상을 드러낸다.

이렇게 보았을 때 조덕기는 이중적 성격을 지닌 사람으로 나타난다.[128] 우선 부친과 조부의 사이에 끼인 두 세대의 매개자이며, 조정자이지만 현실과 이상사이에서, 또는 사당과 돈이라는 이중의 유산을 가지고 고민하다가 결국 벗어나지 못하는 것과, 필순을 사랑하면서도 그렇게 말하지 못하는 것 등은 바로 조덕기의 성격의 특수한 개념을 보여주고 있는 것이다. 이와 같은 이중적인 존재이기 때문에 덕기의 행동은 이중적인 현상이 보이고, 이념적인 부분에서도 이중적인 고뇌나, 양가치적인 이중화가 나타나 보이는 것이다. 그의 양가치는 그러나 가치 지향적인 입장에서 긍정적인 방향으로 나아간다는 점에서 그 의의를 충분하게 짐작할 수가 있을 것이며, 그것의 본고와의 연관 고리를 갖게 된다.

그 중의 하나가 바로 조부가 안고 있는 전통적 의식에 의한 가부장으로서의 책무와 치부를 긍정적으로 수용한다. 즉 조부의 경제적 생산 활동을 수용한다는 말은 부친의 비경제적인 면을 거부하고 있다는 것을 말한다. 그런가 하면 다시 아버지의 방황과 해결 없는 고민을 또 수용한다. 이렇게 부친을 수용한다는 것은 바꾸어 말하면 할아버지의 몰이념과 현실적 인식의 무지를 거부한다는 것을 의미한다. 사실 기독교와 전통적인 전통에 얽매인 두 세대와의 갈등은 다름이 아니라 제사로 집약되는 현실적 문제에서 가장 크게 부딪히고 있다. 또 그러한 부딪힘에 대한 조덕기의 균등한 이해

---

128) 여타의 연구가들에 의한 염상섭의 균형감각은 그를 전형적인 중인작가에서 시작된다고 보고 있다. 즉 그는 중인 출신으로 중인적 감각을 지닌 작가로 불리우는데 사실 이러한 균형감각은 이중적인 성격이란 말로 환치될 수도 있을 것이다. 조덕기의 끝없는 두 극 사이의 표류나, 아버지 조상훈이 보여주는 긍,부정의 이중적 형태는 이러한 것을 극명하게 보여주는 예라고 지적할 수 있다.

는 변증법적인 조정을 통한 가족주의의 평온한 승리를 위한 척후병으로서의 자격을 덕기는 부여받고 있다. 또 물질을 쥐고 있는 가독권자인 할아버지와 준금치산자로 낙인찍힌 경제 행위라는 측면에서 부정적인 회로—즉 전적으로 소비에만 몰두하는—아버지와의 대립은 소설내의 잠정적으로 위화된 세계—풍요와 결핍의—세계를 상징화하고 있으며, 그것의 해결의 실마리는 바로 덕기에게 있다는 것의 강한 단초를 제공한다. 이렇게 두 인물 사이에서 수용과 거부는 조덕기를 이중화된 인물로 만들고 이는 것이다. 그러므로 그는 자신의 대리부 역시 그렇게 이중적으로 수용하고 만들어 간다.

현실적 이해에 있어서도 이러한 동어반복적인 양상이 일어난다. 그는 김병화에게 충분하게 찬표를 던지고 그것이 옳다고 보면서도 다른 한편으로는 언제나 그 반대급부를 생각하고 있다. 이런 양상은 아버지에 대한 두 사람의 대응 관계에서 뚜렷이 나타난다. 김병화는 실부와의 위화에서 벗어나 독자적인 삶을 살아가고 있다. 그러나 덕기는 여전히 자신의 집에 머물러 있는 것이다. 덕기가 병화에게 고생은 그만 두고 부모께 돌아가라고 하는 대목에서 이러한 양상은 분명하게 드러난다.(23쪽) 그러므로 병화와의 대리부 관계는 단속의 연속이다. 그가 오히려 더 강하게 느끼고 있는 부성적 존재는 필순의 부친이다. 필순의 부친은 소위 운동을 하다가 감옥에 들어갔다 온 후 고문으로 폐인이 되어 있는 존재이다. 그는 그러한 면에서 實父 조상훈과 대척적인 성격의 인물이다. 그러므로 그는 덕기의 대리부가 되는 것이다. 조상훈이 운동에의 좌절로 삶을 내팽개치고 스스로 탈락한 파락호가 되어 살아가지만, 필순부는 그 상처를 안고도 여전하게 자신의 고행을 마땅한 바로 생각하는 인물이다.

또 조상훈은 홍경애 부친을 자신의 대리부로 삼았다. 그와 홍경애의 관계는 이렇듯이 처음에는 대리부의 딸, 즉 오라비로서의 입자에서 시작했다. 그러나 대리부가 죽고 대리적 오라비의 관계가 상실되자마자 상훈은 홍경애를 여성으로 수용하게 되는 것을 보여준다. 즉 대리부의 관계가 종식될 때는 그에 따른 다른 관계 역시 변화된다고 볼 수 있다.[129]

이는 덕기의 필순에의 감정에서도 나타난다. 그는 호기심 있는 인물에서 당당한 경제적 보호자가 되고, 다시 필순부의 죽음으로 대리부의 관계가 끝이 나자 필순과의 연결과 관계에 난편해 하는 입장에 처한다. 이러한 면에서 볼 때 실부 상훈과 덕기는 매우 흡사한 인물로 설정되고 있음을 알 수 있다.130) 『三代』는 이처럼 대립되고 중첩되는 인물 군상들로 점철되어 있다.

조덕기의 실부와의 위화는 무엇보다 윤리적인 면에서와 이념적인 면에서 나타난다. 덕기에게는 아버지의 엽색 행각이 부정적이며, 그의 무이념한 생활이 그를 아버지의 정신적 자격으로서의 보호자와 인도자인 아버지로 수용하지 못하게 한다. 그래서 그는 아버지를 동정하고 이해하려고 하나 여전히 반목하게 되는 것이다.

> 그러나 부친을 위하는 마음이 생길수록 이상하게도 한 옆에서 부친을 미워하는 마음이 머리를 들었다. 부장의 정리보다도 부친에게 대한 인격적으로 존경할 수 없는 불쾌한 감정이 불현듯이 떠올랐다.(30쪽)

---

129) "경애의 부친은 애국지사였다. 수원의 누구라면 알 만한 교역자일 뿐 아니라, 감옥 소식을 전할 때나 집행 정지로 나오게 될 때 신문에 열아늠 줄이라도 기사가 날 만한 인물이었다…… 그 오라버니 중에는 물론 조상훈이가 빠질 수 없었다. 자선심이 많고 돈많고 목사보다도 신임과 경애를 받고 세력을 지닌 조상훈―덕기 부친―이에게 친절한 인사를 받는 것은 다른 교인의 열몫 백몫이나 되는 것이었다." 이렇게 조상훈은 긍정적인 인물로 입상화되고 있는데 그것이 경애 부친의 죽음 이후, 그의 대리부 상실로 말미암은 심리적 결핍으로 인해 경애와의 성적 관계 이후 급격하게 타락하고 만다. 이는 경애와의 관계 이후에 그가 세워 두었던 모든 것들이 무너졌다는 것으로 보여주고 있다.

130) 우한용, 『한국 현대소설의 구조 연구』, 삼지원, 1990, 248쪽. 조의관과 조상훈의 연장선상에 있는 인물인 조덕기는 사상면에서는 상당한 변조를 보이고 있다. 즉 그는 사상면에서, 병화, 피혁 등과 연결되는 장훈의 사상이 대립되면서도 여전히 동조되는 면모를 보여준다. 자유경쟁에 의한 자본의 축적과 그 자본을 지켜나가는 것만이 문제가 아니라 한국사회의 가족주의를 수용하는 데에서 얻을 수 있는 정신적인 대리만족이 필요하다고 보았는데 이는 적절한 지적이라고 보여진다.

그 인격에 대한 부정적인 목록은 덕기에서 시작하는 서술에서는 분명히 나타나 있지는 않지만 그의 부정적인 방탕생활, 여자와 호사스러운 골동품벽이나 의식이나 소신 없는 교육자로서, 매당집에나 드나드는 위선적 종교가로서의 비윤리적인 행위에 있다는 것은 분명하다. 그러나 이러한 모든 부정적 행위보다 훨씬 더 우위에 있는 갈등의 원인은 두말할 것도 없이 현실을 바꾸어 보려는 의식으로 시작했다가 좌절로 향해 좌정해버린 부친의 무위도식과 그 좌절의 본원에 있다고 보여진다.131) 실부의 이러한 좌절은 좌절로 되어 있는 것이 아니라는 것이 덕기와 상훈의 차이다. 상훈은 자신의 실패와 그 실패로 말미암은 좌절을 정당하게 인정하지 않고 있다. 오히려 그는 자신과 덕기 대(代)를 종합하려는 의욕을 지닌 것으로 자신을 생각하고 있다(그러나 나는 내가 살아온 시대상과 너희의 시대상의 귀일점을 찾으려는 것이다). 이러한 점이 바로 덕기에게 그 실부인 상훈을 위선적 이중생활로 못박게 한다. 또 바로 이러한 점이 덕기로 하여금 대리부로서 필순의 부친과 병화를 동시에 삼고 있는 양상을 드러내고 있다. 결국 조덕기는 이와 같은 이중성을 견제하기 위한 하나의 평형적 모델을 지칭하는 존재가 된다.

이러한 면, 인식으로서의 대리부인 병화와 행동으로 보여주는 존재인 대리부 필순부의 관계는 정작 덕기에 의해서가 아니라 병화를 정신적인 대리부로 간주하고 있는 필순에게서 훨씬 명백하게 나타나고 있다.

　　"거기 비하면 아버지께서는 퍽 변하신 셈이죠. 그렇다구 해서 아버니

---

131) 이삼십년 전 시대의 신청년이 봉건사회를 뒷발길로 차 버리고 나서려고 허비적거릴 때에 누구나 그러하였던 것과 같이 그도 젊은 지사로 나섰던 것이요, 또 그러느라면 정치적으로는 길이 막힌 그들이 모여드는 교단 아래 밀려가서 무릎을 꿇었던 것이 오늘날의 종교생활에 첫 발길이었던 것이다(36쪽). 이러한 점은 여기에서 뿐만 아니다. 그는 텍스트 곳곳에서 자신의 세계관을 피력하고 있다. 더구나 덕기의 진학 문제에의 삽화는 아직도 자신이 건재하고 있다는 것을 보여주는 대표적 예일 것이다.

가 김선생(병화)과 꼭 의사가 일치하는 것도 아닌 모양입니다만……"

"형, 좌우익에 부친은 중간적 존재시군? 그래 당신은 어느 편이신가
요?"

"나두 이편 저편 다 들지요."

하고 필순은 생글 웃는다.

필순이 병화를 대리부로 삼으면서도 부친과 동거리에 놓아두고 보는 현
상은 두 말할 나위 없이 필순에게는 삶의 물질적인 부분에서만 결핍되어
있기 때문이다. 그녀는 자신의 집에 기거하는 하숙생인 병화의 물질적 도
움—그것도 부유해서가 아니라 서로가 궁핍한 데에서 상호 부조하는 의식
을 정의로운 도움이라고 간주하고 있다—을 받고 있는 데 한하기 때문이다.
그녀는 실부와의 정신적인 이념적인 대립을 전혀 보여주지 않는다.

덕기에게서는 그렇지 않은 것은 그가 실부와의 위화나 갈등을 주로 정
신적인 부면에서 갈등하기 때문이며, 동시에 그는 경제적인 면에서도 실부
와 경쟁관계가 있는 상태이기 때문이다. 즉 병화에 대해서는 그 이념적 노
선을 적극 지지하고 나서지만 병화의 지나친 편향성을 경원하고 있다는 것
을 보이고 있기 때문이다. 결국 병화는 이념적인 면에서 덕기의 대리부인지
만 행동의 철학이라는 점에서는 그것을 거부하는 양상을 보여준다. 다소 서
술자의 현저한 개입이 강하게 나타나고 있는 부분이 이러한 서술에 있다.

거기에는 물론 변화의 노골적으로 반항하는 편지를 한 탓도 있었다.
제 사상이 변했더라도 어름어름 부친의 비위를 맞춰 나갔더면 좋았겠
지마는 변통성이 없는 어린 마음에 곧이 곧솔로 나갔던 것이다.(44쪽)

이는 매우 중요한 양상적 특징이다. 즉 『삼대』가 갖는 수많은 인물들을
본고의 방법에 의한 대리부의 의한 갈등으로 대상화 시켜보면 그들은 가족
주의적 인간과 사회중심적, 즉 탈가족주의적인 인물로 나뉘어지는 데 그

탈가족주의의 대표적인 존재가 바로 김병화이기 때문이다. 김병화는 탈가
족주의 입장에 서 있는 이념 편향을 말하며, 조덕기는 가족주의에 제한된
이념의 동조자에 불과 할 뿐이다. 그가 가족주의에 사로잡혀 있는 한 그는
결코 중도에서 벗어나거나 자신의 가문에서 자유로울 수 없다.[132] 또 병화
는 사회적 존재임으로 그는 가족과 가까울 수가 없는 것이다.

이러한 점이 바로 이 작품을 핏줄의 갈등과 재산이라는 두 개의 축으로
되어 있다는 평가를 가능케 한다.[133] 즉 전통적인 가족주의적인 인물들과
거기서 벗어난 인물들의 대립이나, 근대적 가치관의 현실적인 환치물인 돈
을 둘러싼 인간들의 추악상을 통하여 보여주고자 했던 세계는 이렇게 대리
부의 설정에서 잘 잡아낼 수가 있는 것이다.[134]

다음으로 대리부로서의 병화의 위상과 덕기의 심파다이저로서의 대리
자의 관계를 알아보자. 이는 먼저 좌익과 우익에 관한 절충주의자인 염상
섭의 문학의 한 특성을 밝힐 수 있을 것이며, 다음으로는 행위의 층위에서
두 이념의 한계를 조정하고 있다는 점에서 의의가 있다고 생각한다.

조덕기는 그러한 면에서 언제나 동조자인데, 그 동조라는 것은 늘 반대
급부를 갖는 다는 일반적인 성향을 지니고 있다. 그는 병화와의 논쟁이나
그의 장관설을 듣는 동안에는 그 논리에 쌓여 있다가 다음이면 반드시 그
문제를 거듭 생각하면서 거기에 반대하거나 회의를 하는 우유부단한 성격
을 지니고 있다. 특히 병화에 있어서 그러한 성질을 곧잘 드러내는데 이는

---

132) 최시한, 『가정소설 연구』, 민음사, 1994, 212쪽. 그는 조덕기가 금고는 넘겨 받았
　　　으나 사당은 그렇게 보기 어렵다고 했는데 이러한 면을 놓치고 보았기 때문이라
　　　고 본다. 가족주의적 인간인 조덕기는 결코 사당으로부터 자유로울 수 없는 존재
　　　임을 알아야 한다.
133) 김윤식, 위의 책, 80쪽.
134) 이보영, 「난세의 문학」, 『염상섭론』, 예지각, 1991, 305~306쪽. 난세의 혼란 속
　　　에서 통일과 안정이 지속될 수 있는 사회로 여기고 싶었던 것이 대가족제의 가정
　　　이었을 것 같다고 이보형은 보고 있다. 또 김경수 역시 이를 격변기의 사회 상황
　　　과 가족 윤리를 담아내기 위한 일종의 축도로서의 공간으로 가정을 이용하고 있
　　　다고 보았다(김경수, 논문 전게재).

동반자로서의 그들과 함께 하지 못하는 시대적 갈등으로 인한 일종의 콤플렉스로 작용하고 있다고 해석되어 진다.

> 자네는 투쟁의욕—— 의욕이라느니 보다는 습관적으로 굳어버린 조
> 그만 감정속에 자네의 그 큰 몸집을 가두어 버리고 쇠를 채운 것이, 나
> 보기에 가여으이. 이붓자식이나 계모시하에서 자라난 사람처럼 빙퉁
> 그러진 것도 이유없는 것이 아니요 동정은 하네만은 그런 융통성 없는
> 조그만 감정을 가지고 큰 그릇이 되고 큰일을 경륜한다는 것을 나는 믿
> 을 수 없네.(181쪽)

위 예문은 병화의 이념노선에는 지지하고 따르겠으나 그의 부친과의 위화나 반항적이 요소에는 따를 수가 없다는 덕기의 결연함을 보여주고 있다. 이는 덕기가 동시대인으로서 현실과 세계를 보는 인식과 현상의 꿰뚫음에는 그를 인정하겠지만 다른 점에서는 그럴 수가 없다는 것을 확연하게 보여준다. 동시에 이는 두 인물의 성향적 특징이 어디에 있는 가를 알게 해주는 것이다. 즉 김병화의 의식의 지향점과 덕기의 지향점은 이미 달라져 있는 것이라는 주장을 충분하게 가능케 하고 있다. 이러한 점은 작가가 인물의 편에 서서 같이 움직이고 있는 즉 거리가 아주 가까운 사이가 되어 있는, 그래서 작가의 분신으로서 충분한 대변인이라 볼 수 있다. 그러나 이 작품은 전지적 시점이 아니라 이동시점을 사용하고 있음도 알아야 한다. 즉 되도록 다방면에서 보려는 작가의 의식이 작용하고 있는 것으로 알아 진다.

대신으로 덕기는 필순 부친을 향한 대리부로서는 다르게 소용된다. 그는 기계적으로 무능하고 이제 더 투쟁에 나타낼 수 없을 정도로 병인이 되었지만 여전히 식민지 시대의 고통스런 삶을 개선하려는 의지를 지닌 존재이다.[135] 그러한 점에서 필순 부친의 존재는 매우 예외적일 수 있다. 그는

---

135) 실제로 필순의 부친은 생활의 개선이라는 점에서와 투쟁을 위한 방법의 다양화라
    는 점에서 오히려 병화보다 더 현실적이고 진보적인 인물이다. 그는 덕기의 재산

이념적인 존재가 아니라 행동적인 사람이기에 염상섭 소설의 근본적인 인물은 아니지만 그의 행동으로 인하여 소설내의 변화가 생기는 기능적인 존재이다.

덕기 필순 모녀를 돌보기로 한 것은 또 상훈이 홍경애 모녀를 돌보려는 의도와는 비슷하지만 다르다. 조상훈은 단 하나의 대리부를 지녔는데 그가 홍경애의 부친이었고, 조덕기는 위에서 살핀 바와 같이 이중의 대리부중의 하나가 바로 필순의 부친이었다. 그에게는 상훈이 보여주었던 홍경애와의 관계로 발전할 가능성은 훨씬 적다. 그것은 덕기의 모친이 아들에게 한, 아버지의 전철을 밟으려느냐에서도 이미 문면화 되었지만 그것은 오히려 그러한 데에 대한 부정으로 드러나고 있기 때문이다.

> "조군! 여러 가지로 신세도 많이 졌고 미안하우. 나 죽은 뒤라두 의지
> 없는 것들, 염의는 없지마는 전같이 친절히 돌보아 주슈"
> 덕기는 이 말을 듣는 것도 괴로웠다.(415쪽)
> 이런 도의적 이념이 머리에 떠오르는 덕기는 필순이 모녀를 자기가
> 맡는 것이 당연한 의무나 책임이라는 생각도 드는 것이었다.(417쪽)

위 예문은 바로 필순과 덕기의 관계가 남녀의 관계로서 발전 가능성이 사라짐과 동시에 남매지간으로 남아 있게 되는 것을 암시하고 있다. 의무나 일반적인 의무가 아니라 도의에서 출발하는 의무이다. 그것은 도덕적 견지에서 출발되는 것이다. 그럼으로 그러한 애정 관계로의 발전을 향한 문은 닫혀질 수밖에 없다. 정신적인 동반으로서의 오라버니에 관계 설정은 동시대의 갈등은 모두 동지애적인 사랑, 민족의식에로의 동화라는 데에서 찾아야 한다는 작가 염상섭의 강력한 원망의식에 기인한 것으로 보아도 틀림이 없다.

을 이용하려는 것도, 지나친 결벽성으로 조직을 왜소화 하거나 소외화 시키는 행위를 좋다고 생각하지 않는다(146~148쪽).

▩ 소결 ▩

　실제부가 사회와 현실의 급박한 이념에 대해서 부정적인 존재일 때 그는 당연히 자식들에 의해서 소원화되고 갈등을 일으키고 마침내는 의식내부에서 소멸되고 마는 것은 일반적 현상이다. 자녀들은 이러한 실부를 버리고 민족과 그들이 처한 현실과 상황에 눈을 뜨고 그들을 인도해 줄 존재인 理想父를 꿈꾸게 된다. 그러나 이상부는 그 속성상 발견되기 어려운 존재이다. 그래서 나타난 대리부들은 분명하게 무엇보다 민족의 현실과 그들의 결핍된 것을 충족하게 해주어야 할 의무를 지닌 사람들이며 동시에 그럴 자격이 있을 만큼 현실과 세계인식에 남다른 관을 가져야 한다.

　이러한 현상은 식민지 내에서의 착취적 자본주의로 시작된 파행적인 우리의 근대화를 통해서 수형할인이나 고리채 등의 부정직한 방법, 소작인들의 노동력을 대가로 만든 치부라는 부당한 방법으로 이룩한 부르주아나 소부르주아의 자녀들에 통해서 예각화된다. 더욱이 당대의 현실을 철저하게 무시하거나 또 부정적으로 편승한 아버지를 둔 자녀들은 교육이라는 기관, 매개를 통해서 사회와 현실을 정의와 불의를 알아내게 됨으로써 부자들의 관계는 회복할 수 없을 만큼 양극화된다.

　당대의 현실에서 우리가 나아가야 할 길은 민족의 궁핍에서의 벗어남과 조국의 탈식민지였다. 그러나 실제부들은 모두 이러한 것에는 눈을 돌리지 않고 있다. 그들은 자신들이라는 아주 폐쇄적인 가문주의나 가족주의에 얽매어서 살아가는 존재들이다. 또 그들은 그들을 위해서 같은 민중을 약탈하는 것이 비일비재한 현상이다.

　이럴 때의 代理父는 당연하게 그러한 것들을 없앨 수 있는 존재야 했다. 그들은 사회의 진행과정과 그 결과를 예측할 수 있는 존재가 되기 위해서 공부를 한 지식인이었다. 그런 지식인 중에서도 그는 무엇보다 현장에 뛰어들어 노동자 농민들을 구제할 수 있는 행동력을 지닌 사람이어야 했다.

우리 근대소설의 많은 계몽가들은 바로 이렇게 현실속에서 결핍된 것을 그 룻된 것을 고치려는 인물들이다. 브나드로 운동을 중심으로 해서 다양한 사회운동은 이런 맥락, 즉 代理的—父들의 활약으로 말미암은 것이다.

이렇게 보면 정신적 결핍을 충족해줄 수 있는 代理父像은 세계와 현실에 대한 뚜렷한 철학을 지니고 있는 존재이며, 둘째, 그들은 폐쇄적인 가족주의에서 떠난 사회적인 탈가족주의적인 존재이며, 셋째, 부단하게 자신과 사회를 개선해 나가려는 행동력을 지닌 자들로 교정될 수 있을 것이다.

또 이들은 또 이항 대립적 구조, 빈부나 선악, 부정 등의 맞섬 속에서 파악되는 특성을 지니고 있다. 즉 마이너스적인 실부들에 대하여 플러스적인 인물 군상들이 그 대부분인 데 대리부들은 무엇보다 소설 내에서 주인물들로 하여금 현실에서의 각성이 자신의 삶을 보다 긍정적으로 바꾸는 데 있어서 주요한 요인이라고 주장하는 존재들이다.

그러기 위해서는 무엇보다도 그들은 현실의 개조와 대승적 사고 방식, 즉 베풀며 살아가는 사회를 노력하고 있는데 그것들의 소설적 형상화는 노동자 농민 운동가와 지주나 마름, 또는 공장주들을 중심으로 대립적 상황으로 전개되었다. 이때 대부분은 인물들은 경제적인 어려움에서 이미 벗어나 있는 즉 자본주의의 혜택을 누리고 있는 부친들에 의해서 물질적인 궁핍이라는 보편적 식민지의 삶에서 일탈해 있는 존재들이다.

이들은 모두 심각한 정신적 갈등을 겪고 있는데 이는 동시대의 지성인으로서의 민족의식의 자각에서 오는 이원화된 삶의 한 극단에 서 있는 존재로서의 일종의 심리적 열등의식으로 나타나는 일반적 현상을 보인다. 그들은 부르주아이거나 부르주아적인 아버지의 자녀들로서 긍정적인 편에 섬으로써 아버지와의 위화를 발생시키고 그런 과정속에서 아버지는 도태되고 새로운 인식을 가능케 해주는 대리부를 마들고 있다는 것을 『만세전』과 『三代』, 『故鄕』을 통해서 살필 수 있었다.

4. 정신적 결핍의 물질적 충족형

1) 『三代』의 물신적 가통 옹호자

『三代』는[136] 식민지 시대뿐 아니라 우리 근대소설사에 가장 빼어난 작품 중의 하나이다.[137] 식민지 치하의 우리 중산 계층의 삶과 풍속 등이 작가의 예리한 인식력으로 굴절 변용되어 당대의 현상을 가림 없이 폭로하고 있다. 특히 다양한 계층의 인물들이 저마다의 개성적인 존재로 등장하여 자신들을 대변하고 있음으로 해서 이 작품을 폭넓고 심도 있게 만들고 있다고 여겨진다. 주지하다시피 『三代』는 가족사소설의 형태를 위하고 있다는 점에서는 연구자들 거의 모두에게 일치한다.[138] 물론 그러한 견해가 서구의 『티보가의 사람들』 등을 위시한 기타 가족사 소설과 엄밀하게 상동적인 것이 아니기 때문에 다음의 여러 명칭 등과 약간의 의미론적 차이를 지니고 있지만 대체적으로 유사한 형태의 구성을 유지하고 있기 때문에 다른 이름들, 예컨대 가정소설, 가족 소설 등의 명칭과 그만큼 다양한 정의가 있다.[139]

---

136) 텍스트는 『염상섭전집』 4권, 민음사, 1987, 三代이다. 이하 면수만 밝힌다.

137) 김윤식 공저, 위의 책, 염상섭을 살피는 가운데 『만세전』과 『삼대』는 식민지 우리 시대를 가장 탁월하게 그리고 있다고 논평하고 있다. 이재선, 위의 책, 텍스트를 가족사소설을 중점으로 논구하면서 역시 위의 저서를 인용해서 그렇게 밝히고 있다. 조남현, 「염상섭소설의 문학사적 자리 매김을 위한 試論」(『염상섭전집』별책, 민음사, 1987)에서 그는 『삼대』가 염상섭 문학의 분기점임을 밝히면서 그러한 의도를 내보이고 있다.

정호웅, 「식민지 중산층의 몰락과 새로운 방향성」(『염상섭전집, 별책』, 1987.민음사). 그는 이 작품을 한국 근대소설사가 거둔 가장 큰 성과 중의 하나라고 함.

138) 가정 소설이라고 처음 사용한 이는 안확(『조선문학사』, 한일서점, 1922)이다.

139) 신상성, 『한국가족사 소설 연구』, 경운출판사, 1992.

가족사소설이란 쉽게 말해서 가족의 역사를 소설로서 서술한 것, 즉
세대의 지속을 통해서 한 가족의 융성과 쇠퇴의 반복적인 순환의 과정
을 서술함으로써 변천하는 사회와 역사와 인간과의 밀접한 상호관계를
보여주는 소설이다고 규정할 수 있다. 따라서 가족의 계열, 시간의 선
로, 세대적 사고의 경계 등이 기본구조를 이루고 있는 것이다.[140]

『삼대』가 가족사소설이므로 필연적으로 위에서 나타나는 것과 같이 조
씨 가문의 안정 상태는 서사의 진행에 따라 기복과 갈등의 변화되는 양상
을 보이고 있다. 여기서 세대의 갈등이란 바로 부자간의 갈등, 아버지와의
갈등이 주 요인이 되고 있다. 祖―父―孫으로 이루어진 三代니 만큼 작품에
나타나는 인물들의 아버지도 당연히 두 명이 된다. 조부인 조의관과 父인
조상훈이 그렇다. 조상훈은 조덕기의 아버지이면서 조의관의 아들이라는
존재로써 두 세대 사이에 끼인 존재이다. 이와 같이 설정된 인물을 본고에
서는 일단 간세대적[141]존재라고 명명하고 살피려고 한다. 즉 본 텍스트의
여러 인물들 중에서 그러한 간세대적 구도는 바로 상훈으로 나타나는데,
그의 아버지로서의 像이『삼대』의 중추적 서사를 담당하고 있음에서도 간
세대적 인물의 중요성을 알 수 있다.[142]

---

140) 이재선,『한국문학의 해석』, 새문사, 1981.

141) 이는 이재선(「근대소설의 부자 관계」,『한국문학연구』 13집, 동국대)이 모든 相
互관계의 단위가 임금(王)―신하(臣), 아버지(父)―아들(子), 남편(夫)―아내(婦), 어
른(長)―아이(幼)등의 짝의 관계로 형성되어지는 대립적 이원화 현상을 間人間的
(zwischen―menscheiche)이라고 부르고 있는데서 그 개념의 폭을 확장시킨 것이
다. 예컨대 아버지 세대―자식 세대와 같은 개념으로 사용하고자 한다. 이는 시간
을 俓軸으로 보고 그 대립되는 공간을 偉軸으로 삼아 대립의 시공간을 형성하는
것을 의미한다.

142) 서사에서 나타나는 이야기와 숨어 있는 이야기가 있다. 숨어 있는 이야기는 이미
추론적으로 독자들에 의해서 이해되어지고 있다는 것은 채트먼이나 토도로프 등
의 연구에 통해서 잘 나타나고 있다. 조상훈이 중추적 인물이라는 주장은 서사의
문면에 등장하는 분량에서가 아니라 이야기에 기능하는 바를 중심으로 살펴본
결과에 의해서다. 사실 삼대의 사건은 조상훈으로 말미암아 풀려 나가고 있다는

그러나 지금까지의 연구에서 조상훈은 통속소설의 악역감의 구색을 고루 갖춘(유종호, 동시대의 시와 진실, 민음사, 1982, 205쪽), 무기력한 과도기적 시기의 인간의 전형(이재선, 전게서, 135쪽), 좌절한 식민지의 지식인의 전형(김승환, 엽상섭의 가족주의적 정신과 家恩想, 전집 별책), 진보도 보수도 잃어버린 이념상실의 인간(정호웅, 전게재)등으로 대부분 부정적 인물로 다루어지고 있다.[143]

이가적(dyad) 관계인 조상훈에게서 아버지는 늘 상위적인 입장에 처하고 있다. 가독권을 쥐고 있는 조의관은 아들 상훈을 경제적인 모든 부분에서 거세시키고 만다. 그의 무기는 돈과 가내사(家內事)의 소외를 위한 출분이다. 물론 그의 분가는 작은집(첩)의 맞아 드리는 과정에서 어쩔 수 없는 사정이라는 명분 있는 이유에 의해서였지만 사실은 상훈의 축출은 자식 살해의 한 변형에 불과하다.[144] 자식을 살해한 전통적인 가부장은 가문의 상속과 창달이라는 목적을 위해서 누군가를 자식으로 삼게 되는데 이렇게 해서 한 세대를 뛰어넘어 조덕기는 조의관을 대리부로 삼게 되는 것이다.

부자 간에도 역시 그러하였다. 노영감은 손주는 귀애하여도 아들은

점을 주시해야 한다. 홍경애를 만나게 되어서 벌어지는 사태들과, 마지막의 해부 거절로 말미암은 사건, 상훈의 패륜적인 금고 훔치기 등이 그 증거이다.

시모어 채트먼, 김경수역,「서술되지 않은 이야기」,『영화와 소설의 서사구조』, 민음사와 츠베탕 토도로프, 신동욱 역,「서술자로서의 등장인물」,『산문의 시학』, 문예출판사를 참조 바람.

143) 정호웅, 위의 책. 그는 세대의 인물보다는 한 시대상을 상징하는 의미를 더 많이 가진 인물로 본다. 이러한 입각점에서 조상훈은 세대를 상실한 간세대적 인물이라는 본고의 주장은 어느 정도 인정될 수 있을 것이다.

144) 신화 속의 아들들은 부친에 의해 버림을 받는다. 그들의 시련은 거기에서 시작하여 入社하기까지다. 그러나 입사 다음에는 명예로운 권좌가 예기도어 있다. 그러나 상훈에게는 그러한 입사란 존재하지 않는다. 그는 이미 입사된 성인—아들을 가진—이기 때문이다. 또 우찬제(『현대 장편소설의 욕망시학적 연구』)는 이러한 인물 상황을 가리켜서 '집밖의 사람'이라고 규정한다.

못마땅하였다. 게다가 젊은 첩을 들여앉히자니 아들 식구는 밀어 내었
던 것이다. 또 피차에 난편도 하였던 것이다.145)

아들을 분가시킨 것은 전혀 아버지 쪽이었다. 일방적인 축출로 그는 손
자와의 간세대를 유지하게 된다. 즉 조의관은 代理的父로서 세대를 넘어
다가오며, 조덕기는 세대를 거슬러서 다가간다. 이러한 관계를 유지하기
위해서 가운데 세대인 조상훈은 배제되어야 하는 것이다. 아버지에게 배척
당하는 인물로 나타나는 조상훈은 당연히 代理的一父를 찾아야 한다. 그의
방황은 이런 측면에서 살펴져야만 하는 것이다. 그러나 그의 딜레마는 다른
곳에 있다. 그는 자식에게 여전히 아버지로 존재되어 있는 것이다. 그 아들
이 비록 자신을 배격했다는 사실이 아무리 분명할지라도 그의 신분은 아버
지라는 데에서 조상훈의 소설 내의 존재적 의미가 한 층 부각되어진다.

> ..... 어쨋든 부친은 封建時代에서 지금 시대로 건너오는 외나무 다리
> 중턱에 선 것 같다고 생각하였다. 마침 집안에서도 조부와 덕기 자신의
> 중간에 끼여서 조부 편이 될 수도 없고 아들인 덕기 자신의 편도 못되는
> 것과 같은 어지 중간에 선 처지라고 새삼스럽게 생각하였다.146)

이러한 중간에 낀 간세대적 인물상인 조상훈의 행동 철학은 그의 삶을
어느 곳에도 안착할 수 없이 떠도는 파락호로 변용되어 등장되고 있다. 물
론 상훈은 만세 이전에, 그가 세계와 그 변화를 문제로 삼고 있을 때에는
그러한 사람이 아니었다. 만세의 실패, 봉건에서 근대로 넘어오는 존재의
세대인 상훈 세대의 보편적인 현상의 불안정과 막연함으로의 대응은 만세
실패라는 사회적 상황과 어울려져서 좌절되고 말았기 때문이다. 만세 이후
의 파락호가 되기 전에는 상훈은 분명한 철학과 사유 체계를 지닌 당대 지
성인의 전법을 보여주고 있다.

---

145) 25쪽.
146) 36쪽.

상훈은 본질적으로 이념 추구형인 사람이다. 그래서 그는 實父인 조의
관같은 아버지를 이념적으로 수용할 수 없는 사람이다. 그 좌절의 실패를
만회하기 위해서 처음에 그는 홍경애의 아버지를 그의 代理父로 삼고 있
다. 그러다가 그가 죽은 이후 사태가 바꿔지는 것이다. 즉 정신적 代理父인
독립투사인 홍경애의 아버지의 존재 멸실로 그는 아비를 잃은 고아가 된
그녀의 代理父가 되었다가 탈선을 했기 때문에 영원히 그러한 관계를 맺지
못하는 식민지의 현실이 나은 가장 비극적인 소외인(疎外人)인 것이다.

또 하나 그의 존재 상황부터 간세대적인 사람이므로 그는 끼일 곳이 없
는 것이다. 조의관은 그의 아버지로서는 원래부터 부적당했다. 개화기의
청년의 아버지가 되기에는 조의관은 역부족이다. 조의관은 이념적 존재는
아니다. 그는 물질적인 세계에 친화력을 지닌 존재이다. 그래서 조상훈은
代理父를 찾으려 했으나 그에게는 대리부는 찾아지지 않는다.147) 代理的―
父의 멸실과 그가 잠시 대신했던 자리를 성적 관계로 말미암아 파괴해버린
그가 찾을 수 있는 것은 관념적 이해로서의 새로운 문물이었다. 새로운 문
물이란 늘 유동적이다. 그렇기 때문에 그는 늘 그러한 문물에 대응해야 했
고, 유동적으로 수용해야 했다. 문물의 수용은 기껏 물질적인 면에서의 만
족을 줄뿐이고 단속적이다. 사실 그가 원한 것은 아버지라는 이름을 지닌
권위 있고, 그를 이끌어 줄 수 있는 존재이지 대용될 수 있는 물질적인 요
소가 아니다. 그러므로 그는 대리부를 수용하려 했으나 그것에서 실패하고
마는 인물이다. 그는 말하자면 당대의 유한 계층의 자제의 실패한 모델로
등장하고 있는 것이다.

조상훈에게 있어서 물질의 수용이란 이념의 수용의 대상적 관계를 띤

---

147) 처음에는 그가 찾아낸 代理的―父는 자신의 첩이었던 홍경애의 부친이었다. 그는
　　 독립운동으로 옥고를 치르게 되고, 그것을 빌미로 그는 홍경애의 집을 드나들게
　　 된다. 홍경애의 아버지가 죽고 그녀가 혼자가 되었을 때 조상훈은 그녀를 보호하
　　 기 위해서 노력하는 중에 성적 관계가 성립되고 만다. 이러한 점으로 미루어 조상
　　 훈은 代理的―父의 상실 이후에 타락하는 것으로 보인다.

다. 늘 새로운 수용을 요구하고, 다시 새로운 것을 요구해야 되기 때문에
사실은 아무것도 수용할 수 없었던 것이다.148) 대리부의 수용을 원하나 그
것이 무위로 돌아갈 때 그는 좌절할 수밖에 없었고, 그것은 작품 내에서 소
외로 나타나고 있다. 그의 소외가 유난하게 많이 나타나는 것은 사실 그러
한 인과의 결과였던 것이다.

　　부친이 망령이 나느라고 그러는지는 모르겠으나 젊은 사람들이나 자
　식보는데 챙피도스러웠다. 상훈이는 안방으로 들어가는 수도 없고 아
　랫방에서 덕기 또래의 아이들이 모여있으니 그리 들어갈 수도 없다. 하
　는 수 없이 모자를 집어 쓰고 축대로 내려오니까 덕기가 아랫 방에서 나
　와서 들로 내려온다.
　　「아랫방으로 들어가시지요」
　　덕기가 민망한 듯이 이렇게 부친께(상훈)에게 말을 걸었으나, 부친은
　잠자코 나가 버렸다.(87)

　　상훈이는 꾸어다 놓은 보릿자루 모양으로, 사랑 안방 아랫목에 멀거
　니 앉았는 수밖에 없었다. 그러나 덕기로서는 부친에게 일일이 품을 하
　지 않을 수 없었다. 극서은 무시를 당하는 부친이 가엾어도 그렇고 도리
　로도 그러하였다.
　　그러나 상훈은 절대로 무간섭주의자였다.(281)

　위에서 살펴보듯이 그는 철저히 소외를 당하는 국외자였다. 어느 쪽에
도 갈 수 없는 어느 편에도 설 수 없는 일종의 유랑자였던 것이다. 그러므
로 그는 정신적인 방랑을 했고, 그것은 고아와 같은 존재였다. 고아는 아버
지를 필요로 한다. 그러므로 그는 대리적 부를 찾아내야 하고 그것을 수용
해야만 하는 것이다.149) 그래서 그가 찾은 것이 기독교라는 사실은 주목을

---

148) 기독교로, 학교 사업으로, 심지어는 매당집을 찾아다니는 행위는 그의 새로운 수
　　용의 부질없음을 잘 나타내고 있다.

받게 된다.

  기독교는 부권적 체계를 이루고 있다. 천부(天父), 그 아들과, 그 아들의
상징인 보혜사 성령의 시대로 나누어지는 엄격한 부권적 질서 위에 세워져
있다.(물론 이들은 三位一體의 한 바탕을 이루고 있지마는).

  왜 그가 부권적인 질서의 세계로 나아갔었는가는 이러한 현상에서 해석
될 수가 있다. 그 부권적 질서의 세계는 사실 理想的父를 찾는 시도였지만
실제적인 부권의 종말을 의미한다. 즉, 기독교는 전통적 가치관에 입각한
봉제사라는 지고적인 가족주의의 버팀목을 깨뜨리고 있기 때문이다.150)
제사의 철폐는 가문을 버리겠다는 것이며, 그것은 이미 그의 실제적 가족
은 자신의 이상적 부도 대리적 부도 될 수 없다는 현실적 욕구에 의해서 수
행되어진다. 조의관과 조상훈의 분규 문제는 바로 이러한 점에서 살펴져야
한다.151)

---

149) 조남현, 위의 책, 186~191쪽. 조상훈이 새로운 시대를 만들어 보고자 했던 야심
    의 근원적 폐쇄로 다시 그는 기독교 사업에의 정열로 대리보상을 받게되지만 마
    침내 실패하고 말았다. 또 학교 사업으로 옮겨가는 행동을 하게 된다. 그러나 여전
    히 그 좌절감을 對他的인 인식을 조절하는 계기로 승화시키지 못한 채 감상과 쾌
    락속에서 자족하는 삶의 방식을 택했다고 보고 있다. 이런 관점을 확대시켜 보면
    그의 이러한 방황은 사실 부친에 대한 반감으로 이상적부를 꿈꾸어온 것이며, 그
    결과가 바로 대리적부의 수용이었는데 그 수용이 기독교였으며, 학교였고, 마침내
    애국지사의 후원에 이르렀다. 즉 홍경애의 부친은 조상훈의 대리적 부였다고 볼
    수 있다. 그러나 代理的─父는 늘 불안정하기 때문에 그의 수용은 단속적인 상태를
    보여주고 있는 것이라고 보여진다. 이러한 점은 조상훈이 홍경애 부친과 그 집안
    을 도운 것과 조상훈이 홍경애를 사랑하게 되어 애까지 낳게 한 것은 별개의 것이
    라고 강조하는 점을 살피고 있는데 이는 본고의 논의 전개에 도움을 주었다.
150) 이재선, 위의 책. 세대 중 어느 대보다도 가장 갈팡질팡의 세대이며 자기 파멸적
    인 세대인 것이다. 이는 곧 전통의 권위와 현실의 암초─현실 참여의 출구의 봉쇄
    와 가부장적인 전통 사회의 위력에 이중의 억압─ 때문에 전락하는 세대의 대리
    자라고 보았다. 이는 곧 두 사회 어느 것에도의 접근 소원의 모호한 자리에 있는
    것이라고 분석되어질 수 있다.
151) 조남현 위의 책. 조의관과 조상훈의 갈등을 適時代性과 合理性이 박약하기는 하
    지만 <확실한> 인생관과 시대와 사회를 정면에서 고민한 흔적이 있긴 하지만

　문제는 그가 대립로 삼은 기독교가 그의 대리부로서의 기능을 상실함에서 발생하는 것이다. 이러한 것은 그의 좌절감이 대리부를 탐색하는 것보다 더 강력했다는 것을 말해 주고 있다. 홍경애, 김의경으로 이어지는 그의 여성 탐닉은 이런 점에서 갈등의 해소 방안으로 보인다.(조남현은 갈등심리로 이어지는 긴장감은 적대감의 직접표출, 대체물로의 환치, 그 자체가 만족감을 주는 긴장해소 행위 등 세 가지 경로로 해소된다고 하며, 조상훈의 여성 탐닉은 바로 세 번째라고 보았다).

　그러나 그의 대리적 부의 수용은 모호한 점을 보이기도 한다. 그것은 누구나가 언급하다시피 작가 자신의 증인 의식, 아니면 방관적 자세라고 보여지는 관점에서 시작된 것인지는 모르지만, 그의 代理的父의 수용은 부친에로의 동화적 상황을 보여주고 있다.[152] 즉 이미 거부해 버린 조의관을 이해하려 노력하고 있으며 다시 한 번 좋았던 관계를 유지시키려고 하며, 아들 조덕기를 이해하려 하는 점에서 부각되어지는 것이다. 이러한 점은 그가 바로 간세대적 인물이라는 증좌이다. 문제는 이러한 융화의 몸짓이 얻어내려고 하는 것이 무엇인가에 있다.

　결국 그러한 유화적인 수용으로 그가 획득하려는 것은 부권획득이란 실지의 탈환에 있는 것으로 나타나 있지 않고 있다는 것이다. 이점은 결코 무시될 수 없는 부분이다. 왜 자신이 마땅히 상속인이 되어야 하는 것인데도 그는 그것은 아랑곳하지 않고 다른 데에 자신의 목적하는 바를 설정했을까

　　여전히 <불확실한> 상태로 남아 있는 인생관이 정면 충돌한 것이라고 풀이할 수 있다고 했다(187쪽).

152) 이는 작가의 증인정신이니, 이념적 중립화니, 방관적 삶의 태도니, 나날의 삶이라고 표현되는 것으로 볼 수 있다. 그러나 본고에서는 그렇게 보지 않고 부계적 변이현상의 시작으로 본다. 또 이러한 가치판단의 유보는 理想的父―와 代理的―父 사이에서 갈등을 하고 있는 것으로 조상훈이 舊習으로부터 놓여지지 않았고, 새로운 것으로의 완전한 이행에 실패하고 있다는 것을 보여주는 명백한 예중이다. 이때 새로운 것에 대한 정의는 전통적 이념으로부터 자본주의로의 변환이다. 작품 내에서 이것은 돈으로 나타난다.

에 대한 물음은 바로 근대의식의 변화 양상이 뚜렷하게 나타나고 있다는
말이다.

우리에게 김윤식이 살핀바와 같이 근대의식은 기차―증기기관―로, 또
신작로 등으로[153] 상징되는 문화 이행과 그 토착화 과정일 수 있지만[154]
그 근저에 놓인 핵심은 경제적 인간―homo econnomius―으로의 이행이다.
즉 개인적인 경제력 성취에 있음을 알 수가 있다.

> 아침 후에 상훈이가 문안을 왔다. 영감이 누운 뒤로 아침 저녁 문안
> 만은 신통히도 궐하지 않는다. 그러나 문안이라고 병인의 방에 들어와
> 서 잠깐 섰다가 나가는 것이건마는 그 이분이나 삼분 동안이 피차에 지
> 리한것 같고 성이 가시었다.(220)

> 부친의 호령은 언제나 박박 할퀴는 것 같았다. 심장 밑이 찌르를하였
> 다. 그럴때마다 하속배나 어린 며느리자식 보기에도 창피한 증이 들었
> 다. 여생이 얼마안 남은 부친이니 그야말로 양지(養志)는 못할망정 자식
> 된 자기로서 제 속마음으로라도 향의만은 정성껏 하리하고 생각하다가
> 도 주착없는 어린애처럼 배심이드는 것이다.
> ―― 내가 잘한 것은 없지마는 孝도 웃사람이 받아 주서야 될 것이 아
> 닌가? (221)

간세대적 인물인 상훈의 모호한 관념은 이념적 태도의 미수용과 전통적
가치관의 거부라는 상태에서의 갈등으로 말미암은 것이다. 이러한 갈등의
융화를 그는 술과 여자에게로 향하게 된 것이다. 그가 수용하는 대리부적
인물은 전적으로 나타나지 않고 단지 불확실하게 드러날 뿐이다. 돈의 역
할이란 바로 그 불확실한 것은 확실하게 해주는 대상인 것이다. 이러한 그

---

153) 김윤식, 위의 책, 538쪽. 김윤식 교수는 돈의 제도적인 것에의 연결이 자본주의(근
　　대주의)의 밀도가 높아지는 것으로 살피고 있다.
154) 김경동 외 공저, 『近代化』, 서울대출판부, 1979, 30쪽.

의 위상은 덕기에 의해서 확연하게 된다. 간 세대적 아버지인 조상훈은 이념적으로도 경제적으로도 완전하게 환태하지 못한 어정쩡한 인물이었다. 그의 代理的—父의 수용이란 이렇게 복합적인 것이며 그 자신은 아들 덕기에게 여전히 代理的—父의 존재로 나타나고 있다. 이처럼 대리적 부는 존재론적 포괄성을 지니고 있는 아버지이다. 그는 이념과 물질 사이의 어느 한 곳에도 더 가까이 갈 수 없는 중간자인 것이다.

> 부친—부친도 가엾다. 때를 못 만났고, 이런 시대에 태어났기 때문도 있다. 그러나 실상은 자기 성격 때문이다. 조부의 성격 때문인지도 모른다. 같은 시대, 같은 환경, 같은 생활 조건 밑에 있으면서도 부친의 걸어온 길과 병화의 부친이 걷는 길과 필순의 부친의 길이 소양지판으로 다른 것은 결국에 성격 나름이다. 또 있는 집 아들이라고 모두 부친같은 생활을 할까! 그것을 생각하면 사람의 운명이니 숙명이니 팔자니 하는 것은 결국 성격에서 우러나오는 것, 성격 그것을 말하는 것 같다.(371)

이처럼 상훈의 모호한 위치는 성격으로 전환되면서 가장 부정적인 대우를 받는 것으로 나타난다. 그러나 더 중요한 것은 이러한 덕기의 인식은 사실은 그의 實父를 동정적으로, 그리고 심정적으로 포용하고 있다는 것이다. 성격이니 팔자로 전환시키는 의도에는 조상훈에 대한 애정이 담겨 있다는 의미를 지닌 것으로 보인다. 그러나 조상훈의 딸 조덕희는 전혀 아버지에게 동정이 없다. 왜냐면 그녀는 자신의 대리적 부를 이미 지니고 있기 때문이다. 그녀의 대리적 부는 바로 조덕기이기 때문에 그녀와 그의 사이는 형제적 의사부의 관계로 드러나고 있다. 그녀는 복잡한 가정사내에서 일견 비껴 나 있는[155] 국외자로 나타난다.

---

155) 『삼대』가 가족사소설이 아닐 수 있다는 것은 이런 부분에서도 찾을 수 있을 것이다. 범박하게 말해서 가족사소설이 가족의 이야기를 다루는 소설이라면 김병화나, 홍경애, 피혁 등 대신으로 덕희, 어머니 등을 더 심도 있게 다루어야 했을 것이다. 이런 논지에서 이 작품을 세태 소설로 살핀 김경수의 견해는 정확하다고 본다.

지금 전차에서 내리면서 원광으로 부친의 눈길과 마주쳤으나 모른
척하고 휘휘 가 버리는 뒷모양을 몇 번이나 바라보면서, 심사가 좋지 못
한 것을 참고 들어오는 판인데 집안 꼴이 또 이 모양이다. 덕희는 누구
편을 들고 말고 없이 요새는 집이라고 들어올 생각이 없다..... 부친이야
원체 말할 것도 없고 남보다 더 나을 다름이지만은 덕희는 모친과도 맞
지 않았다..... 이 집안에서 다만 한 사람 오라비만은 같은 시대에서 호흡
을 하고 얼마쯤 이해를 해주고 귀해 주는 점이 제일 마음에도 맞고 남에
게 자랑도 되었다.(385)

이렇게 부정적인 아버지 조상훈을 대신으로 물질적인 면에서의 대리부
로 덕기는 조부 조의관을 갖는다. 대리부로서 조의관은 물론 합당하지 않
다. 왜냐하면 덕기는 물질적 결핍이라기보다는 정신적 결핍으로서의 아버
지를 원하고 있기 때문이다. 식민지 시대의 회고의 항거였던 삼일운동 이
후 황폐하고 실의에 빠진 세대를 대신한 새로운 방향 설정이 당시의 가장
중요한 문제로 대두되어 있었기 때문이다. 그러나 대리부 조의관은 이미
이념적인 면에서는 대리부의 자격을 상실하고 있다. 조덕기의 이중적인 성
격에 대해서는 전장에서 이미 지적한 바가 있지만 조의관을 대리부로 삼을
수 있는 것은 그가 전통적인 가권주의와 연결될 경우에 한정된다.

조덕기가 가족주의 편에 서 있을 경우에만 그 조부 조의관은 대리부가
될 수 있다. 가족주의는 보통 두 가지로 환원되어지는 데 그 처음이 봉제사
로 문제화 되어 있는 가문의 지속과 사당의 보전이며, 둘은 가족을 거느리
고 가족이라는 공동 생활체를 운영해 나아가는 것이다. 즉 사당과 경제력
으로 초점화 되어 질 수 있다.

―― 내 일생에 하지 않으면 안 될 가중 중대한 일은 이 금고 여닫는
것과 사당 문을 여닫는 것 두가지 밖에 없단 말인가? 마치 간수가 감방
문을 여닫듯이, 그리고 그 중대(?)한 사업이 오늘 이 자리에서 시작되는
것이다(265쪽)

그러므로 본래적으로 덕기가 꿈을 꾸어 오던 이상의 세계와는 멀어질 수밖에 없다. 이는 이념적 상실을 전제로 하여 조덕기의 물질적 만족과 정신적 만족을 위한 양가치에서 어느 쪽을 택하는 가에 따라 달라지고 있다. 결론적으로 조덕기는 후자를 택하게 된다. 즉 그는 조의관을 대리부로 삼는 것이다.

대리부로서 조의관의 가장 중요한 일은 가문을 빛내게 하는 것이었다. 이는 중인의식을 지닌 존재로서가 아니라 중인이기에 더 나은 사회적 지위가 의미하는 것을 충분히 알고 그것으로 다시 가문을 중흥시키고자 하는 것이다. 조의관의 치부는 특별한 데에 있지 않다. 그는 윤직원이나 안승학처럼 그렇게 내노라는 부도덕한 행위로 치부하는 것이 아니라는 점에서 물질적 충족형이라는 유형에서 약간 다르게 나타난다.

가문의식이야 말로 조의관에게 있어서 목숨을 걸 수 있는 중요한 일이었다. 그는 평생의 몇 가지의 오입을 했는데 그것이 모두 가문의 중흥, 흥융을 위한 것과 밀접하게 관련되어 있는 일이었다. 첫째가 옥관자를 붙인 것이며, 둘째가 아들 하나를 더 줄 요량으로 수원집을 얻어 재취한 것이며, 세 번째가 대동보소를 만들어 족보를 빛나게 하는 행위이다.[156]

조의관이 그 아들 조상훈과 틀어진 부분은 바로 이와 같은 부분에서이다.

(돈주고 양반을 사!) 이것이 상훈에게는 일종의 굴욕이었다.
그러나 조의관으로서 생각하면 이때껏 자기가 쓴 돈은 자기 부친이 물러 준 천 량에서 범용한 것이 아니라 자수로 더 늘린 속에서 쓴 것이니까 그리 아깝지도 않고 선고(先考)의 혼령에 대하여도 떳떳하다고 자긍하는 것이다.

---

156) 이러한 양상은 정신적 결핍의 물질적 충족형 모두에 보이는 공통항이다. 『태평천하』의 윤직원과 『대하』의 박성권 등은 이러한 사람들의 전범이다. 그들은 치부와 그것의 사회적 보상원리로 인해 가문을 빛나게 하는 이러한 족보의 금물 먹이기를 하는데 그들의 돈을 많이 쓰는 것이다.

조상훈과 같이 개화의 세 바람을 맞고 자라는 인물에게 구시대의 유물
을 가장 근대적인 돈을 주고 산다는 행위는 부정적이며, 심지어 죄악적이
다. 그는 그러한 부에게 치욕을 느끼고 마는 것이다. 그것이 가족주의에서
벗어나는 일반적 현상이라고 볼 수 있다. 그러나 조의관에게는 그것은 정
말로 중요한 일이다.

근대화의 바람 속에서 여전히 보수적 회귀의 표징인 족보 꾸미기란 족
보 만들기는 계속되고 있는 것이다. 그러한 것을 수용하는 사람만이 조의
관을 대리부로 삼을 수 있는 것이며, 덕기는 그래서 중도적 인간일 수밖에
없고, 사상이나 이념에서도 그는 심퍼다이저로 밖에 머물 수밖에 없는 존
재인 것이다. 이는 그가 이중의 대리부를 가질 수밖에 없다는 역설을 가능
케 해주는 실례이다.

덕기는 역시 조부를 자신의 대리부로 삼아 實父인 조상훈과 맞서게 되
는 것도 사실은 물질적인 경제권의 획득에 있었다. 그러나 이러한 부와의
맞서는 행위는 지극히 비윤리적임에도 문면에서 그렇게 심각하게 나타나
지 않고 있다가 마지막에 가서 금고를 훔치고 인장을 도용하는 등으로 변
모할 뿐이다. 이와 같은 비윤리적인 대립에서조차 덕기가 실부인 상훈과는
이미 이념적인 측면에서 위화되어 있기 때문에 그와 맞서는 행위에 대하여
는 특별한 의식이나 자각을 하지 않는다.

이렇게 『삼대』는 돈과 혈연의 유지를 위한 전대(前代)의 갈등이라고 볼

수 있다. 문제는 그렇다고 덕기가 전적으로 그의 부친과 위화 있다거나, 적극적으로 반목되어 있지 않다는 데에 있는 것이다. 그는 심정적으로 부친에게도 가까워지고 있기 때문이다. 특히 가내사에 있어서 그는 조의관과 조상훈 모두에 대하여 부정적인 측면을 갖거나 둘 다 에게 또 긍정적인 자세를 취하기 때문이다.

> 그 뿐 아니라 부친이, 생각하였던 것보다는 현대 사상 경향이나 사회 현상에 대하여 아주 어둡고 무관심한 것이 아니라는 것을 발견한 것이 반갑기도 하고 부자간의 이런 토론은 처음이었으나 그로 말미암아 부친과 자기 사이가 좀 가까워진 것 같은 기쁜 생각이 들어(36쪽)

> 조부의 성미와 고루한 사상에 대하여서나 부자가 그렇게 반목하는 것은 덕기로서도 불만이 없지 않으나 자손을 위하여 그러게 다심하게도 염려하는 것은 생각하면 고맙기 그지 없다.(268쪽)

이렇게 이중적인 위치를 취하고 있는 것이 덕기의 진정한 상황이다. 위에서 본대로 덕기는 실부와의 결핍은 이념의 결핍이지만 대리부와의 결속 관계는 물질적인 면에서이다. 이는 다시 말하자면 덕기의 진정한 대리부로 조의관은 부족하다는 것을 의미한다. 즉 가족주의와 연결되어 있을 때에만 조부는 그의 대리부가 되며, 좌익적, 즉 프로레타리아 혁명적 입자에 섰을 경우에만 실부와 위화되는 것이다.

이러한 이중적 양상은 텍스트를 중도주의 승리라고 부를 수 있는 자격을 부여하고 그것으로만 물질적 충족형으로서 조의관이 대리부의 자격을 얻을 수 있는 것이다. 이런 맥락에서 조덕기야 말로 염상섭 전 작품의 가중 중도적 질량의 발라스트의 전범일 수 있다.

또 이는 『삼대』가 설 수 있는 존재 가능지역의 범위를 말해주고 있다. 즉 텍스트는 식민지 시대의 우리 현실의 대안을 가족사적인 구성을 통해 이중적 대리부로서 설명하고 있다고 볼 수 있다.

2) 『太平天下』의 화폐지향적 가계 수호자

개인주의의 발달은 전통적인 대가족 위주의 집단적 사고의 응고된 가문 의식과 사유방식을 근본부터 흔들어 버린다. 그것에서는 세계 내에서의 자아의 위상이 다른 무엇보다 중요하게 작용하고 있다. 그러한 의식 작용은 가문으로 대표되어 온 우리들의 혈연에 입각한 수직적 사고 체계를 파괴하고 만다. 지금까지 가치 우위를 차지하여 온 안빈낙도나 정신주의적인 삶의 방식들이 심각한 도전을 받게 되는 것이다. 도덕이 생명의 근원이 아니라 나의 생명이 도덕의 근원으로 치환되는 사회에서 기존의 여러 가지의 이념적 패러다임은 현저한 공격을 받게 된다. 식민지 시대의 내적인 갈등의 한 징표로서 바로 이러한 다양하고 변화된 이념들과 그 부재의 포괄적 현상이다.

그러나 산업화로 환언될 수 있는 일반적인 의미의 근대화는 사유 체계만이 아니라 생존과 밀접하게 관계있는 경제 체계를 흔들게 된다. 경제사적 흐름에서 보면 전통적인 농경에서 근대적인 산업 사회로의 전이는 필연적인 것이다. 그것 가운데 상공업의 발달로 인한 돈의 힘이 증대해진 것은 가장 독특한 본보기이다. 특히 우리나라의 경우 경제권을 일본에게 박탈당하고 국민 생활이 극도의 빈궁에 빠지게 되었다는 특수한 사정으로 인해, 또, 한편으로는 제국들의 힘에 의한 패권주의에 도전하기 위해서 금전과 재물에 대한 요청이 더욱 절실한 것으로 나타나고 있음을 당시의 작품을 통해서 충분히 규명할 수 있다.157)

소설 사회학은 근대 소설의 발전을 사회 역사적인 틀 속에서 설명하고 하는 의도를 갖는 것으로서의 소설 연구론의 하나이다.158) 지금까지 본고는 거칠기는 하지만 그러한 방법으로 우리 근대 소설의 여러 양상의 代理的 父像을 보아 왔다. 그들은 각기 자신이 처해 있는 사회 환경과 연관 관계

---

157) 김태길, 『소설에 나타난 한국인의 가치관』, 문음사, 1986, 291쪽.
158) 페테 지마, 허창운 역, 『텍스트의 사회학』, 민음사, 1991.

를 가지고 있었으며, 또 주인물들의 각성에 의해 변화되고 다기화되는 속
성을 지니고 있었다.

대리적 實際的—父라고 命名되어진 또 하나의 父像은 바로 이렇게 이념
부재의[159] 인물이나 돈의 힘이 기대이면서 역시 그 반작용으로 돈에 체화
된 아버지를 가리킨다. 이념이 없고 금력(金力)의 영향권이 존재하는 가정에
서의 가족들 개개인의 관계는 이미 개별화되고 해체화되는 현상적 변화가 보
인다.

이러한 상황에서 實父들은 전통적 부자(父子)라는 이가적 상황에서 벗어
나서 자각된 인물들에 의해서 개인과 개인의 관계로 맞서게 되는 父像을
말한다. 이제 아버지들은 유습된 가치 체계에 의존하여 권위적으로 존재했
던 재래의 가족주의에 기대인 기능도 약화되어 있고, 급변하는 세계를 추
종할 수 없음으로 자녀들의 사회화 과정의 교화자적 기능마저 이미 사라져
버린 경제인의 기능, 또는 자식의 앞날에 무관심하고 역시 무력한 아버지
모두를 일컫는 용어로 전락되어 가고 있음을 나타낸다. 아니면 반대로 체
화적 사회 흐름을 간파하는 타고난 재능으로 경제력이라는 상좌에 앉아서
그것을 부림으로써 전통적인 가부장의 권위를 오로지 그것을 통하여 획득
하려고 하는 이념적 부정인으로 나타나고 있다. 우리 근대 소설에서 그러한
인물들의 전범(典範)은 채만식의 『太平天下』에서 윤직원이란 인물로 형상
화되어 잘 나타나 있다. 물론 이기영의 『故鄕』의 안승학도 그러한 인물이
기는 하나 그의 교활성은 윤리적 파탄이라는 의미에서 윤직원과는 다르다.

이렇게 보았을 때 1930년 후반, 식민지의 말기의 우리 근대사회의 성격
을 나타내는 집약적인 단어들은 엄청난 가난의 극복—자본주의 경제에 있
어서의 정체성—과 자주 독립의 이념이었다고 본다. 당대의 소설, 특히 장

---

159) 여기서의 이념이란 삶의 전망을 지시하는 한 개인의 세계에 대한 태도라는 의미로
　　사용한다. 물론 의식이라는 말로도 표현될 수 있지만 그 포괄적 의미로 인해 이념
　　으로 명명했다. 그렇기 때문에 이데올로기 전반을 가리키고 있다. 사회주의 이데
　　올로기 역시 그 가운데 내포되고 있고, 자본주의 이데올로기도 마찬가지이다.

편소설에서는 어떻게든 이러한 현실들이 나타나고 있다는 것으로 미루어 충분히 개연성이 있다. 특히 장편소설이 중요시해야 하는 것은 서술 기법이 아니라 인간과 사회의 관계라는 점에서 개별적 존재의 위기 상황의 도정을 드러내기 위해 당시의 소설들은 장편 위주였고, 게다가 가족사적 서사 구조를 통해서 전개되고 있음을 알 수 있다. 즉 작가들은 당대 현실 이념의 폭로화를 가족사적 구성을 통해서 부자(父子) 관계로 이원 대립화시키는 방법을 즐겨 사용했음을 알 수 있다. 어떤 상황에서든 그들의 목적은 이러한 패러다임을 역행하는 존재들로서의 아버지가 바로 당시의 부정적인 존재들로서 아버지로 보는 것이며, 그것은 성급한 결론을 말하자면 현실적인 지배인 일보과 당대의 위정자들을 겨냥한 풍자적인 양상을 보이고 있다.160)

1930년대의 소설의 특징 중의 하나로 그 地誌的 및 공간적 定位에 있어서도 도시와 농촌으로 양분화 되어가고 있는 형상을 보이고 있다.161) 그 대표적인 작가 들 중의 하나가 바로 채만식과 이기영을 들 수 있다. 이기영은 그의 소설적 배경을 일차적으로 식민지 소작인들의 가숙하는 장소인 우리 농촌에 두었다. 『고향』을 비롯한 그의 대부분의 작품들은 이와 같이 농촌을 그 소설적 배경을 하고 있다.

반면에 채만식은 그 소설의 지정학적 배경을 도시에 두고 있다. 그래서 그의 대부분의 소설은 모두 도시를 배경으로 하고 있는 특징을 지닌다.162) 소설에서의 배경이란 공간은 불필요하거나 부차적인 요소이기는커녕 여러 가지 형태로 표현되고 다양한 의미를 지니는 것이며 심지어는 작품의 존재 이유가 되기도 한다.163)

도대체 왜 채만식이 도시에 그 소설적 배경을 가져다 두었는가를 묻는

---

160) 홍이섭, 「30년대초의 농촌과 沈熏文學」, 『창작과 비평』 25호, 1972.
161) 이재선, 『한국현대소설사』, 1979, 316~317쪽
162) 『치숙』, 『레디메이드 인생』, 『巡公이 있는 오후』 등 실제로 그의 작품들 중 상대적으로 비중이 있다고 여겨지는 작품들은 이렇게 그 배경을 도시로 설정하고 있다.
163) 롤랑 부르뇌프·레알 윌레, 김화영 편역, 『현대 소설론』, 문학 사상사, 1986, 148쪽.

것은 이기영은 왜 농촌에 그렇게 했느냐는 대안적 물음이 될 것이다. 이는
곧 채만식 소설이 근대적 의식 내지는 근대적 의식의 세계를 담지하고 있
다는 말이 된다.164)

> ... 도시는 현대문학에 있어서도 중요한 의미와 가능을 가지고 있다.
> 먼저 도시는 문명과 산업화된 현대의 사회를 상징한다. 한편 도시는 또
> 한 현대사회의 病理와 뿌리뽑힌 삶의 궁지를 집약적으로 상징하기도 하
> 는 것이다. 그래서 소설의 전경과 배경이 되고 있는 도시의 관상학적인
> 혼잡스러움은 바로 그 속에 살고 있는 인간의 정신적이고 도덕적인 혼
> 미나 非人間化의 한 世界化──客觀化의 성격을 지니고 있는 것이다.165)

이와 같은 근저 의식 아래 채만식은 도시에 그 배경을 두었다고 볼 수 있
다. 더구나 그의 소설의 대부분의 주요 인물들이 바로 도시를 찾아 도시로
흘러들어 온 뿌리 뽑힌 자들이라는 것도 그러한 인식의 환경에서 튀어나온
것이다. 먼저 도시는 산업화된 환경을 가지고 있다는 것은 바로 그것이 전
통적이 영농적 사회로부터 화폐 경제적인 삶의 질서 속에 치환되었다는 것
을 환기해야 한다. 『濁流』나 『太平天下』 모두가 다 돈이라는 것에 관련된
돈의 향방성에 의해 좌우되는 인물들의 삶의 태도를 그리고 있기 때문이다.
　산업화란 우리에게 있어서 근대화를 의미한다. 우리의 근대화는 식민지
라는 이중의 질곡 속에 진행되어 왔다. 더구나 그것이 가치 측면에서 부정

---

164) 김동일, 김태길외 공저, 「근대화에 따른 사회구조상의문제들」, 『한국 사회와 시
　　민의식』, 문음사, 1988. 한 사회나 국가의 군대화라는 어휘는 적어도 세 가지 측
　　면에서의 변화를 의미한다. 하나는 産業化라는 것이요, 또 하나는 도시화
　　(Urbanization)라는 것이고, 나머지 하나는 官僚化라는 것이라고 보았다. 특히 그
　　는 전자 두 가지, 즉 산업화와 도시화를 문명의 발상적 견지에서 도시화와 문자의
　　발명으로 보는 인류학자들의 논지에 기대어 도시화가 산업화를 선행한다고 주장
　　하고 있다. 결국 그는 도시화란 근대화와 같은 것으로 살피고 있는 것이라고 단정
　　할 수 있다(12~13쪽).
165) 이재선, 위의 책, 317쪽.

적, 친일, 배일이라는 상황과 직접 관련되어 있다. 그러한 환경에서의 산업
화는 부의 편중을 본질적으로 내포하고 있을 수밖에 없다. 산업화가 발전,
더구나 삶의 질과 양의 팽창적 발전이라는 것을 목표로 한다면 이런 경사
적인 발전의 흐름은 파행적으로 계속되고, 그럼으로 다시 편중화 현상이
두드려지게 된다.166)

　또 산업화는 도시의 생활을 가능하게 만드는 데 이때 도시는 개인의 익
명성을 보장해 주는 장소이다. 윤직원이 서울이라는 도시로 이사 온 단 하
나의 조건은 기부금이니 뭐니로 복잡하고, 독립군들의 군자금이라는 명목
으로 기부를 요청하는, 윤직원에게는 다분히 강도 같은 행위에서부터 자유
로워지려는 행동으로 익명성을 그 특징의 하나로 갖는 도시의 속성을 이용
하기 위하여 그리했던 것으로 나타나고 있다.167)

　주지하다시피『태평천하』는 168)『삼대』와 함께 식민지 시대의 대표적
인 소설로서 우리 현실을 가장 날카로운 인식으로 드러낸 작품이라는 평을
받고 있다. 특히 주인공적 인물 윤직원은 동작가(同作家)가 그려낸 또 다른
인물인『탁류』의 장형보와 더불어 우리 소설사에 길이 남을 대표적인 부
정적 인물이라는 평을 받고 있다.

　윤직원은 부정적인 인물이다.169) 그는 사회에서 마땅히 도태되어야 할

---

166) 김경동외『近代化』, 서울대출판부, 1979, 33쪽.
167) 시골서 돈을 많이 가지고 살면, 여러 가지 공과금이야, 기부금이야, 또 가난한 일
　　가푸내기들한테 뜯기는 것이야....., 윤두꺼비는 마침내 가권을 거느리고 서울로
　　이사를 했던 것입니다(45쪽).
168) 김윤식·김현,『한국문학사』, 1973, 민음사. 채만식의 그런 탁월한 현실인식을
　　가장 날카롭게 보여주고 있는 것이 그의『太平天下』이다. 그것은 염상섭의『삼대』
　　와 한께 식민지 시대에 쓰여진 가장 우수한 작품 중의 하나이다. 이재선,『한국
　　현대소설사』, 홍성사, 1979, 382쪽.
169) 보편적으로 채만식 소설을 아이러니로 보고 있는 데 그의 아이러니는 이처럼 부
　　정한 사람을 앞으로 내세우고 긍정적인 사람을 후면에 내세우거나, 희화화하는
　　데서 얼어진다. 김윤식·김현, 위의 책.
　　최시한,『가정소설 연구』,(민음사, 1993) 그는 그러한 풍자의 기법을 취한 것은 당
　　대 현실과 작가 모두에 있어서 필연적인 것이라 보고 있다.(287쪽) 우한용,『한국

존재임에도 자신의 부라는 성채에서 여전히 거들먹거리고 살고 있는 사람이다. 그러한 그를 서술자—작가는 비판을 한다. 사실 그의 아이러니는 강력한 비판 의식의 소산이라는 연구는 정당한 것이라고 보여진다. 그의 비판은 윤직원에게만 국한 된 것이 아니라 누구에게라도 비판을 받을 만한 이들은 비판의 대상 아이러니의 대상으로 삼고 있기 때문이다.

문제는 윤직원이 아버지라는 사실이며, 또 작품내의 긍정적 인물들에 의해서 代理的父가 된다는 것이다. 다른 하나는 『太平天下』가 가족사적 소설이라는 데에서 발생한다. 가족사 소설은 세계 인식에 관한 부자간의 갈등을 축으로 삼아 진행되는 것이다. 그럼으로써 사회상과 그 사회상에 의해서 변질되어 가는 가족상들이 서사의 주축을 이루고 있다. 그런 점에서 『太平天下』는 윤직원을 중심으로 하는 윤씨 일가가 그들의 변동하는 사회 속에서 어떤 양상으로 변해 가며 그들의 연대성이 어떻게 변질되어 가고 있는가를 나타내고 있다는 명제가 성립해야 한다.

그리고 『太平天下』에서는 그러한 양상들이 화자의 느긋한 진술을 통해서 은닉되어진 체 나타나고 있다.[170] 그것의 이유는 서술자의 서술이 윤직

현대소설 구조 연구』(삼지원, 1990), 229쪽. 채만식소설의 한회귀적 의미 단위를 형성하는 것은 過渡期 意識이며, 이 과도기 의식에서 현실에 대한 비판의 시각도 가능해지고 지향성도 거기에 바탕을 둔 것이라 할 수 있다. 이 과도기 의식을 談話次元에서 본다면 諷刺와 直敍의 방법으로 드러난다. 김승환, 「채만식 소설론」(『개신어문학』 1984년, 166쪽), 도덕적인 불감증에 걸린 채 자기 쾌락과 자기 안전 이외의 세계에 대한 모든 것에 눈감고 있는 어리석고 우직한 치부자라고 보았다. 그러나 논자는 그를 합리주의자로 간주하고 살피고 있다. 다지 그 합리가 무엇에 대한 합리인가가 중요하다.

이외의 다수의 논자들에 의해서 윤직원은 부정적인 인간으로 편입되는데 그것은 무엇보다 당대의 현실에의 몰자각이란 입장에서다. 그러나 당대의 이념의 개인적인 수용이란 사적인 것에서도 살펴보아야 한다고 생각한다. 왜냐하면 개인주의에서 개인의 삶 역시 사회의 삶보다 더 우선되어야 하는 것이기 때문이다.

170) 이재선, 『한국문학의 해석』, 새문사, 1981, 138쪽. 그는 '느슨'이라는 말보다 '완만'하다는 단어를 사용해서 그러한 것은 서사 기법상, 單純直線構造의 연대기라기보다는 시간의 역전 현상이 있어서 그렇다고 본다. 물론 작품의 구성상 틀림이

원 한 사람을 주로 삼아 서술하기 때문인 것으로 보인다.

　윤용규는 그의 집안을 일으킨 사람이다 소위 그는 벼락부자(parvenu)가 되어 윤씨 가문을 이끌어 올린 세대로서 경제적으로 졸지에 금권적 급상승 계층(plutocratic parvenu)으로 만든 장본인이다. 그는 아들 직원 윤두섭에게는 영원히 理想的一父로서 존재한다.171) 두섭의 현재의 부는 아버지의 죽음으로 만들어진 것이기 때문이다.172) 그는 아버지를 진정으로 존경할 수 있다. 아버지 윤용규는 적어도 자식을 보호했고, 그 엄청난 재산을 남겨 주기 위해 목숨까지 잃었기 때문이다. 비적떼들의 내습에 윤직원의 도망은 그런 의미에서 문제가 된다. 理想的一父를 추종하지 않은 것은 참으로 그를 理想的一父로 보지 않았을 수도 있었기 때문이다.

> 　그러므로 제각기 먼저 기수를 채는 당장으로, 아비를 염려해서 주춤
> 거리거나 자식을 생각하여 머뭇거리거나 할 것이 없이 그저 먼저 몸을
> 피해 놓고 보는게 당연한 일로 되어 있었습니다. 그럴 것이, 가령 자식
> 이 아비의 위태로움을 알고, 그냥 버틴다거나 덤벼든다거나 했자,(35)

　이런 조건 아래서 직원이 아버지를 버리고 간 것은 전혀 그 아버지를 싫어했다든지 하는 것과는 거리가 멀다는 것을 나타낸다. 결국 윤두섭에게는

　　없지만 그러한 것은 이 작품의 특징적인 현상으로 父—祖—孫의 관계가 정상적이지 않고 고리가 느슨하게 짜여졌기 때문이다.

171) 이 때 윤직원에게의 이상적 부는 바로 금권을 가진 사람, 즉 경제력을 지니고 그것을 자신에게 물러 줄 수 있는 사람을 가리킨다. 그는 자신의 위치가 바로 勝於父를 했지만 모두 아버지 윤용규에 의해서 획득되어진 것을 알고 있다.

172) "이놈의 세상이 어느 날에 망하려느냐?"
　　고 통곡을 했습니다.
　　그리고, 움음을 진정하고는, 불끈 일어서 이를 부드득 갈면서,
　　"오오냐, 우리만 빼놓고 어서 망해라!"
　　고 부르짖었습니다. 이 또한, 웅장한 절규이었습니다. 아울러, 위대한 선언이었구요(『태평천하』, 삼성출판사, 1985, 43쪽). 이하 쪽수만 씀.

이상적 아버지의 존재가 있었기 때문에 그는 실패(?)가 없이 치부를 계속할 수 있었던 것이라 보여진다.[173] 경제적 인간인 윤직원에게는 이러한 아버지는 理想父이며 그렇기 때문에 대리부의 존재가 필요치 않는 것이다.

윤직원과 아들 창학의 관계는 그렇지 않다. 그들이 관계는 이상적 부의 관계가 맺어질 수 없는 것이다. 창학은 간세대인으로 살아가고 있는 사람이다. 그는 『三代』의 조상훈과 비슷하지만 더욱 비합리적 인간이다. 그에게는 염상섭이 보여준 상훈에게 있었던 젊은 시절의 이념적 방황도 없었고 또 현재의 일 역시 무위도식이지 상훈처럼 명목적인 사회사업도 할 능력이 없었던 것이다. 즉 그는 아버지의 금권에 체화된 인간이기도 이념 부재적 인간이기도 하는 존재이다. 당대의 삶에 대한 만족을 지닌 자식은 대리부를 가질 수 없다. 대리부는 실부와의 위화와 반목에서 개입되는 존재들이기 때문이다. 그러나 창학은 실부인 직원에게 위화된 존재이나 그가 이미 당시의 이념과 식민지의 삶에 대한 개인적 자의식을 가질 수가 없을 때 그에게 실부는 그대로 자격을 지닌 존재가 되기 때문이다.

그러기에 그는 자식들이나 손자로 하여금 대리적부의 역할도 보이지 못하고 있는 그야말로 준금치산자(準禁治産者)인 것이다. 직원이 경손에게 양가적 대리적—부의 자격을 보이는 것과 반대로 창학에게는 그러한 현상이 보이지 않고 있다. 물론 서사적 전재가 윤직원을 중심으로 하여 전개되기 때문인 까닭도 있지만 사실은 서술자의 눈길이 그에게 가지 않았던 것은 오히려 윤직원보다 그가 더 부정적인 존재로 생각되었기 때문일 수도 있다고 여겨진다.[174]

---

173) 돈 그 자체를 최고의 목적, 즉 최상의 本來的 價値(Intrinsic value)로 보는 가치의식과 돈만 있으면 무엇이든지 가능하다는 뜻으로, 즉 돈의 手段的 價値(Instrumental value)가 지극히 높다고 보는 두 가지의 인간형이 있을 수 있다. 윤용규는 이 둘 사이에 수단적 가치가 아니라 본래적 가치에 가까운 사람이라고 보여진다. 그 아들 직원은 수단적 가치에 근접된 인간이다(김태김, 위의 책, 292쪽).

174) 종학의 서사에서의 간접적 출현 양상은 다르다. 종학이 배경이 되고 있는 도시 서울에 없다는 것도 이유가 되지만 작품 외적인 현실의 상황이 그의 서사 내의 직접

    윤직원 영감은 몇 번 그런 억울한 연대 채무란 것에 몇 만원 동 손을
보던 끝에 이래서는 못스겠다고 윤주사(창학)을 처억 준금치산 선고를
시켜 버렸습니다.
    그렇지만, 그랬다고 쓸 돈 못 슬 이는 없는 것이어서, 윤주사는 준금
치산 선고를 받은 다음부터는 윤 두섭이라는 부친의 도장을 새겨서 쓰
곤 합니다.(57)

이럴 정도까지 이르지만 여전히 준금치산자 선고는 풀리지 않고 창학은
간세대적 인물의 표본처럼 상속권과 가독권을 넘겨주어야 하기 때문에 결
코 代理的一父의 자격을 획득하지 못하게 된다. 그러한 것은 그의 아내에게
도 나타난 고방 열쇠나 살림살이의 권한을 며느리인 박씨에게 넘겨줘야 한
다. 그러나 윤씨 집안의 여인들 사이에는 남자들의 느슨한 고리가 보이지
않는다. 그들은 서로에게 호의 역시 가지고 사는 것으로 드러난다. 이러한
것은 바로 父像의 소멸과 관계가 있는 것으로 여겨지고 있다.

　종수와 종학은 윤씨 일문의 중흥(重興)의 쌍두마차다. 그러나 이들 중 종
수에게는 할아버지 윤직원이 代理的一父로 존재하고 있다. 그는 시골에 사
는 고원으로 장래 군수가 되기 위해서 화수분 가주(家主) 윤직원에게 돈을
가져다 쓰는 것을 낙으로 삼는 존재다. 그렇기 때문에 그도 역시 이념적 입
장에서 정신적인 충족으로 직원을 代理父로 삼는 것이 아니라 물질적 충족
형으로 삼고 있음을 알 수 있다.

　더구나 그 아들 경손에게는 그는 그의 곁에 없지만 존재하는 살아 있는
아비로밖에는 보이지 않는다. 종수 역시 그 실부인 창학과 같이 타락한 부
잣집 아들의 면모만 나타나기 때문이다. 그는 할아버지를 대리부로 삼는데
단지 그것이 돈을 가지고 있는, 경제력을 전횡하는 사람이기 때문이다. 그

둥장을 막고 있다고 보여진다. 그러나 창학은 여러번 그 모습을 텍스트 내에 드러
내지만 그가 아버지로서의 대접을 받은 것은 단 한번 아침 인사를 받을 때뿐이다
(169쪽). 이러한 것으로 그는 직접적인 회화화가 되지는 않으나 우회적인 방법으
로 냉소를 받고 있다.

래서 그는 서울에 올라와서 분가하여 사는 아버지께 가지 않고 여관에서 자거나, 겨우 윤직원을 찾아 뵐 뿐이다. 그러니까 그의 윤직원의 관계는 돈이 매개가 된 속악한 체화적인 부자 관계일 뿐이다. 더구나 아버지 창학과의 관계는 극단적으로 나아가는 양상을 보이는 데 서모와 같이 은밀한 집에서 만나게 되는 장면에서 그러한 근거를 찾아 볼 수 있다.

그러나 텍스트에 드러난 실부의 결핍과 자식들과의 위화는 현실에 적응할 수 없는 자식들에 의해서 시작된다는 점이다. 이러한 점은 그들이 이미 자본주의의 힘인 금권의 위력을 알고 있기 때문에 가능한 것이다. 그들이 부정적인 존재가 되는 것은 정상적인 세계에로의 좌절 때문이다. 이들은 모두 현실에의 적극적인 편입을 위해 노력하는 데 그러한 노력들이 이루어지지 않게 되기 때문에 좌절을 하는 데 그 방향이 술과 계집, 노름이다. 이 세 요소는 파락호들의 전형적인 기호품이다.

이러한 타락은 그 본질에 있어서 식민지라는 현실과 밀접하게 관계한다. 그리고 그 세계로의 편입을 적극 원하는 것은 윤직원에 의해서다. 그는 자신의 돈을 지키기 위해서 손자들을 입신양명시키려고 한다. 식민지 사회에서의 출세란 지배자들에 대한 일종의 복종의 맹세이며, 피지배자의 다른 형태의 지배라는 이중적 행위를 의미한다. 그러한 세계에서의 좌절은 오히려 시대를 아는 인간들에게는 더 가치 있는 일일 수도 있다. 이러한 점을 간과한 채 『太平天下』의 인물들을 부정적으로 일괄 처리하는 것은 온당한 논지로 받아들일 수 없는 것이다.

먼저 준금치산 선고를 당한 창식은 사실은 고리대금이라는 부정한 경제 행위를 하는 아버지에 대한 반목으로 살펴야 한다. 직원이 보는 아들의 부정적인 행위는 정작 그 부친 윤직원이 부정직한 행위의 대상적 행위로 받아들여진다.

> 그러나 또 좋게 보자면, 세상, 물욕(物慾)을 초탈한 사람이라고 하겠
> 지요, 누구 어려운 친척이나 친구가 찾아와서, 아쉰 소리를 할라치면 차

마 잡아 떼지를 못하고서 있는 대로 털어 줍니다.

　남이 빚 얻어 쓰는데 뒷도장을 눌러 주고는 그것이 뒤집혀 집행을 맞
기가 일쑵니다.(56쪽)

　이처럼 그의 부정적인 행동은 가족을 제외한 타인에게는 부정적인 것도
아니며 동시에 그의 부친 윤직원의 악행에 대한 보상적 행동이기 때문이
다. 그러한 것이 명확하게 드러나는 것은 학교 설립의 찬조금에 관한 거부
에서 볼 수 있다. 즉 그는 공공사업이나 자선사업에는 전혀 기부를 하지 않
는 인물로 나타나고 있는데 이는 무엇보다 그 자신이 공공사업의 허위와
자선 사업의 정확한 의도를 짐작하고 있다는 것을 나타내고 있다. 결국 그
는 현실에의 정신적 결핍으로 한서를 읽고, 한시를 지어 신문사에 투고하
는 등 나름대로의 결핍된 부분을 충족하기 위해서 실부에 부정적인 존재로
나타나고 있다는 것을 알 수 있다.
　역시 윤직원을 대리부로 삼은 종수의 경우도 마찬가지다. 그는 실부와
위화된 존재로 나타나고 있다. 그의 결핍은 형제들에게서 보여지는 갈등이
더욱 크다. 동생 종학에 대한 열패감은 그를 정신적인 결핍 속으로 밀어 넣
고 대리부인 할아버지에 기생적으로 의지하는 존재이다.

　그해 그러니까 기사년에 종수의 아우 종학이 사 년 동안 줄곧 낙제를
한 형의 분풀이라도 하는 듯이 우등 성적이오 겸하여 첫째로 ** 고보에
입학이 되었습니다.
　이때는 벌써 온 집안이 서울로 반이를 해왔고, 한데 종수는 일이 그
지경이고 보니 어디로 얼굴을 두르나 부끄러운 것뿐, 일변 또, 공부 따
위는 애초에 하기가 싫었던 것이라, 아주 작파를 해버렸습니다.(133쪽)

　종수 역시 이러한 상황에서 고원으로 취직이 되고 만다. 그가 집을 떠나
는 이유는 한 가지인데 위에서 볼 수 있듯이 부끄러움으로부터의 탈출이

우선적인 목적으로 되어 있다. 즉 정신적인 결핍을 충족시켜 줄 수 있는 인물을 찾지 못한다는 것이다. 그러한 실패가 자연적으로 물질적인 방향으로 가게하고 조부인 윤직원을 대리부로 갖게 되는 양상을 보인다.

이처럼 윤직원 일가의 代理父 설정은 모두 금권 지향적인 관계로 되어 있다. 마지막 代인 경손에게 마저 이러한 현상이 나타나고 있다는 것은 단순히 풍자적인 기법의 일관적 형상화를 위해서가 아니라 사실은 부정적 대리부 관계를 통한 현실 폭로의 가중을 위한 작가의 고심 어린 노력으로 보아야 한다.

이러한 면은 긍정적 인물인 종학을 통해서 설정되는 경순과의 代理父 관계에서 명확하게 살필 수 있는 단서를 잡는다. 텍스트 전편을 통해서 가장 긍정적인 존재로 나타나고 있는 종학은 철저하게 이념 추구형 인물이다.175) 이러한 그의 인물 설정으로 그는 조카 경손의 확실한 代理的一父가 되고 있음을 알 수 있다. 그리고 이러한 것이 마지막 결말에 나타나고 있는 것은 자가의 철저한 계산에 의해서, 더구나 풍자적 수법이 가치의 전도나 희화화를 통한 진실의 드러냄이라고 보았을 때 중요한 점으로 간주되어야 한다. 채만식 소설을 논하는 많은 논문에서 이러한 점을 간과한 것은 유감된 일이 아닐 수 없다.

그러나 경손에 있어서 代理父는 이중적인 형상이다. 그는 종학과 윤직원을 동시에 代理父로 설정하고 있다. 즉 두 인물을 양가치에 놓고 보고 있는

---

175) 이재선, 위의 책, 142쪽. 종학만이 특이하다면 특이한 존재다. 윤씨 가문을 빛나게 할 수 있는 확실한 존재이나 그는 단 한 번에 윤두섭의 가족주의를 깨뜨리고 있다; 김윤식, 『한국 근대소설사 연구』, 을유문화사, 1986, 373쪽. 중인 계층 의식과 진보주의 측에서는 인물(종학)설정으로 역사의 방향성을 파악하려는 단서를 어느 정도 보이고 있다; 최시한, 위의 책, 269쪽. 윤종학의 사상은 윤두섭의 가족 이기주의에 내포된 반사회성과 반민족성을 비판한다. 자기와 자기 가정을 사회 및 국가의 한 단위로 인식하는 것을 근대적 인식의 징표라고 볼 때, 그는 근대적 인간이다고 살피고 있는데 이는 분명히 그의 성격과 기능을 잘 보고 있다. 본고에서는 이에 동의하면서 그러한 그의 가족주의 해체를 실제적 부의 소멸로 보고자 한다.

현상이 살펴짐으로 어떠한 것이 그의 진정한 면모인가 하는 것을 알 수가
없다.

> "낙제만 않구 올라가믄 돼요..... 학교 성적 좋은 녀석 죄다 바보야.....
> 아 참 우리 작은 아버진 말구서..... 그렇죠 아즈머니....."
> 무슨 일인지, 경손이는 이 집안의 그 많은 인간 가운데 유독 그의 숙
> 부 종학하나만은 존경합니다.
> "말두 마라!....."
> ....
> "우리 작은 아버지가 못나요? 난 보니깐, 우리 집에선 재일 잘나구 똑
> 똑합되다. 다만 경손이 대감만 빼놓구서, 하하하..... 나두 우리 작은 아버
> 지 닮어서 이렇게 똑똑해!..... 그렇죠, 어머니? 내가 똑똑하죠?"(117쪽)

이렇게 경손에게 종학이 확실한 代理的—父의 역할을 하는 것으로 살펴
보면 이 집안의 미래가 암담하지 않다는 지적의 타당성(김경수, 한국세대
소설연구, 서강대대학원, 1993)을 인정할 수가 있다. 단지 경손의 언술 중
에서 보이는 편화폐적 내용으로 보아 그 역시 윤직원의 성격의 편린이 보
이고 있다는 점이 문제시될 수 있다. 그러나 그가 작은 아버지가 경찰 서장
을 할 사람이 아니라고 하는 점에서 경손 역시 사회주의자적인 경로에 접
어들거나, 공상적 진보주의자가 될[176] 성향도 보유하고 있다. 윤두섭에게
존재하던 理想父의 형태도 모두 실제부의 기능의 축소나 권위의 침몰로 인
해 일어난다. 윤직원에게만 있는 금권의 힘은 그들 父의 권위와 기능을 한
갓 존재하고만 있는 사람으로 만들기 시작한다.
　『太平天下』의 또 하나의 현저한 양상은 바로 쇄락해가는 父像을 희화화
시켜 마침내는 동물적 이미지로 전락 환치하기에 이르른다는 점이다. 즉
부상의 戱畵化와 獸性化라고 부를 수 있을 만큼 풍부한 언술이 나타나고

---

176) 김윤식 · 김현, 위의 책, 188쪽.

있다. 이처럼 實父의 강등화는 당연하게 대리부의 상승화를 초래하고 있는데, 이러한 언술이 부정적 인물들의 실제적인 진술을 통해서는 나타나지 않고 긍정적 인물들의 담화를 통해서 나타나고 있다는 데에서 단적으로 알 수 있다.

물론 이 작품이 아이러니로 이루어졌기 때문에 그것은 내적 본질에 의해서 풍자와 만나게 된다. 그러나 풍장이든 아이러니이든 그것의 본질은 실체에 대한 顚倒를 감행함으로서 진정한 내적 풍경의 의미를 획득 제시하려는 의도적인 기법이다. 풍자란 작품을 우스꽝스럽게 하거나 즐겁게, 또는 모욕, 분노 멸시 등의 태도를 적용하여 주제를 축소시키는 문학의 기교를 말한다고 일반적으로 정의되고 있다.177) 이것은 코믹한 것과 비슷한데 코믹한 것은 웃음을 목적으로 삼는데 반하여, 풍자는 조롱하는 것이란 점에서 조금 다르다. 결국 풍자란 비웃음을 주기 위해 만들어 내는 기법으로 가리키고 있는 데 희화화 역시 그러한 요소 중의 하나라고 볼 수 있다.

『太平天下』는 거의 모든 인물들을 비판하기 위해 희화화시키고 있는 데 그 희화화의 경계가 수성적(獸性的)인 곳에까지 이르른다는 점에서 매우 주목할 만한 특징으로 받아들여진다. 더구나 그러한 수성화(獸性化)가 특히 아버지들을 묘사 또는 서술하는 데에 더 빈번하게 나타나고 있다는 것은 매우 시사적이다. 즉 아버지의 존재가 이제 수성적인 동물적 욕구의 세계까지 비하된다는 점에서 實際的—父의 의미 양상을 살피는 부분의 주목을 값하고 있다.

물론 채만식의 다른 작품 역시 본질에 있어서 희화화하는 현상이 두드러지게 나타나지만 이 작품처럼 뚜렷하고 강하게 나타나지는 않는다. 『濁流』의 경우 아버지 정주사는 비록 어떤 이유에서 던지 초봉을 팔았다는 비난은 변할 수가 없지만 그는 동물적인 것에까지 이르게는 비난받지 않는다. 딸을 매매하는 가장 치욕스럽게 잔인한 행위에 있어서도 정주사는 『太

---

177) 권택영·최동호, 『문학비평용어사전』, 새문사, 1985.

平天下』아버지들처럼 비하되는 법은 없다. 그런데 유독 윤직원의 일가는 인간적 상황에서 일탈하여 수성화(獸性化)되고 있다. 필집의 동시성을 안고 있는 이 두 작품에 178) 이토록 심한 변별적인 양상은 당연하게 하게 무엇인가 의미가 있다고 볼 수 있다. 본고에서는 그것을 바로 부상의 전락 현상으로 살피고 있는 것이다. 다시 말하자면 부정적 인물에 대한 자식들의 위화와 반목으로 말미암아 나타나는 실제적 언술 행위라는 점에서 주목하여야 한다.

> 아뭏든 그래 말대가리 윤용규는 그날부터 칼로 베인 듯 노름방 발을 끊고(32)
> 윤직원 영감(그때 당시는 두꺼비같이 생겼대서 윤두꺼비로 불리워지던 윤 두섭)그는 어려서부터 취리에 눈이 밝았고(33)
> 사납대서 삵괭이라는 별명을 듣고, 인색하대서 진지꼽쨀이라는(53)

> 그저 도둑놈이 노적가리 짊어져 가가버서 밤 새두룩 짖구 댕기는 개, 개신세여! 허릴없는 개 신세여.....(76)
> 사랑방에는 언제 왔는지 올창이 석서방이, 과시 올창이같은 토옹통한 배를 안고 웃목께로 우두커니 앉아 있습니다.(69)
> 좀 민만한 비유겠지만, 발음까지 분명치 못한 것까지도, 흡사 왕미구리(큰개구리)우는 소리 같습니다.(116)
> 태식이 같은 오징어(軟體動物)생겨나요, 시들부들..... 그렇죠?(117)

이렇듯이 많은 인물들의 동물적 이미지로의 환치가 주로 윗대의 인물들

---

178) 한형구, 김윤식 공저, 「채만식 문학의 깊이와 높이」,『한국문학의 리얼리즘과 모더니즘』, 민음사, 1989, 174쪽. 이 두 작품은 탁류가 조금 앞설 뿐 같이 연재되었다. 그는 이점을 유의하게 보고 집필의 동시성이란 곧 기획의 동시성을 의미하며, 그것을 리얼리즘문학이 대상적 현실의 전체성을 의미한다고 보아 한편으로 (탁류) 뿌리뽑힌 자들의 삶의 본질과, 다른 편으로는 (태평천하) 도시적인 생활 속의 중산층을 그리고 있다고 보았다.

에게 몰려있다는 현상은 바로 위대, 부권적 세대에 대한 강한 반발이나 반항의 의식의 내재화된 결과의 표출로 보인다. 즉 실부의 권위의 세계가 사라지고 代理父의 존재마저도 희화화되었다가 마침내는 그들이 현실의 자기 비하적 반응의 양태로 유추할 수 있다.179)

이러한 현상은 조손간의 동기를 사이에 둔 은닉된 암투가 보여주는 치졸스러움과 서모가 여학생이라 속이고 서자와 만나는 기상천외한 장면 등과 함께 전 세대 모두를 부정적인 세대로 만들고 있다. 이러한 현상들은 모두 父權의 약화 현상의 상징적 드러내기로 보이는 것이다.

채만식의 소설이 매개항은 성과 돈으로 보는 것은 견해가 조금은 다를 수 있지만 거의 일치하고 있는 것 같다.180) 탁류가 성적인 것과 돈과의 바꿈의 현상이 뚜렷하게 나타나는 것처럼『太平天下』역시 그러한 간계들이 지속적으로 발견된다. 윤직원과 춘심 등이 그러한 관계를 유지하고 있다.

근대는 불가분하게 화폐 경제와 맞물려 있다.181) 특히 급격하게 변화하는 사회에서 화폐경제의 급작스런 변화는 그것에 편승하는 자와 그렇지 못한 자 사이를 계급적으로 분리시키고 있는 것이다.『太平天下』의 중흥(中興)

---

179) 이재선, 위의 책, 143쪽. 이러한 사치와 불건강한 삶에서 이미 이 가문의 남성 계보에 있어서 몰락의 전조 내지 退行的인 악화의 실마리가 내재되고 있는 것이다. 주색(성)에의 탐닉이 결국 의지력과 창조적 삶의 활력을 거세시키고 자기 파멸을 초래하기 때문이다. 그것은 분명 윤리적 타락의 표상이며 가족사의 흐름에 있어서 불건강과 소멸의 징후임에 틀림없는 것이다고 보았다. 본고 역시 이와 견해를 같이하는데 그것이 모두 부권의 약화에 그 원인을 두고 있는 것이라고 생각한다.

180) 특히 이러한 것의 본보기로 탁류를 들 수 있는 탁류의 인물은 모두 금전과 성을 바꾸는 것을 기본적인 관계로 생각하고 있다. 재호, 형보, 그리고 고태수 등과 초봉 그녀도 나중에는 그것을 깨닫고 그렇게 행동하는 것으로 보인다.

181) John Vernon, *Money and Fiction : Literaly Realism in the Nineteenth and Early Twentieth century*, Ithaca: Cornell Univ.p., 1984, pp.19~20(재인용, 우찬제, 서강대대학원, 1986). 돈은 또한 산업 사회와 역사, 미학과 경제 사회적인 갓과 자연적인 것 사이에서 변증법적으로 매개시키고 있는 풍성한 중재자다. 그러기에 인간 의식의 편린인 돈은 소설에 있어서 리얼리티의 최소한의 기호이며, 돈의 테마는 문학적 리얼리즘의 본체와 긴밀히 연관되어 있는 것이다

의 주인인 윤용규와 두섭은 모두 이러한 사회 변동에 재빨리 뛰어들었고 그
것은 성공으로 나타났다. 전장에서 살핀 바와 같이 윤용규—두섭 부자 사이
의 實父이면서 理想的—父의 존재는 바로 이러한 연장선상에서 이해 가능
하다. 자본의 축적단계에서 두 사람은 공통적 요인들을 지니고 있다.

> 그 돈 이백량을 들여, 논을 산다, 대푼변 돈놀이를 한다, 곱장리를 놓
> 는다, 해가면서 일조에 착실한 살림꾼이 되었습니다. 그러느라니까 정
> 말 인도깨비를 사귄 것처럼 살림이 불 일 듯 늘어서. 마침내 그의 당대
> 에 삼천석을 넘겨 받게 되었습니다.(33)
> 실로 윤용규는 무식하고 소박하나마 시대가 차차로 금권(金權)이 유
> 세해감을 막연히 인식했던 것입니다.(37)
> 윤직원 영감은 시골 사람, 그 중에도 부랑자가 돈을 쓴다면, 으레껏
> 매도 계약까지 첨부한 부동산을 저당 잡고래야 돈을 주지만, 시내에서
> 장사하는 사람들한테는 대개 수형을 받고서 거래를 합니다. 그는 수형
> 의 효험과 위력을 잘 알고 있으니까 안심을 합니다.

위 두 예문은 바로 윤용규의 치부책이고 아래는 윤직원 두섭의 수형장
사에 관한 수법을 설명하는 것이다. 주로 이 두부자의 치부 방법은 거의 비
슷한 양상을 보이고 있다. 곧 사채의 놀이가 그것이다. 그들은 이렇게 편화
폐적 위인인 점에도 같다. 그러므로 이들의 관계가 理想的—父의 전형을 띄
고 있음을 보여준다. 그러나 아들들에 와서는 이러한 관계가 심대하게 깨
뜨려지고 있다. 특히 그것은 창학과의 관계에서 확연하게 나타난다. 이 두
부자는 행동에서도 이념에서도 일치할 수 없다. 그러한 것의 잘못이 사실
대로라면 윤직원에게 있다. 그러나 텍스트에 드러난 서술자의 관점은 이중
의 언술로 둘을 비교하고 있다. 즉 윤직원의 편화폐적 논리에 부표(否票)를
던지면서도 무위도식한 창학에게도 역시 부표(否票)를 던지고 있다. 그러므
로 이러한 행위는 이중의 의미를 포유하게 된다.

꿩먹고 알먹고 하는 속인데, 윤직원 영감은 채무자의 재산을 가차압
을 해놓고 기한이 지난 뒤에 경매를 하게 되면, 속살로 그것을 사 가지
고 그것에서 다시 이문을 봅니다. / 그 맛이 하도 고수해서 언제든지 기
회만 있으면 놓치지를 않습니다.(88)

누구 어려운 친척이나 친구가 찾아와서, 아쉰 소리를 할라치면 차마
잡아떼지를 못하고서 있는 대로 털어 줍니다. / 남의 빚 얻어 쓰는데 뒷
도장을 눌러 주고는 그것이 뒤집혀 집행을 맞기가 일쑵니다.(56)

아들과 아버지의 성격이 이 정도로 나누어진다는 것은 분명 소설적인
배치라고 볼 수 있지만 그것은 부자의 관계의 소원화라고 볼 수 있다. 이질
적인 성향임에도 불구하고 동류항이 있기가 마련인데 그것이 부쪽의 금전
적 손해를 가져오고 있음으로 아들을 準禁治産者로 선고를 하는 것으로 이
들은 실부적인 관계를 벗어나서 대리적 관계, 그 중에서 물질적인 충족 관
계만을 남기고 있는 것이다. 창학은 윤씨 5대의 가장 한복판에 서 있는 간
세대로서 내적 외적 어디에서 존재 의미를 찾지 못하는 파락호로 나타나고
있다. 그럼으로써 그는 양 세대들의 중심이 되어 주고 있다. 즉 그를 중심
으로 위 두 대는 理想的—父의 관계가 설정되어 있고, 아래 두 대는 특히 종
학과 경손의 정신적인 代理父 관계가 명백하게 나타나고 있다고 본다.
그러한 대리부의 상이 깨뜨려지는 부분은 이념적 사고와 금권적 부의
권위가 맞설 때이다. 윤직원이 파락호 아들을 이길 수 없다는 것(어쩐지 그
는 아들 창식이한테만은 기를 펴지를 못합니다,(59))과 종학의 사회주의로
의 전환은 금권의 자장이 미치지 않은 곳에 있기 때문이다. 『太平天下』는
이처럼 정신적 결핍에 대한 물질적인 충족의 한계를 보여주고 있기 때문
에 그것의 전망이 암담하고 희망 없는 어두운 미래를 예시하고 있다는 논거를
가능케 한다. 즉 정신적 결핍의 물질적 충족의 대리부는 현실에의 적응 실
패와 인물들의 미래 상실을 함유하고 있는 것으로 살펴질 수 있다.

3)『弱한 者의 슬픔』·『정희』의 무용한 방관자

김동인은 춘원을 딛고 넘어서야 할 존재로서 나타난 작가이다. [182] 그러기 위하여 그는 이광수의 계몽주의적 성향과의 격절을 위해 문학을 위한 문학이라는 예술지상주의적인 위치에서 글을 써 온 작가이다.[183] 다양한 사조적인 작품 활동을 통해서 그는 유독 현실에 대한 논평적 입장을 취하지 않은 것이 특징이라 하겠다.[184] 이러한 이유로는 그의 사조적 기질이 리얼리즘에 입각해 있고, 또 주로 그의 작품이 단편이라는 데에서 찾을 수가 있을 것이다. 그러나 어떤 작가가 비록 예술지상주의를 표방했다고 하더라도 그 자신은 세계 내적 존재임으로 그 당시의 외부 현실이라는 전체적인 상황으로부터 완전하게 놓여 질 수는 없는 일이다. 그의 전 작품에 공통적인 흐름이 죽음의 강박과[185] 결정론적인 환경의 대리물로 가난을 살피고 있는 것으로 미루어 비록 피상적이고 제한적이라고 할 수 있지만 현

---

182) 김윤식·김현, 위의 책, 153쪽.

183) 이러한 주장은 김우종(『한국현대소설사』, 선명문화사, 1973)에게서 특히 잘 살펴지고 있는데 그는 이러한 예술지상주의자들의 배경이 되었던 것을 조목별로 나누면서, 3대 문예지(創造, 廢墟, 白潮)등의 모든 문학지들의 공통적인 목표가 춘원의 문학― 그 목적의식 노출에 대한 ― 반발이었다고 단언하고 있다(103~104쪽). 또 조연현(『한국현대문학사』, 성문각, 1969)도 김동인을 다양한 유파를 특징으로 하고 있는 작가로 간주하고 있는데 작품에 따라서 자연주의계열, 탐미주의 등으로 살피고 있다(342~345쪽). 한 발자국 나아가서 이재선(위의 책, 218~222쪽)은 사조적인 혼류를 부정적인 것만이 아닌 긍정적인 것으로 보고 결론적으로 우리 문학의 주류를 寫實主義로 살피면서, 그러한 결과에 의해서 교훈주의의 공격, 현실적 경험 공간인 사회 현실에의 관심 등으로 확대되어간 것으로 공격, 현실적 경험 공간인 사회 현실에의 관심 등으로 확대되어간 것으로 살피고 있다. 대략 이와 같은 것은 이광수 이후의 우리 소설계의 흐름과 일치되고 있다.

184) 이러한 세계 인식의 피상성으로 말미암아 그의 작품은 이념적이지도 못하고 풍속적인 것에도 충실하지 못해서 그는 주로 소설적 트릭을 이용하는 작가가 되는 것이다.

185) 이재선, 위의 책, 251쪽. 그는 전락과 광기의 죽음이라는 표제로 김동인의 작품을 다루었던 곳에서『감자』,『광화사』,『광염 소나타』등을 이렇게 살피고 있다.

실의 상황을 사실주의적으로 그리고 있는 것이다.

그의 사실주의적인 작품들은 모두 당대의 사회적 현실 속에서 가난과 그것의 응전이라는 상황적 현실을 성과 죽음이라는 패러다임으로 살피고 있는 것을 알 수가 있다. 김우종이 동인을 다룬 자리에서 그의 진정한 공로를 정의하는 가운데 비속어와 거친 표현들이라고 했듯이 그의 인식에 드러난 세계는 성과 광기 등의 비정상적인 인간관계가 확연하게 노정되고 있다.186)

이러한 비정상적인 관계 중에서 가족 간의 관계, 특히 性을 바라보는 문제가 어느 것보다 더 독특하고 가끔은 도착적(倒錯的) 상태를 나타내기도 한다.187) 이런 관점에서 김동인 소설 작법의 독특한 것은『狂炎소나타』의 백성수를 제외하고는 그러한 이상적인 관계가 부자(父子)보다는 부녀(父女)에게서 더 강렬하고 빈번하게 나타나고 있다는 것이다. 이러한 것은 그의 초기작인『약한자의 슬픔』에서 약하게 드러났다가『정희』에 이르러서 아버지라는 존재의 고의적 배척에까지 이르고 있는 것이다.

부녀의 문제를 중점으로 다룬 것은 그뿐이 아니다.『딸의 업을 이으려』역시 이 같은 계열에 속한 것이지만 여전하게 그 딸의 아버지는 자신감이 없는 무력한 존재로 등장하고 있어 딸의 억울함과 딸의 자살에도 전혀 기능을 하지 못하고 있다.

또 한편으로 그가 택한 여성 인물 중심 계열의 작품들은 주로 성장 소설적인 면모를 지니고 있다.188) 이러한 성정은 모두 부권이나 남자들에 의하

---

186) 또 이는 그의 인물들이 감정과 본능의 충동들이 지나치게 강함으로써 합리와 논리의 힘을 넘어서고 있으며, 그럼으로 행동들이 극단적이고 파멸적인 숙명론의 삶에 집착해 버린 인간군상들에서 찾아 볼 수 있다. 이재선, 위의 책, 269~271쪽.

187) 이러한 것은『김연실전』에서 나타나는 여러 장면들에서 찾아 볼 수가 있다. 또 감자의 복녀 역시 性을 파는 것이 때때로 쾌락을 동반하는 것으로 변화하면서 그녀의 도덕성의 파멸의 상태를 나타내고 있다. 또『狂畵師』의 母性 固着현상 등 역시 이러한 것을 암시 내지는 상징하고 있는 것으로 보여진다.

188) 본고에서 다루려는『정희』는 물론이고,『겨우 눈을 뜰 때』,『약한 자의 슬픔』에

여 지배되어 온 삶에서의 벗어남을 의미한다. 그의 작품에서 아버지는 딸에 대해서 거의 허용적인 이상적 인물들로 설정되어 있거나, 설정되어졌던 것으로 나타난다(이는 그의 소설이 단편소설인 점에 미루어 인물 관계에 보다는 사건 전개에 보다 많은 분량을 허용했던 관계로 이미 작품 외부에서 서술되어진 이야기로 나타나기 때문이다).

『마음이 옅은 자여』의 엘리자베스는 자각된 인간에로의 진행 과정을 자신의 성적[189] 희생이라는 슬픔을 딛고 일어서면서 배우게 된다. 그녀의 실제부는 문면에 나타나지 않고 있다. 그는 이미 죽은 것으로 설정되어 있지만 그러기에 앞서 그녀는 아버지라는 존재를 의식 내부에서 이미 소거된 인물로 간주하고 있는 것이다.

> 살아 있을 때는 자기를 압박하는 것으로 유일의 오락을 삼던 부모를 빨리 죽기만 기다리던 그도 부모에게 대하여 지금은 유일의 믿을 사람이고, 유일의 의뢰할 만한 사람이라는 생각이 났다. 그리고 혜숙에게 대하여서는 무한한 증오의 염이 난다.(113쪽)[190]

그의 부모는 이미 죽었지만 살아 있다손 치더라도 그녀에게 대하여 오직 압박하는 것을 유일의 오락으로 삼던 아버지였기 때문에 그녀는 죽기 전에 이미 죽기를 바라고 자신의 내부에서 소멸되어진 존재로 생각하고 있는 것이다. 또 오늘 바로 이 순간에 그들이 의뢰할 만한 존재가 되는 것은

서의 엘리자베쓰나, 금패 등은 자아 각성이라는, 삶을 다시 보게 되는 결말구조를 취하면서 다시 살아나는 희망을 갖게 되거나, 마지막 순간에의 삶의 다른 각성을 하게 되는 것이 보통이다.

189) 서종택, 『한국 근대소설의 구조』, 시문학사, 1982, 151쪽. 그는 1920년대 한국소설의 구조가 下降的, 轉落的 구조라는 것으로 보고 있다. 그는 이러한 예로서 궁핍화 현실과 여성의 성적 갈등을, 삶의 허무에 기인하는 것으로 살피고 있는데 대체적으로 옳은 견해로 생각된다.

190) 김동리 등 편, 『한국대표단편문학전집』1권, (이광수 김동인편, 정한출판사, 1975년), 이후 쪽수만 본문에 적음.

그들 각자의 존재 가치 때문이 아니라 순전히 혜숙의 무시하는 말 때문이다. 그러나 사실은 자신에 대하여 압박하던 존재인 그의 아버지는 더 이상 엘리자베스 본인에게 영향력을 발휘할 수 없는 죽어 버린 존재들 인 것이다. 한 걸음 더 나아가서 그녀는 부모들을 한 인격체로 표현함으로써 (의뢰할 만한 사람) 단순화시키기까지 한다.

더구나 이러한 미혼모의 법적 소송이나 법적인 권리 주장이라는 사안은 마땅히 사회적인 문제로 대두되어야 할 것인데도 겨우 개인적 문제로 국한시켜 엘리자베스로 하여금 사랑하는 것이 더 중요하다는 것을 깨닫게 하는 기재로서 사용했다는 점에서 아직도 남성적 본위 사회의 한 양상을 여전히 드러내고 있다. 그러면서 아버지의 존재의 상대적인 약화를 나타내고 있다는 것은 김동인 본인의 근대적 인식의 부박성을 강하게 드러내고 있다는 것으로 해석 가능하다. 이러한 양상은 『정희』에서는 더 두드려지게 나타난다. 정희의 아버지는 텍스트 문면에 중대한 인물로 나타난다. 그는 허용적일 뿐 아니라 딸의 개인적인 사상까지도 존중해 주는 지극히 이상적인 아버지로 등장한다. 이러한 점은 정희의 결혼 문제에서 쉽게 나타난다.

개화기를 거쳐서 우리 근대소설의 갈등의 전형적 요인이 결혼이라는 것임은 이미 주지의 사실이다. 결혼이란 그 자체보다는 사회적인 맥락에서 중요시되는 이른바 사회적 형태를 나타내는 가늠대인데 우리 소설에서의 남녀의 결혼은 주로 부가장(父家長)의 명령에 의한 일방적인 관례였다. 신소설이나 1920년대, 아니 1930년대까지 소급되는 이러한 자유연예에 의한 결혼의 문제는 그 갈등의 주재료였다. 예컨대 결혼의 문제를 여전히 아버지가 쥐고 있느냐의 여부에 따라서 부권의 영향을 살필 수 있기 때문이며, 여전히 아버지에 의한 가문과 가문의 결혼이나, 거의 매매적인 결혼 등에 의해서 인간들—특히 자식들의—의 개인주의의 보장이라는 근대와 전대(前代)를 분별하는 척도가 되기 때문이다.

그러나 정희의 아버지는 그 딸의 결혼은 물론 자유연애에 대해서도 전혀 간섭하지 않는 당시의 패러다임으로 보면 理想父의 자질을 지닌 아버지

임에 분명하다. 그러나 정희에 의해서 그러한 실부의 理想的 행동의 권위
는 이미 사라지고 만다. 그는 불간섭이라는 철책 속에 자신을 가두어 넣는
어리석은 존재가 되어 나타나고 있다. 부권의 영역은 이제 우행적 경계 속
으로 함몰되어 가고 있는 것이다.

> "네 소견대로 해라. 나는 아무 간섭도 안허련다. 젊은 그것들은 좀하
> 면 간섭이니 무엇이니 하기에 나는 그 소리가 듣기 싫어서 간섭은 안하
> 마. 그 대신 권리를 포기하는 대신, 이뒤에 책임도지지 않는다, 하하하!"
> 정희는 할말이 다 성립되었으므로 다시 일어서려 하였다.(411쪽)

정희의 아버지는 이미 부권을 소유하지 못한 아버지로 자신을 강등시키
고 있는데 이는 스스로 자신의 강등이라는 점에서 무엇보다 중요한 의미를
갖고 있다는 보여진다. 아버지는 아이들을 사회로 내보내는 데 절대적인
기여를 하는 교화자이며 안내자가 되어야 함에도 정희의 아버지는 그러한
자신의 권리이자 의무인 부권을 아이들의 간섭이라는 소리 때문에 포기를
하는 무력한 아버지임과 공시에 책임마저 버리는 무책임한 존재로 나타나
고 있다.

부권이란 자식에게 미치는 실제적인 영향의 자장권을 의미하는 것인데
이러한 무책임, 무력한 양상의 드러남은 實父의 존재의 부정 내지는 무화
를 강조하고 있다고 보여진다. 또 아버지의 사랑이라는 하향적인 애정의
흐름마저도 이 작품에는 딸에게 자유를 부여하는 것으로 나타나고 있음은
심각한 부군의 실추와 함께 아비로서의 존재 정체성의 해체를 극명하게 드
러내고 있다.

> 아버지는 숨을 한 번 길게 내어쉬었다. 정희는 아버지를 쳐다보았다.
> 달과 연구와 담배—— 이 세가지밖에는 이 세상에 아무 오입이라는 것을
> 알지 못하는 이 늙은 아버지, 아버지의 얼굴은 외로왔다. 자기의 다만

하나의 혈속(血屬)인 정희에게까지 마음을 열어 해친 사정을 듣지 못한
아버지의 얼굴은 외로왔다.(418쪽)

조금은 서술자의 어조가 드러난 주석적인 서술로 나타난 아버지의 상은
1920년대 소설의 아버지의 상과는 전혀 다르다. 그는 한없이 허용적이지
만 그 허용은 이성적 판단에서가 아니라 감정적 차원에서의 양보이며, 무
지라고 나타나고 있다. 여자 자식의 눈에도 세상의 재미라고 표현되는 것
(오입) 등에 무지한 아버지에 대해서 느끼고 있는 것은 외로움이고 가련함
이라는 경지에까지 다다르고 있는 것이다. 부권은 고사하고 이제 아버지는
동정적인 존재로 나타나고 있을 정도로 권위의 실추와 부가장적 질서의 붕
괴를 가속화시키고 있는 것이다. 딸의 약혼과 결혼 등의 문제에서 놓여진
父像은 이미 부상으로서가 아니라 소멸되어지는 왕조의 유물 같은 수준으
로 하강하고 있는 것이다. 더구나 아버지의 삶을 조망하는 딸의 시선은 성
적인 관계에까지 미치고 있다는 사실은 부권의 소멸 내지 상실이지 않을까
하는 의구심까지 보이기도 한다.
자식을 수직적인 입장에서 조망하는 것이라기보다는 수직적인 관계의
하부에서 앙망하는 존재로까지 추락하는 부권의 실제가 김동인 소설에서
의 부녀 관계에 나타난 아버지의 상이다.

아버지는 담배를 떨었다.
"누가 가지 말라느냐? 그저 네 마음대로 해라. 나는 전에도 제 자유를
조금도 구속지 않았거니와, 장래에도 그럴 마음이 없다. 가고 싶으면 가
고, 가기 싫으면 그만두고————"
"그리 갈 생각도 없어요."
"싫으면 그만 둘 뿐이지."
아버지는 간단히 결론하였다.(420쪽)

자유방임이 아버지의 허용적 표상이 아님에도 불구하고 정희의 아버지는 매사를 이렇게 불간섭과 무책임으로 일관되게 주장할 뿐이다. 대신 정희는 동경에 간다. 동경은 정희에게 새로운 안식처, 새로운 세계를 열어 주는 장소이다. 그녀는 아버지 대신으로 동경을 택하고 그 곳에서 새로운 세계와의 결연을 맺고자 한다. 아버지는 그 실체적 행위에서 소용이 없게 되고 딸은 동경이라는 세계에서 대리적 부의 존재를 찾게 된다.

이와 같은 점에서 김동인 소설의 피상적 현실 인식의 문제를 점검할 수 있다. 그는 이광수를 부정했음에도 불구하고 여전히 父像의 거부라는 것으로 환원 될 수 있는 전시대의 모든 이념을 무능한 것(이는 父像의 영락함으로 표시되고 있다)이라는 의미로 작품에 나타나고 있다. 독특한 것이 있다면 이광수는 실부의 무능에서부터 대리부의 존재를 만들어 내는 데 김동인은 그러한 대리부를 실제적으로 만들어 내지 않고 있다는 것이다.

부자(父子) 이대의 갈등은 그 사회적 맥락에서 아들과의 갈등이 더 중요한 인자로 작용하고 있는데도 불구하고 그의 작품은 부자(父子)의 대립항이 아니라 부녀(父女)라는 대립항으로 나타나는 것은 바로 이같이 대리적 부의 설정이 없다는 분명한 이유에 의해서다. 부자의 갈등은 물리적 힘의 행사와 극단적 해결에까지 갈 수가 있다. 그러나 부녀간의 갈등이란 현실적인 입자에서도 극단보다는 조정과 화해의 길이 보다 빠르게 나타나기 때문이다. 아무튼 이 두 작품의 예에서 보이듯이 김동인의 소설에서는 代理父의 사실적인 실존이 나타나고 있지 않다.

그러나 그의 대리부의 부재 현상은 그가 당대의 이념의 구체적 드러냄을 기피하고 있었던 것이 아니라 문학의 本領의 고착화라는 데에 자신의 의무를 과도하게 의식했기 때문이라고 보여진다. 특히 김동인이 대리부를 만들지 못하고 동경이라는 세계에로의 탈출을 통한 해결의 시도를 꾀한 점은 그이 문학의 경박성을 드러내고 있다고 보여진다. 『역한 자의 슬픔』의 엘리자베스 경우에는 부정적이지만 대리부의 역할이 나타나고 있다. 그러나 이는 무용하고, 오히려 개적 자아의 자각을 위한 한 기재로서 사용되었다는 점에서 그 현실 인식의 부족함을 찾아 볼 수 있다.

▒ 소결 ▒

본고의 마지막 대리부 유형은 정신적인 결핍의 물질적 충족형은 대리부들의 부정적인 측면을 부각하는 것이다. 일반적으로 부자(父子) 간의 반목과 갈등은 이상부를 꿈꾸게 하고 그러한 이상부의 한 부분일 수도 있으며, 다르게 소설 내적 존재일 수도 있는 대리부는 주인물들의 사회화 과정에서 반드시 기능을 하지만 그 기능이 순기능적인 것으로만 고착되어 있지 않다는 것을 의미한다. 즉 역기능적으로도 그들은 자녀들의 사회화 과정에 동참하고, 그들의 지평을 반대 방향으로 열려 줄 수가 충분히 있다는 것이다.

본장의 대표되는 작품에 나타난 대리부들은 그러한 성격을 지닌 인물군이다. 물론 이러한 인물군은 우리 근대소설에서 흔하게 보이지 않고 있지만 무시할 수 있을 만큼 없지 않는 인물들이다.

이들은 부정적이기 때문에 무엇보다도 동시대의 현실과 시대상에 대해서 맹목적으로 추종하거나 아니면 과거의 전통에 얽매이고 있는 근시안적 인물들이다. 그 중에서 그들이 가장 질시화나, 풍자화의 대상이 되고 있는 점은 현실—식민지 상황의 민족의 정당한 방향에의 고의적 무시이거나, 그것을 볼 수 있을 만큼의 시대적 안목 없음을 들 수 있다.

이렇게 당시의 사회를 투철하게 볼 수 없다는 것은 여러 가지 의미론적 해석을 가능케 하는 데 첫째가 바로 그들은 동시대인들의 보편적 생활과 거리가 멀다는 것—즉 그들은 모두 우리 근대문학의 주요한 소재적 특징인 궁핍이라는 현상적 세계에서 벗어나 있다는 것이다. 다른 하나는 그 세계의 편승으로 오히려 그러한 현실 속에서 이니시아티브를 얻고 있는 인물들이기 때문이다. 그리고 사실적으로 본 장에서 살펴 본 부정적 대리부들은 후자에 가까운 존재들이다. 다른 하나는 그들이 전통적 사고 방식에 머물러 있기 때문에 현실에 삶을 총체적으로 부정적인 것으로 간주하고 있으며, 다음으로는 현실을 자신과는 차이가 있는 것이므로 수수방관하는 인간형을 들 수 있다

본고의 대상 작품인『三代』의 조의관은 첫 번째 항목에 해당될 수 있고,『太平天下』의 윤직원은 두 번째 종류의 전형적인 인간이며,『정희』의 아버지는 마지막 유형이고,『약한 자의 슬픔』의 대리부는 어느 것에도 뚜렷하게 편입되지 못하지만 여전히 대리부로서 편재될 수 있다는 것이다. 어느 것으로 분류된다고 할지라도 그들은 모두 부정되고 있다. 궁극적으로 이들은 실부와의 위화된 자녀들을 사회화시키는 역작용의 기능은 담당하지만 그들은 모두 대리적 아들에 의해서 부정되고 있다는 공통적 특징을 지니고 있는 것이다.

이들이 현실에서 궁핍에서 벗어나 있음으로 이들은 현실의 다양한 문제들에 대하여 여러 가지 면에서 예각화된다. 그들은 모두 물신적이거나 물신화된 존재들이다. 그렇기 때문에 이들은 이미 경제적으로 근대에 기대인 삶을 추구하지만 정신적으로나 의식적인 삶의 지침을 전통적인 면에 두고 있는 이중적 행동 철학을 지니고 있다. 그렇기 때문에 그들은 작가나 내포작가에 의해서 풍자화 되거나 희화화되는, 상대적으로 거리를 유지한다. 이러한 거리가 바로 자식들과 대리부들과의 심정적 거리이며, 또 서로의 견해에 의한 심리적 거리일 수 있다.

『삼대』에서 전통적 가권주의, 가족주의에 지나치게 밀착되어 있기 때문에 가문에 위배된 적자를 버리고 손자를 대리자로 삼아 가문을 잇게 하는 등으로, 또는 족보를 고치고 옥관자를 사서 옥호를 붙이는 행위 등을 하는 보수적 회귀주의를 보여줌으로써 현실로부터 도대되고, 또 현실로부터 벗어나려고 한다.

『태평천하』에서는 대리부인 윤직원은 도시라는 근대적 생활공간을 통

하여 민족의 가장 중요한 관심사이며 지상 과제인 독립운동을 위한 보조금
을 주지 않은 것이나, 또 당면한 비극적 민족의 현실인 현재를 태평천하라
고 공언하는 행동이라든지, 텍스트 내에서 단 하나의 바람직한 인물인 종
수의 사회주의 운동을 무조건 반대하는 행위 등이다.

　『정회』에서는 아버지는 이미 무능한 존재로 나타나고 있는 데 그는 자
신의 정상적 임무와 권위를 스스로 져 버리는 행위를 당연시 여기며, 그러
한 임무와 권위를 갖는 것이 모두 자신의 현실 인식의 부정적인 것이라고
폄하하고 있기 때문이다.

　이러한 대리부들은 물신적이며, 동시에 보수 지향적인 성격을 구비하는
인물들로 설정되는데 이러한 양상적 특징은 그들이 현실적 세계의 무능함
을 그러한 것을 통해서 나타나게 하려는 작가의 의도에서이다. 또 이러한
특성으로 이들은 마침내는 부정되고 거부되는데 그들은 일단은 부자(父子)
이 관계보다는 조손으로 이루어지고 있는데, 이는 전통과 개화, 다시 현대
라는 간세대적인 인물들을 부정적으로 보는 작가 인식에 의해서라고 볼 수
있다.

Ⅲ. 결 론

　지금까지 본고는 소설에 나타난 인물로서의 아버지상을 理想的父(理想父), 代理的父(代理父), 實際的父(實父) 의 3갈래로 나누고 각 작품에 나타난 부상에 대하여 살펴보았다. 그 중에서 본고는 代理父(Surrogate Father)라는 개념을 설정하고, 그러한 父像을 우리 근대소설의 성격을 살피는 주요한 작중인물로 보고 개별 작품에 나타난 그들의 양태를 기준 삼아 네 가지로 유형화했다.

　우리 근대소설뿐 아니라, 소설 속에 나타난 모든 아버지를 일단 실제부로 간주하고 그들과는 갈등이나 반목을 겪는 아들이나 딸들의 원망적(願望的) 모델로서의 아버지를 理想的父이며, 소설 내적 존재로서 자녀들에게 아버지와 같은 기능을 하는 인물을 대리부로 상정했다. 이들은 이상부일 수도 있고, 그렇지 못하고 이상적인 부상에 가까운 아버지를 말하는 소설의 주인공들에게 영향을 주는 인물들을 총칭한다.

　이런 전제적 조건 아래에서 대리부를 설정하고 살펴본 결과 우리 근대소설에는 다양하고 많은 종류의 대리부들이 군상(群像)을 이루어 나타나고 있는 현상을 볼 수 있었다. 그 이유는 두 말할 나위 없이 부자(父子) 또는 부녀(父女) 의 갈등이 심대할 정도로 많이 내재되어 있었다는 반증이 된다. 어느 시대나 마찬가지 현상이지만 특히 우리 근대는 세대 간의 갈등이 매우 예각적으로 노정되고 있다는 것을 의미한다. 그것은 다름 아니고 급변하게 진행되었던 우리 근대의 불안정한 세태나, 현실을 그대로 반영하고 있기 때문이다.

본고에서는 대리부를 네 가지 유형으로 나누었다. 그 분류의 기준은 아버지와 자식의 반목과 위화로 말미암아 갈등의 주요한 원인을 아버지의 무능과 부정적 행위라는 곳에 그 준거를 두었다. 아버지의 무능은 주로 사회·경제적 측면에서의 능력의 부족으로, 즉 물질적 결핍으로 인해 가정 내에서의 아버지의 권위나 위치 등이 현저하게 하강됨으로써 발생하고 있으며, 아버지의 부정(不正)은 주로 정치 및 이념의 미자각이나 불감증으로 인한 심리적이고 정신적인 소원화로 발생하고 있다. 즉 아버지는 자식들이 사회로 나아가는 데에 중요한 인도자나 안내자가 되는데, 정당한 사회적 존재로까지 이끌어 가는 데에 부적당하기 때문이다. 그래서 자식들은 자신들이 생각하는 더 나은 존재인 대리부를 찾게 되는 것이다.

무능한 아버지나 부정적인 아버지의 소설적 입상화 또는, 형상화는 아버지의 결실 부재로 구체화된다. 또, 그들이 텍스트 내에서 활약한다고 해도, 그것은 역동적인 것이 아니라 배경적 인물이거나, 부정적인 인물로서, 수동적으로 나타나서 악화 현상을 보여 줄 뿐이다. 고아나, 집을 떠나 버린 아버지, 모가부장적인 소설 배경들이 그러한 것의 실례일 것이다.

이렇게 설정된 대리부들은 물질적 결핍과 정신적 결핍을 충족시키는 유형으로 크게 나누었다. 다시 이들은 각 결핍에 해당되는 대리 부를 1) 물질적 충족형과 2) 정신적 충족형으로 세분화했다. 그리고 각 세항의 소개념은 1) 항은 보호 및 구원자적인 대리부 2) 항은 교화·지도자로 한정했다. 그 결과 전자에 있어서 보여주는 대리부들의 공통적인 특징은 그들이 父代의 존재들이라는 것이다. 또 그들은 직접적인 도움을 주고 있어서 매우 밀접한 관계를 유지하고 있고, 거리적으로도 가까운 인물들이 그 역할을 담당하고 있었다. 후자(後者)는 정신적인 감화를 주고 존재들로 그들은 궁핍의 진정한 원인이 어디에 있으며, 그것을 벗어나기 위해서는 어떠한 일들을 해야 하는가 하는 것을 매우 날카롭게 지적하고, 폭넓게 제시하고 있는 인물로써, 그 공통적 성격이 이성적(理性的) 관계로 나타나고 있었다는 점을 보여 준다.

이들 모두는 식민지 시대의 수탈과 국난 위기를 벗어나고자 하는 민중들의 강렬한 원망의식을 드러내는 가운데 특히, 영웅적 존재의 도래나 등장을 나타내고 있는 것으로 해석된다. 또 궁핍의 정당한 원인을 알고 그러한 것을 이루어 내기 위하여 배움과 각성을 위해서 민중들에게 깨닫게 하려는 의식으로 해석되고 있다. 이는 우리 근대소설의 지향점이 억압적 현실의 문학적 형상화 및 그 타개를 위한 해결 제시라는 목표를 분명하게 밝혀 주고 있다는 강력한 증거가 될 것이다.

물론 이러한 대리부들의 양상은 개별 작품마다에서 약간씩 다르게 나타나고 있기도 하다. 그러나 이러한 것은 개별 작가들의 인식력이나 세계관의 차이로 드러나는 것이며, 그 본질에 있어서의 보편적인 성격은 변화가 없는 것으로 살펴지고 있었다. 다른 문제로 대리부들의 존재 기간이 잠정적이고 한시적이기 때문에 주로 견인하는 민족의 현실을 위한 기재로써 작용하기는 하나 주인물의 성장과 자각의 확연에 따라서 단속적이며 또 변화하는 양상을 보여주고 있다.

두 번째의 代理父의 유형은 실부들의 전대의 폐쇄적 세계관에 의거한 부정적인 관념과 현실이 당면하고 있는 지향적인 새로운 이념의 몰지각이나 부정적 행동 철학에 있다. 그 중에서 산업화로 나타나는 근대화의 변화에 민첩하게 대처하여 불의한 경제 행위나 부정한 방법으로의 치부하는 것이다. 또 이미 획득한 재산에 대해서도 그 진정한 가치—사용 가치와 교환가치의 괴리적 양상에서가 아니라—있는 사용 방법에서가 아니라 소아적인 개인주의의 가장 부정적인 사용으로 자식들과의 위화로 인한 갈등의 증폭화가 발생하고 있다. 이러한 유형의 대리부를 본고에서는 정신적 결핍의 충족형이라고 설정했다.

이들은 다시 두 소항으로 세목화되어진다. 1) 정신적 결핍의 정신적 충족형, 2) 정신적 결핍의 물질적 충족형이 그것이다. 그들은 민족과 사회 현실의 대안을 통해서 갈등하는 자녀들이나, 실부와 위화된 주인물에게 새로운 세계로의 편입을 유도하고 있는 것이다. 이들은 한결같이 민족의 비극적 현실을 극복하고자 하는 입장에서 현실 개혁주의자들로 나타나는 데 그들은 다양한 방법으로 생활에 적응해 나아가고 있는 양태를 보여 준다. 특히 삼일운동의 실패 이후 지식인들의 좌절로 인한 타락한 삶의 방식과 패배 의식에 입각한 허무주의적인 삶이 태도로 말미암은 가독권의 상실이나, 계승권의 박탈의 전대에 대한 갈등이 심각하게 노정되고 있는 것이다. 이런 실제부들은 당연하게 심리적인 거세를 자식들에게서 당하는 데 이를 위한 대신적인 존재, 즉 수평적 존재인 형제관계화(Sibiling Relation)로 유지하고 있거나, 그 관계가 수평적인 위계를 지니고 있는 것으로 밝혀지고 있다. 동시대의 지평을 통한 현실의 해결을 목적으로 삼고 글쓰기를 하고 있었다는 반증이 될 것이다. 이는 환치하자면 당대의 현실의 당대적 해결을 제창하고 있다고 볼 수 있겠다.

또, 두 번째는 실부들의 좌절과 패배로 인한 허무 의식에의 좌초나 고급 룸펜으로 전락으로 인해 경제적 준금치산자로 못박아지는 경우나, 무조건적인 현실 추구로 인하여 무능하게 되어지는 실부들 대신으로 조손 관계를 통한 새로운 부자 관계가 성립되고 있다. 이럴 때 실부들을 간세대적 존재라고 보고 중요한 근대소설의 한 유형적이며 개성적 인물로 간주하고 살펴보았다. 이럴 때 조손으로 이루어진 새로운 부자 관계의 대리부는 매우 부정적인 인물들로 입상화 되고 있는 것을 알 수 있다.

이 때의 조부인 대리부들은 그들의 치부 방법을 수형할인이나 고리채 등에 두고 있는 부정적인 존재라는 공통항을 갖는다. 또 이들은 전통 회귀적인 성향을 뚜렷하게 보여주고 있어서 확대 가족주의적인 당시의 현실적 요구와는 극단적으로 반대로 나아가는 일반적 경향을 지니고 있는 존재들이다.

이러한 현상은 가족 간의 강화되고 통제되어 왔던 수직적이고 위계적인 관계의 해체적 양상을 역설하는 것으로 해석된다. 또 서구의 근대화의 요체인 개인주의에 입각한 이러한 양상들이 우리의 의식 구조에서 분명하게 현현되고 있다는 것을 자명하게 드러내고 있다고 보여진다. 대개의 작가들이 이러한 균열적 양상을 가족사소설을 통해서 드러내고 있는 것은 전통적인 국가관을 비유하는 것으로 수용되는 데 문제가 없을 것이기 때문이다. 즉 조부의 억압적이고 부정적인 행위를 통해서 위화된 아들의 바탕 위에 손자가 새로운 역사의 방향성을 상징하고 있는 것으로 수용되기 때문이다. 즉 가족사소설이 지닌, 소설을 통한 과거에의 단절과 미래의 불확실성을 극복하기 위해서, 새로운 세대적 순환 위에 지속적인 민족의식의 잠재화와 그것으로 인한 자기 정체성의 확립이라는 것을 은유화하고 있는 것으로 해석할 수 있을 것이다.

지금까지 살펴 본 대리부를 통한 우리 근대소설의 성격을 첫째, 우리 근대소설은 다양한 대리부들이 존재하고있다는 일반적인 경향을 지니고 있다. 둘째, 대리부들은 주로 인물들에게 자아의 각성이나 자기 정체성을 갖게 하는 데에 중요한 기능을 한다. 셋째, 대리부들은 당시의 현실과 어두운 세계에 새로운 해결과 전망을 제시하고 있다. 셋째, 대리부들은 당시의 현실과 어두운 세계에 새로운 해결과 전망을 제시하고 있다. 넷째, 대리부들은 잠정적이며 한시적이며 반복되어 나타나는 존재들이다. 결국 대리부를 통한 우리 근대소설의 특성을 사회적 몰이해나 이기적 소아주의(小兒主義)를 가장 부정적으로 간주하고 있으며, 이를 해결하기 위한 방법의 제시를 새로운 인물 만들기에 두고 있다고 보여진다. 즉, 현상적 해결보다는 그 이념을 더욱 강조하고 있다고 볼 수 있다.

국학현대문학총서 8

한국 소설의 아버지 연구

초판 1쇄 인쇄일	2012년 2월 20일
초판 1쇄 발행일	2012년 2월 22일

지은이	채희윤
펴낸이	정구형
출판이사	김성달
편집이사	박지연
책임편집	정유진
본문편집	이하나 김현경
디자인	정문희 장정옥
마케팅	정찬용
영업관리	김정훈 권준기 정용현
인쇄처	월드문화사
펴낸곳	국학자료원

등록일 2006 11 02 제2007-12호
서울시 강동구 성내동 447-11 현영빌딩 2층
Tel 442-4623 Fax 442-4625
www.kookhak.co.kr
kookhak2001@hanmail.net

ISBN	978-89-279-0159-4 *93800
가격	15,000원

* 저자와의 협의하에 인지는 생략합니다.
　잘못된 책은 구입하신 곳에서 교환하여 드립니다.